O DIÁRIO
DO
ANJO DA GUARDA

Carolyn Jess-Cooke

O DIÁRIO DO ANJO DA GUARDA

Tradução
Waldéa Barcellos e
Thais Mazucanti

Título original
THE GUARDIAN ANGEL'S JOURNAL

Copyright do texto © 2011 *by* Carolyn Jess-Cooke

O direito moral da autora foi assegurado.

Todos os personagens e acontecimentos nesta publicação são fictícios e qualquer semelhança com pessoas reais, vivas ou não, é mera coincidência.

Nenhuma parte desta obra pode ser reproduzida, ou transmitida por qualquer forma ou meio eletrônico ou mecânico, inclusive fotocópia, gravação ou sistema de armazenagem e recuperação de informação, sem a permissão escrita do editor.

Direitos desta edição reservados à
EDITORA ROCCO LTDA.
Av. Presidente Wilson, 231 – 8º andar
20030-021 – Rio de Janeiro, RJ
Tel.: (21) 3525-2000 – Fax: (21) 3525-2001
rocco@rocco.com.br
www.rocco.com.br

Printed in Brazil/Impresso no Brasil

preparação de originais
MÔNICA MARTINS FIGUEIREDO

CIP-Brasil. Catalogação na fonte.
Sindicato Nacional dos Editores de Livros, RJ.

J55d   Jess-Cooke, Carolyn, 1978-
        O diário do anjo da guarda / Carolyn Jess-Cooke; tradução de Waldéa Barcellos e Thais Mazucanti. – Rio de Janeiro: Rocco, 2011.

        Tradução de: The guardian angel's journal
        ISBN 978-85-325-2717-2

        1. Romance inglês. I. Barcellos, Waldéa.
        II. Mazucanti, Thais. III. Título.

11-7118   CDD–823
                                        CDU–821.111-3

Para Melody

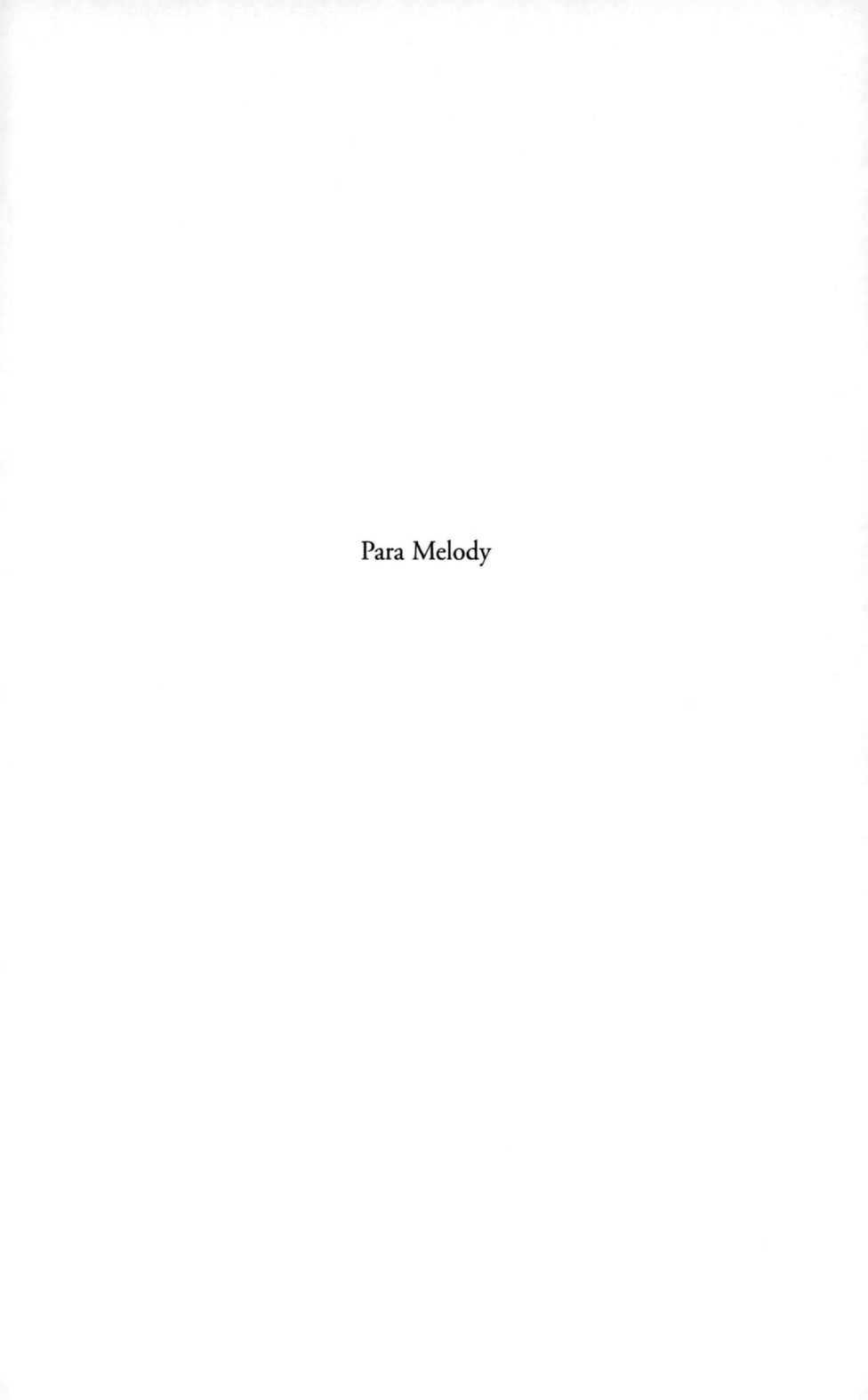

Os anjos são espíritos, mas não é porque são espíritos que são anjos. Eles tornam-se anjos quando são enviados.

Santo Agostinho

Uma caneta celestial

Quando morri, tornei-me anjo da guarda. Nandita foi quem me deu a notícia no outro mundo, sem nenhuma conversa fiada para preparar o terreno, sem nenhuma tagarelice reconfortante. Sabe como os dentistas costumam perguntar quais são seus planos para o Natal imediatamente antes de lhe arrancar um dente? Bem, posso lhe dizer que não houve nada disso. O que houve foi simplesmente o seguinte:
Margot morreu, menina. Margot morreu.
Nem pensar, eu disse. *Eu não morri.*
Ela repetiu as palavras. *Margot morreu.* Não parava de repetir. Ela segurou minhas mãos e disse: *Sei como isso é difícil. Deixei cinco filhos para trás no Paquistão, sem pai. Tudo vai dar certo.*
Eu precisava sair dali. Olhei em torno e vi que estávamos num vale cercado de ciprestes, com um pequeno lago a poucos metros de onde estávamos paradas. Papiros cercavam a beira da água, com suas espigas aveludadas lembrando uma pequena floresta de microfones, à espera para retransmitir minha resposta. Não haveria resposta. Avistei um rabisco de estrada cinzenta ao longe entre os campos. Comecei a andar.
Espere, disse Nandita. *Tem alguém que eu quero que conheça.*
Quem? perguntei. *Deus?* Isto é o topo do Absurdo, e cá estamos fincando a bandeira nele.
Gostaria que você conhecesse Ruth, disse Nandita, pegando minha mão e me levando na direção do lago.

Onde? Inclinei-me para a frente, olhando entre as árvores ao longe.

Lá, disse ela, apontando para meu reflexo.

E então me empurrou para dentro d'água.

Alguns anjos da guarda são mandados de volta para cuidar de irmãos, filhos, pessoas com quem se importavam. Eu voltei para Margot. Voltei para *mim mesma*. Sou meu próprio anjo da guarda, escriba monástico da biografia do remorso, tropeçando em minhas recordações, carregada pelo furacão de uma história que não posso mudar.

Eu não deveria dizer "não posso mudar". Como todos sabemos, os anjos da guarda impedem nossa morte milhares de vezes. É o dever de cada anjo da guarda proteger contra toda palavra, ato e consequência que não corresponda ao livre-arbítrio. Somos nós que nos certificamos de que nenhum acidente ocorra. Mas mudar... essa é nossa tarefa. Nós mudamos coisas a cada segundo de cada minuto de cada dia.

Todos os dias vejo os bastidores de tudo, as experiências que fui destinada a ter, as pessoas que fui destinada a amar, e sinto vontade de pegar alguma caneta celestial e mudar a coisa toda. Quero escrever um roteiro para mim mesma. Quero escrever para essa mulher, a mulher que fui, e lhe contar tudo o que sei. E quero lhe fazer uma pergunta:

Margot.

Diga-me como você morreu.

1

Tornando-me Ruth

Não me lembro de bater na água. Não me lembro de ter me arrastado para fora na outra extremidade do lago. Mas o que aconteceu durante esse breve batismo no mundo espiritual foi uma imersão no conhecimento. Não sei explicar como aconteceu, mas quando me descobri num corredor mal iluminado, pingando sobre ladrilhos rachados, a compreensão de quem eu era e qual era meu objetivo se derramou através de mim, com tanta clareza como o sol através da ramagem. Ruth. Meu nome é Ruth. Margot morreu.

Eu estava de volta à Terra. Belfast, Irlanda do Norte. Eu conhecia o lugar dos anos de minha infância, e pelo desagradavelmente inimitável som das bandas da Ordem de Orange, que ensaiavam à noite. Tive o palpite de que era julho, mas não fazia ideia de que ano.

Passos atrás de mim. Girei nos calcanhares. Nandita, iridescente na escuridão, com o brilho do vestido branco imaculado pelo fulgor doentio da luz da rua, do outro lado. Ela se inclinou para mim, com o rosto moreno cheio de preocupação.

– Existem quatro regras – disse ela, exibindo quatro dedos com anéis. – A primeira, você é testemunha de tudo o que ela fizer, tudo o que ela sentir, todas as experiências que ela tiver.

– Você quer dizer, todas as experiências que *eu* tive – disse eu.

Imediatamente ela agitou a mão no ar, como se minha interrupção fosse um balão de fala que estivesse enxotando dali.

– Não é como assistir a um filme – corrigiu ela. – A vida de que você se lembra foi apenas uma pequena peça do quebra-cabeça. Agora, você vai ver a imagem inteira. E vai conseguir encaixar algumas das peças. Mas é preciso ter muito cuidado. Agora, vamos continuar com as regras.

Fiz que sim, pedindo desculpas. Ela tomou fôlego.

– A segunda regra é que você a proteja. Há muitas forças que tentarão interferir nas escolhas que ela fizer. Proteja-a dessas forças. Isso é essencial.

– Pode parar por aí – disse eu, levantando a mão. – Exatamente o que você quer dizer com "interferir"? Já fiz todas as minhas escolhas, sabe? Foi assim que acabei bem aqui...

– Você não escutou direito?

– Escutei, mas...

– Nada está pré-fixado, nem mesmo quando se volta no tempo. Não dá para você entender isso agora, mas...

Ela hesitou, sem saber ao certo se eu tinha inteligência suficiente para captar o que estava dizendo. Ou se eu era forte o suficiente para lidar com a informação.

– Continue – disse eu.

– Até mesmo isso, bem agora, você e eu... isso já aconteceu. Mas o passado em que você está não é como a sensação de passado da qual se lembra. O tempo não existe mais. Você está presente aqui, e sua visão do futuro ainda está nublada. Por isso, você vai ter muitas, muitas experiências *novas*, e vai precisar analisar as consequências com muito cuidado.

Minha cabeça doía.

– Tudo bem. Qual é a terceira regra?

Nan indicou o líquido que brotava das minhas costas. Minhas asas, por assim dizer.

– A terceira regra é a de você manter um registro, um diário, se quiser chamar assim, de tudo que aconteça.

– Você quer que eu anote tudo que acontecer?

— Não, é muito mais fácil que isso. Se você cumprir as duas primeiras regras, não vai ter de fazer nada. Suas asas farão tudo para você.

Tive medo de perguntar qual era a quarta regra.

— E em último lugar — disse ela, voltando a sorrir —, ame Margot. Ame Margot.

Ela beijou a ponta dos dedos e as pressionou em minha testa. Então fechou os olhos e murmurou uma oração no que supus ser hindi. Mexi com os pés e abaixei a cabeça, embaraçada. Por fim, ela terminou. Quando abriu os olhos, a escuridão de suas pupilas foi substituída por uma luz branca.

— Virei visitá-la outras vezes — disse ela. — Lembre-se, você agora é um anjo. Não precisa ter medo de nada.

A luz branca em seus olhos espalhou-se pelo rosto inteiro, pela boca, desceu pelo pescoço e pelos braços, até que, numa enorme explosão de luz, ela desapareceu.

Olhei em volta. Havia um gemido baixo no fim do corredor à minha direita. Casa de cômodos. Paredes internas de tijolo sem reboco, um ou outro grafite. Uma porta de entrada estreita, aberta direto para a rua, e, ao lado, o painel dos interfones para os apartamentos, coberto com uma grudenta camada de cerveja Guinness. Um bêbado estava enroscado em baixo do poço de uma escada.

Fiquei parada um instante, examinando o ambiente. Primeiro impulso: sair para a rua e ir para longe desse lugar. Mas então fui dominada pela vontade de seguir aquele som, os gemidos no final do corredor. Quando digo "vontade", não me refiro à curiosidade ou suspeita. Falo de algo que se situa em algum ponto entre o tipo de intuição que leva uma mãe a ir investigar o que está fazendo um filhinho de dois ou três anos que está muito quieto há muito tempo e descobre que ele está prestes a enfiar o gato da casa na secadora de roupas, e aquele tipo de instinto profundamente entranhado que nos avisa quando deixamos a porta de casa destrancada, quando estamos a ponto de ser demitidas ou quando estamos grávidas.

Você conhece essa sensação?

Foi assim que me descobri seguindo sem ruído pelo corredor, passando pelo bêbado e subindo três degraus até um patamar. Pelo corredor, cinco portas, duas de cada lado, uma no final. Todas pintadas de preto. O barulho, um som profundo, animalesco, estava agora mais próximo. Dei mais um passo. Veio um grito. Um nome. Voz de mulher, choramingando. Encaminhei-me para a porta e parei. Em seguida, eu já estava dentro. Uma sala de estar. Nenhuma luz acesa, escura como a meia-noite. Deu para eu distinguir um sofá e o formato de cubo pequeno da televisão velha. Uma janela estava aberta, a cortina batendo no peitoril e depois na mesa ali dentro, sem ter certeza se queria estar ali ou lá fora. Um grito longo, agonizante. *Como ninguém mais está ouvindo isso?* pensei. *Por que os vizinhos não estão socando a porta?* Depois eu me dei conta. Esta é Belfast oriental durante a estação da marcha. Todos estão lá fora se sacudindo com The Sash.

Um tumulto tinha começado na rua. Sirenes da polícia chegavam de diversas direções. Garrafas espatifadas. Gritos, pés batendo na calçada. Abri caminho pela sala de estar na direção dos gritos de mulher.

Um quarto, iluminado por um abajur de luz trêmula numa mesa de cabeceira. Papel de parede lilás, descascado, marcas de mofo e umidade manchando a parede em frente como salpicos de fuligem. Uma cama desarrumada. Uma moça loura numa camiseta azul comprida, ajoelhada sozinha ao lado da cama, como se estivesse rezando, arquejante. Os dois braços finos como paus de bandeira e muito contundidos, como se tivesse estado brigando. De repente, de joelhos, ela se sentou, com os olhos muito espremidos, o rosto voltado para o teto, os maxilares cerrados. Vi que estava em gravidez avançada. Em torno dos tornozelos e dos joelhos havia uma poça de água vermelha.

Só pode ser brincadeira, pensei. *O que se espera de mim? Que eu faça o parto? Que acione o alarme? Estou morta. Não tem nada que eu possa fazer além de olhar para essa pobre coitada dar socos na cama.*

A contração cedeu por um instante. Ela caiu mole para a frente e encostou a testa na cama, com os olhos semicerrados e revirados para trás. Ajoelhei-me ao seu lado e, hesitando muito, pus a mão em seu ombro. Nenhuma reação. Ela arquejava, a contração seguinte aumentando e aumentando até ela se arquear mais uma vez e gritar por um minuto inteiro. E então o grito murchou num tom de alívio, e ela voltou a arquejar.

Pus a mão no seu antebraço e senti alguns furinhos. Olhei mais de perto. Reunidos em torno do cotovelo, dez círculos roxos, menores que moedas de um centavo. Marcas de picadas. Mais uma contração. Ela se ergueu de joelhos e respirou fundo. A camiseta subiu até os quadris. Mais marcas de picadas nas coxas magras, brancas. Examinei o quarto rapidamente. Pires e colheres de chá na cômoda. Duas seringas debaixo da cama. Ou ela era diabética e adorava chá, ou viciada em heroína.

A poça de água em torno de seus joelhos estava cada vez maior. Suas pálpebras agora estavam trêmulas, os gemidos mais baixos em vez de mais altos. Percebi que estava perdendo a consciência. A cabeça rolou para um lado, a boca pequena e úmida meio caída.

– Ei – disse eu, em voz alta. Nenhuma reação. – Ei! – Nada.

Levantei-me e andei pelo quarto. De vez em quando o corpo da garota se sacudia para a frente e de um lado para outro. Ela estava simplesmente sentada, de joelhos, o rosto pálido voltado para mim, os braços magros retos de cada lado do corpo, os pulsos roçando no tapete imundo, infestado de pulgas. Tive uma vez um amigo que tinha um próspero negócio como ressuscitador autônomo de viciados. Ele passou longas horas em nosso sofá dando relatos detalhados de celebridades que tinha salvado da beira da morte, alcançando-as inferno adentro com o longo braço de sua seringa de adrenalina para arrancá-las do colo de Satanás. É claro que eu não conseguia realmente me lembrar de qual era o procedimento. Duvido que meu amigo tivesse um dia salvado viciados em trabalho de parto. E decerto não enquanto estava morto.

De repente a garota escorregou da cama e ficou de lado no chão, com os braços unidos como se estivesse algemada. Agora eu podia ver sangue vazando dela. Abaixei-me depressa e afastei seus joelhos. Uma inconfundível coroa de cabelo escuro entre suas pernas. Pela primeira vez, senti a água jorrar das minhas costas, fria e sensível como dois membros a mais, alertas para tudo no quarto – o cheiro de suor, cinzas e sangue, a tristeza palpável, o som do coração da garota batendo cada vez mais lento, e o coração galopante da criança...

Sem hesitar, puxei suas pernas na minha direção e firmei seus pés no chão. Puxei um travesseiro de cima da cama, arranquei o lençol mais limpo do colchão e o estendi por baixo de suas coxas. Agachei-me entre suas pernas e uni minhas mãos em taça junto de suas nádegas, tentando não pensar muito. Em qualquer outra ocasião, eu teria fugido correndo desse tipo de coisa. Minha respiração estava acelerada, eu me sentia tonta e, no entanto, incrivelmente concentrada, com uma curiosa determinação de salvar essa pequena vida.

Eu podia ver as sobrancelhas e a ponte do nariz da criança. Estendi a mão e fiz pressão no alto do ventre da garota. Mais água veio encharcar o travesseiro por baixo das nádegas. E então, rápido como um peixe, o bebê inteiro saiu deslizando de dentro dela, tão depressa que precisei agarrá-lo: a cabeça escura, molhada, o rosto amarfanhado, o minúsculo corpo azul coberto de uma substância gordurosa esbranquiçada. Uma menina. Eu a enrolei no lençol e mantive uma das mãos no grosso cordão azul, sabendo que dentro de alguns minutos precisaria puxar de novo para ajudar a placenta a sair.

O bebê miava em meu braço, a boquinha franzida como um bico, aberta, procurando. Daí a um minuto, eu o levaria ao peito da mãe. Antes, porém, eu tinha uma tarefa a cumprir. A tarefa de manter a triste alma da mãe naquele corpo maltratado.

O cordão umbilical estava se afrouxando na minha mão. Dei-lhe um puxão rápido. Eu podia sentir que havia um saco grande na outra ponta. Era parecido com pescar. Mais um puxão, uma ligeira torcida. Devagar e com firmeza, fui puxando a coisa toda, até que ela tombou de uma vez no travesseiro como uma grossa massa sangrenta. Havia vinte anos desde que eu tinha feito isso. O que a parteira tinha feito mesmo? Cortado o cordão perto do umbigo. Olhei em volta à procura de algum objeto afiado. Avistei um canivete na cômoda. Vai servir. Mas espere. Mais alguma coisa. A parteira tinha examinado a placenta. Lembrei-me de ela nos ter mostrado que a placenta saiu perfeita, que nenhuma parte tinha ficado lá dentro, e com isso Toby se debruçou na bacia mais próxima e vomitou o almoço.

Essa placenta, no entanto, não era a substância de um vermelho vivo, semelhante a miolos, de que eu me lembrava. Essa aqui era pequena e rala, como um animal atropelado. A garota ainda sangrava muito. Sua respiração era fraca, assim como o pulso. Seria preciso que eu fosse buscar alguém.

Levantei-me e pus o bebê na cama; mas, quando olhei, vi que estava azul. Azul como uma veia. A boquinha já não procurava. O rostinho bonito de boneca estava adormecendo. As cachoeiras que jorravam de minhas costas como longas asas davam a impressão de agora estar chorando, como se cada gota estivesse se atirando das profundezas de mim. Elas me diziam que o bebê estava morrendo.

Apanhei-o no colo e reuni as longas pregas de meu traje – branco, exatamente igual ao de Nan, como se no céu só houvesse um alfaiate – em torno de seu corpinho. Ela era magra de dar pena. Menos de dois quilos e meio. As mãozinhas, mantidas junto do peito com punhos fechados, começaram a se afrouxar, como pétalas que desabrocham a partir da haste. Debrucei-me e pus meus lábios em torno de sua boca, soprando com força. Uma vez. Duas vezes. Seu pequeno abdome inflou-se como um pequeno colchão. Grudei uma orelha em seu peito e dei umas batidas leves. Nada. Tentei de novo. Uma vez. Duas vezes. Três vezes. E então, a sensação de intuição. Instinto. Orientação. *Ponha a mão sobre seu coração.*

Eu a apanhei e a deitei no meu braço, abrindo a palma de minha mão de um lado a outro de seu peito. E lentamente, espantosamente, senti o pequeno coração, como se estivesse em meu próprio peito, tropeçando e vacilando, explodindo como um motor tentando pegar, um barco jogando num mar encapelado. De minha mão, uma pequena luz. Tive uma reação de surpresa. Ali, na névoa laranja-escura daquele quarto nojento, uma luz branca estava espremida entre minha mão e o peito da criança. Eu podia sentir seu coração começando a se agitar, ansioso para despertar. Fechei bem os olhos e pensei em todas as coisas boas que tinha feito na vida inteira; e por todas as coisas ruins que tinha feito, forcei-me a sentir remorso, uma espécie de oração, uma rápida autoqualificação para ser o tipo de anjo da guarda de que essa criança precisava neste exato momento, para ser digno de trazê-la de volta à vida por meio de qualquer força que meu corpo possuísse.

A luz ficou mais forte até que pareceu encher o quarto. O coraçãozinho tropeçava em si mesmo como um bezerro correndo com as pernas trêmulas por um pasto. E então ele bateu em meu próprio peito, bateu forte e vigoroso, tão alto em meus ouvidos que cheguei a dar uma sonora risada. E, quando olhei para baixo, vi todo o tórax minúsculo arfar, subindo e descendo, subindo e descendo, os lábios cor-de-rosa de novo, enrugando-se à medida que cada respiração entrava e saía pela pequena boca.

A luz foi se apagando. Enrolei-a no lençol e a deitei na cama. A mãe jazia numa poça de sangue, o cabelo louro agora cor-de-rosa, as faces brancas riscadas de vermelho. Entre os seios frouxos, procurei pela batida do coração. Nada. Fechei meus olhos e ordenei que a luz acontecesse. Nada. Seu peito estava frio. O bebê começava a choramingar. Ela está com fome, pensei. Levantei a camiseta da mãe e segurei a criança junto do seio por um instante. E, ainda com os olhos fechados, ela se inclinou para o mamilo e mamou sem parar.

Depois de alguns minutos, pus a criança de volta na cama. Rapidamente, encostei a palma da mão no peito da mãe. Nada.

Vamos! berrei. Grudei meus lábios nos dela e respirei, mas o ar inflou suas bochechas e saiu de novo pela boca vazia, redundante.

– Deixe-a – disse uma voz.

Virei-me. Junto da janela, outra mulher. Outra mulher de branco. Obviamente algo comum naquele lugar.

– Deixe-a – disse a mulher novamente, dessa vez baixinho. Um anjo. De aparência semelhante à da mulher caída morta no chão, o mesmo cabelo denso, amarelo-manteiga, a mesma boca picada de abelha. Talvez uma parenta, pensei, que veio levá-la para casa.

O anjo apanhou a mulher do chão e se encaminhou para a porta, levando o corpo sem vida nos braços, embora continuasse no chão quando olhei de volta. O anjo olhou para mim e sorriu. Depois olhou de relance para o bebê.

– Ela se chama Margot – disse. – Cuide bem dela.

– Mas... – disse eu. Nessa palavra havia um emaranhado de perguntas.

Quando olhei de novo, o anjo tinha sumido.

2

O plano

A primeira coisa que exigiu um esforço para eu me acostumar foi o fato de eu não ter asas. Pelo menos, não asas com penas. Revelou-se que foi só depois do século IV que os pintores começaram a pintar anjos com asas, ou melhor, com longas estruturas fluidas que saem do ombro e descem aos dedos dos pés. Elas não são de penas, mas de água.

As numerosas aparições de anjos ao longo da história do mundo acabaram resultando na ideia de uma criatura semelhante a uma ave, capaz de voar entre a mortalidade e a divindade; mas, ocasionalmente, testemunhas divergiram quanto à noção de asas. Um homem no México durante o século XVI escreveu sobre "dos ríos", ou "dois rios", em seu diário, que sua família queimou discretamente assim que ele esticou as canelas. Outro homem – dessa vez na Sérvia – espalhou a notícia de que seu visitante angelical tinha duas quedas d'água que cascateavam a partir de suas omoplatas. E uma garotinha na Nigéria fez desenhos e mais desenhos de um belo mensageiro celestial, cujas asas tinham sido substituídas por águas correntes que desaguavam no rio que corre eternamente diante do trono de Deus. Seus pais ficaram muito orgulhosos com sua imaginação criativa.

A garotinha estava bem informada. O que ela não sabia, porém, era que os dois jatos de líquido que correm da sexta vértebra da espinha de um anjo até o sacro formam uma ligação – um cordão umbilical, por assim dizer – entre o anjo e seu/sua Protegido/a.

Dentro dessas "asas de água" ocorre um processo de transcrição de todos os pensamentos e ações, exatamente como se o anjo estivesse registrando todas essas informações. Até mesmo melhor que um circuito fechado de TV ou que uma *webcam*. Em vez de meras palavras ou imagens, a experiência total fica saturada no líquido, para contar a história fiel de qualquer dado momento – desde a sensação de se apaixonar pela primeira vez, por exemplo, ligada por uma rede de cheiros e lembranças a reações químicas a um abandono na infância. E assim por diante.

O diário de um anjo está em suas asas. Como está o instinto, a orientação, o conhecimento sobre todos os seres vivos. Caso se esteja preparado para escutar.

A segunda coisa que exigiu algum esforço para eu me acostumar foi a noção de reexperimentar minha vida como uma testemunha muda.

Vou falar sem rodeios. Tive uma vida plena. Mas não tive uma vida boa. Portanto, dá para imaginar como eu me senti a respeito da ideia de vivê-la de novo.

Calculei que houvesse sido mandada de volta como castigo, uma espécie de purgatório levemente disfarçado. Na realidade, quem gosta de se ver na tela? Quem não se encolhe ao ouvir o som da própria voz numa mensagem de correio de voz? Multiplique essa experiência por um quatrilhão, e vai chegar mais ou menos na faixa do que estou enfrentando. Espelho, câmera de vídeo, molde em gesso... cada um deles não é nada perto de estar ao lado de você mesmo em carne e osso, especialmente quando esse você mesmo está se dedicando ativamente a arruinar toda a sua vida.

Eu via outros anjos o tempo todo. Nós raramente nos comunicamos: não somos como camaradinhas ou colegas, nem mesmo como se estivéssemos no mesmo barco. Em sua maioria, considerei-os criaturas sombrias, distraídas, ou eu deveria dizer chatos de galochas? Todos eles observando seu/sua Protegido/a com tanta atenção como se ele ou ela estivesse cambaleando ao longo das calhas do telhado do Empire State Building. Tive mais uma vez aquela sensação, exatamente como se estivesse de novo na escola, de ser a única que usava saia quando todas as outras usavam calças. Ou de ser a adolescente que pintava o cabelo de rosa vinte anos antes que isso virasse moda. Pode me chamar de Sísifo: eu estava de volta aonde sempre tinha estado, perguntando-me onde eu estava, *por que* estava ali e como ia conseguir sair.

Quando o bebê começou a respirar de novo – quando *Margot* começou a respirar de novo –, saí correndo do apartamento e acordei a chutes o bêbado enroscado ao pé da escada. Quando ele por fim voltou a si, revelou-se muito mais jovem do que eu o tinha imaginado. Michael Allen Dwyer. Vinte e um anos recém-completados. Estudante de química na Queen's University (mal se mantinha lá – descobri que suas notas estavam à beira da reprovação). Atende pelo nome de Mick. Toda essa informação eu obtive só por enfiar o pé no ombro dele. Não faço ideia do motivo pelo qual isso não funcionou com a garota morta minutos antes. Poderia ter salvado sua vida.

Eu o levantei e o pus de pé. Depois me inclinei no seu ouvido e lhe disse que a garota no apartamento quatro tinha morrido e que havia um bebê lá dentro também. Ele se voltou devagar para o patamar e então sacudiu a cabeça e esfregou as mãos no cabelo, tentando se livrar da ideia. Tentei de novo. *Apartamento quatro, seu imbecil. Garota morta. Bebê. Precisa de ajuda. Agora.* Ele estancou de repente, e eu prendi a respiração. *Ele consegue me ouvir?* Continuei a falar. *Isso, isso mesmo, vá andando.* O ar em volta dele tinha mudado, como se as palavras de minha boca tivessem desobstruído o estreito espaço entre ele e a gravidade, penetrando nas células de seu sangue, cutucando seu instinto.

Ele pôs um pé no primeiro degrau, lutando para se lembrar do que estava fazendo ali. Quando subiu os dois últimos degraus, eu pude ver neurônios e células gliais zumbindo em sua cabeça como pequenos raios, um pouco mais lentos do que o normal, por conta do álcool, embora vibrando com fusões sinápticas.

A partir desse ponto, deixei que a curiosidade o pegasse pela mão e o conduzisse lá para dentro. A porta preta estava escancarada (graças a mim). O bebê (*claro que não... claro que ela não pode ser eu...*) agora estava chorando, um chorinho estertorante de dar pena, como um gatinho prestes a se afogar num barril de água. Esse ruído penetrou nos ouvidos de Mick e o golpeou, fazendo com que recuperasse a sobriedade.

Eu estava lá quando ele tentou reanimar a mãe. Tentei impedi-lo, mas ele insistiu em passar mais de meia hora esfregando-lhe as mãos e gritando em seu rosto até lhe ocorrer a ideia de chamar uma ambulância. Foi então que me dei conta. Eles tinham sido namorados. Essa criança era dele. Ele era meu pai.

Aqui é necessário um aparte. Nunca conheci meus pais. Disseram-me que eles morreram num acidente de automóvel, quando eu era muito pequena, e que as pessoas que cuidaram de mim até a adolescência podiam ter sido criminosos sórdidos de várias espécies, mas, *peraí,* eles me mantiveram viva. Por um triz.

Por isso eu não fazia ideia do que estava por acontecer àquela altura de minha existência, e não tinha absolutamente a menor noção de como eu poderia contribuir para um resultado melhor. Se meu pai estava vivo e bem, por que fui parar onde fui parar?

Sentei-me na cama ao lado do bebê, observando o rapaz, que soluçava junto do corpo da garota morta.

Deixem-me tentar de novo: sentei-me na cama ao lado de mim mesma, observando meu pai, que soluçava sobre o corpo de minha mãe.

De vez em quando ele se levantava para dar um soco em alguma coisa espatifável, chutando seringas pelo quarto e acabando por esvaziar as gavetas da cômoda, num ataque de fúria.

Mais tarde eu soube que eles tinham brigado apenas horas antes. Ele tinha saído do apartamento, esbravejando, e caído na escada. Ela lhe dissera que tudo estava acabado. Mas já tinha dito isso antes.

Por fim, alguém chamou a polícia. Um policial mais velho pegou Mick pelo braço e o levou para fora. Esse era o superintendente Hinds, que mais cedo naquela manhã recebera uma intimação para o divórcio pedido por sua mulher francesa, principalmente em razão da quantidade de dinheiro que ele tinha perdido num cavalo que tropeçou no último salto e de ainda estar vazio o quarto das crianças. Apesar de seu estado de espírito, o superintendente Hinds sentiu pena de Mick. Houve algum desentendimento no corredor quanto à necessidade de algemá-lo ou não. Estava claro que a garota era uma usuária, argumentara o superintendente Hinds com uma colega. Estava claro que tinha morrido durante o parto. A colega fez questão de que o rapaz fosse tratado de acordo com o regulamento. Isso significava mais de uma hora de interrogatório. Significava nenhuma brecha na papelada e, portanto, nenhuma possibilidade de ação disciplinar por parte da chefia.

Papelada. Foi por causa de papelada que meu pai e eu fomos separados. Foi por causa de papelada que meu início de vida tomou a direção que tomou.

O superintendente Hinds fechou os olhos e pressionou os dedos nas sobrancelhas. Fui até ele, louca para chegar perto de seu ouvido e gritar quem eu era, que Mick era meu pai, que ele precisava levar o bebê para o hospital. Mas meu falatório de nada adiantou. Agora eu podia ver a diferença entre Mick e o superintendente Hinds, o motivo pelo qual eu tinha conseguido despertar a atenção de um e não do outro: o manto de emoções, do ego e de lembranças que cercava Mick tinha revelado uma brecha, exatamente na hora em que falei com ele; e, como um vento soltando seixos de seus pontos de apoio nas rachaduras de um muro, permitindo rapidamente que gotas de chuva se infiltrem, que a umidade se misture com a pedra, foi assim que eu também me comuniquei com Mick. Mas o superintendente Hinds era um osso duro de roer, por assim dizer. Deparei-me com isso repetidamente. Algumas pessoas me ouviam. Outras, não. Na maior parte das vezes, foi por sorte minha.

Margot deu um guincho forte. O superintendente Hinds fez valer sua autoridade.

— Certo — rosnou ele para a equipe de policiais que tinha se reunido ao longo do corredor. — Você. — Ele indicou o primeiro policial à sua direita. — Leve o garoto à delegacia para ser interrogado. Você. — Ele apontou para o segundo policial à direita. — Providencie uma ambulância imediatamente. — A policial olhava para ele, com expectativa. Ele suspirou. — Chame a perícia.

Frustrada, gritei com o superintendente Hinds e sua equipe, implorando-lhes que não prendessem Mick. E então berrei por ninguém conseguir me ouvir, por eu estar morta. E então eu os vi algemar Mick e levá-lo para longe de Margot pela última vez.

A seu lado, num estado de tempo paralelo que se abriu como um pequeno rasgo no tecido do presente, eu o vi ser solto na manhã do dia seguinte e ser apanhado pelo pai. E, à medida que se passavam dias, semanas e meses, assisti enquanto Mick forçava a lembrança de Margot cada vez mais para o fundo da cabeça, até ela não passar de uma criança abandonada sendo alimentada por tubos no Ulster Hospital, a etiqueta branca no berço de plástico com o nome: Bebê X.

Mas foi nesse momento que meu plano ganhou asas. Se tudo o que Nan tinha dito fosse verdade, se nada estivesse pré-fixado, resolvi que eu mudaria tudo em minha vida: minha formação, minhas escolhas românticas, o atoleiro de pobreza através do qual avancei até os quarenta anos. E a sentença de prisão perpétua por homicídio que meu filho estava cumprindo na ocasião de minha morte. Ah, sim, tudo isso estava prestes a mudar.

3
Óculos extraterrestres

Passei o que acabou sendo cerca de seis meses na unidade de pediatria do Ulster Hospital – sei disso porque Margot já ficava sentada sozinha quando eles lhe deram alta – andando pelo corredor, observando os médicos enquanto eles examinavam Margot, pequena, com icterícia e ainda na incubadora, cercada por tubos.

Mais de uma vez, o dr. Edwards, o cardiologista pediátrico encarregado da recuperação de Margot, afirmou que ela não veria o dia seguinte. Mais de uma vez, estendi minha mão para dentro da incubadora e a coloquei sobre seu coração, trazendo-a de volta à Terra.

Ora, vou admitir que chegou a me ocorrer que talvez eu devesse simplesmente deixá-la morrer. Sabendo o que eu sabia sobre a infância de Margot, não havia muito a se esperar. Mas então pensei nos bons tempos. Manhãs tomando café com Toby na nossa sacada desconjuntada em Nova York. Escrevendo poesia ruim em Bondi Beach. Lançando, por fim, minha própria empresa, assinando contrato com K.P. Lanes. E pensei, OK, boneca, vamos em frente. Vamos continuar vivas.

Nesse período descobri algumas coisas:

Primeira Descoberta: Observar, proteger, preservar e amar Margot significava praticamente não sair de seu lado. Uma vez ou duas, pensei em dar um passeio, sabe, fazer um pouco de exploração, tirar uma pequena folga em algum lugar menos frio. Mas mal consegui sair do prédio. Eu estava ligada a ela, e não só porque ela era eu. Eu tinha uma sensação de dever que jamais tinha tido durante a vida inteira, nem mesmo como mulher e mãe.

Segunda Descoberta: Minha visão mudou. De início, supus que estivesse ficando cega. Mas então tudo voltava para o jeito que sempre é: uma chaleira é uma chaleira; um piano é de madeira com teclas brancas e pretas etc. Cada vez mais eu me descobria olhando o mundo, como que através de um par de óculos extraterrestres. O dr. Edwards passaria de um sósia de Cary Grant para um manequim de neon, cercado por faixas psicodélicas de luz colorida que saíam em espiral a partir do coração, subindo para contornar a cabeça, os braços, a cintura como bambolês, descendo direto até os dedos dos pés. Mais ou menos como o infravermelho, mas cem vezes mais esquisito. E essa não foi a única mudança sofrida por minha visão. Às vezes, eu via tempos paralelos (mais sobre isso daqui a pouco), e outras vezes descobria que tinha visão de raios X e que era capaz de enxergar na sala ao lado. Eu via as coisas como que através de uma enorme lupa. Uma vez, vi os pulmões do dr. Edwards: cheios, eu pude ver, de grumos de alcatrão negro, cortesia de sua predileção por charutos. O mais estranho, no entanto, foi quando vi o embrião da enfermeira Harrison, concebido bem naquela manhã, rolando pelas trompas de Falópio, como uma bola de pingue-pongue deformada, até finalmente cair nas câmaras aveludadas de seu útero, como uma pedra que se deixa cair num laguinho. Fiquei tão fascinada que acompanhei a enfermeira Harrison ao estacionamento do hospital até me lembrar de Margot e ser arrastada de volta para aquele quarto sombrio, repleto de berros de bebês.

Terceira Descoberta, e Mais Importante de Todas: Não tenho absolutamente nenhuma noção de tempo. Nenhum ritmo circadiano para me dizer se é noite; nenhuma capacidade para lembrar quando é o Natal. É assim: eu *vejo* o tempo, mas a ideia de um relógio não tem nenhum significado para mim. Pense do seguinte modo – quando você vê a chuva, vê pequenos globos prateados de água, não? Às vezes, na forma de uma densa cortina que escorre pela janela. Quando *eu* vejo a chuva, vejo bilhões de átomos de hidrogênio roçando em seus vizinhos de oxigênio. Parece mais ou menos com pequenas placas brancas girando em meio a botões cinzentos num tampo de balcão. O mesmo vale para o tempo. Vejo o tempo como uma galeria de arte de átomos, buracos de minhoca e partículas de luz. Eu deslizo pelo tempo, como você veste uma camisa, ou como pressiona um botão no elevador e se descobre no vigésimo quinto andar. Vejo a abertura de janelas de tempos paralelos por toda parte, revelando o passado e o futuro como vejo as ações que estão acontecendo do outro lado da esquina de uma rua.

Eu não existo no tempo. Eu o visito.

Como você pode imaginar, isso representa um obstáculo ligeiramente importante para meu plano. Se eu não consigo captar o tempo, como vai se esperar que eu mude a vida de Margot?

Passei todo o meu período no hospital calculando meios pelos quais eu influenciaria Margot a mudar. Eu lhe sopraria as respostas para todas as suas provas na escola; até gritaria com ela para se manter bem longe de carboidratos complexos e de açúcar; talvez criasse um impulso na profundeza das suas entranhas para ela se dedicar ao atletismo. E então eu a instigaria o tempo todo até chegar ao esplendor financeiro. Esse último objetivo era o mais importante. Por quê? Acreditem em mim, a pobreza não significa apenas dores de fome. Ela significa todas as suas escolhas de vida sendo apagadas bem diante do seu nariz.

Eu disse a mim mesma que talvez fosse *essa* a razão pela qual eu tinha voltado como meu próprio anjo da guarda: não só para ver o quebra-cabeça inteiro, como Nan tinha dito, mas para mudar as peças ligeiramente de modo que um quadro diferente surgisse, para devolver o elemento *escolha* ao quadro principal.

4

Um fio do destino

Os pais de criação que recolheram Margot do hospital eram pessoas surpreendentemente decentes. Decentes do tipo camisa branca e vestido de seda. Decentes sob todos os outros aspectos também. Descobri de imediato que eles tinham tentado, sem sucesso, ter filhos por catorze anos. O homem, um advogado chamado Ben, vinha a passos pesados pelo corredor com as mãos enfiadas bem fundo nos bolsos. Sua vida o ensinara a esperar o pior e deixar que o melhor o surpreendesse. Dava para eu entender isso. Sua mulher – uma mulher muito baixa, muito larga, chamada Una – dava passinhos rápidos a seu lado. Estava de braços dados com ele e usava a mão livre para esfregar um crucifixo de ouro pendurado no pescoço. Os dois pareciam extremamente preocupados. Estava evidente que o dr. Edwards não tinha pintado um bom quadro da saúde de Margot.

Quando eles chegaram, eu estava sentada no berço, com as pernas entre as barras frias de metal verde, penduradas para fora. Margot estava rindo das caretas que eu fazia. Ela já tinha uma risada bem obscena. Uma risada de jogar a cabeça para trás. Tinha um chumaço de cabelo louro fino, no tom exato que passei a vida inteira caçando com um vidro de água oxigenada; e olhos azuis redondos que acabariam se tornando cinzentos. Dois dentinhos já tinham apontado nas gengivas cor-de-rosa. De vez em quando, eu via relances de seus pais em seu rosto: o queixo forte de Mick. Os lábios cheios de sua mãe verdadeira.

Una, a mãe de criação, bateu com a mão no peito e arfou.

— Ela é linda! — Voltou-se para o dr. Edwards, parado atrás deles, de braços cruzados, sério como um empregado de funerária.

— E parece tão saudável!

Una e Ben se entreolharam. Os ombros de Ben, encolhidos até as orelhas com o suspense, se relaxaram de alívio. Os dois começaram a rir. Adoro ver isso: a espinha dorsal de um casamento bem-sucedido. Fico fascinada. No caso de Una e Ben, era o riso.

— Querem pegá-la no colo? — O dr. Edwards colheu Margot do meu colo. Seu sorriso dentuço desapareceu, e ela começou a se queixar; mas eu pus um dedo diante dos lábios e fiz mais uma careta. Ela deu um risinho.

Una cantarolou tantos elogios para Margot que a menina por fim se voltou para ela e lhe deu um sorriso fixo. Mais elogios da parte de Una. Hesitante, Ben pegou uma das mãozinhas rechonchudas e fez uns ruídos estalando a língua. Eu ri, e Margot também.

O dr. Edwards esfregou o rosto. Tinha visto essa cena muitas vezes. Um profundo ódio de culpa fazia com que ele revelasse o pior para as pessoas, para evitar qualquer espécie de responsabilidade. Por isso, declarou:

— Ela não chegará a completar três anos de idade.

O rosto de Una tornou-se uma janela espatifada.

— Por quê?

— O coração dela não está se desenvolvendo direito. Ele não permite que o sangue circule até todos os órgãos. Com o tempo, o fornecimento de oxigênio ao cérebro será interrompido. E então ela morrerá. — Ele suspirou. — Eu detestaria que vocês me culpassem por não lhes dizer antes.

Ben baixou os olhos e sacudiu a cabeça. Todos os seus piores medos realizados. Ele e Una tinham sido amaldiçoados desde o dia do casamento, disse para si mesmo. Tantas vezes, tantas vezes, ele tinha precisado assistir à mulher chorar. Tantas vezes ele mesmo tinha sentido vontade de chorar. A cada decepção, ele chegava um passo mais perto da verdade: que a vida era cruel e terminava com um caixão e larvas.

Una, porém, tinha uma propensão genética para o otimismo.
– Mas... como se pode ter certeza? – perguntou ela, desorientada. – Será que não poderia haver uma chance de seu coração se fortalecer? Já li sobre bebês que superam todos os tipos de doenças assim que encontram um lar feliz.
Levantei-me. A coragem me reanima. Sempre reanimou. Era disso que eu mais gostava em Toby.
– Não, não, não, não – disse o dr. Edwards, com um pouco de frieza. – Posso lhes dar certeza absoluta de que estamos corretos neste caso. A taquicardia ventricular é uma doença desastrosa e, pelo menos por enquanto, praticamente sem tratamento...
– Ma ma ma – disse Margot.
Una espantou-se e deu um gritinho de felicidade.
– Vocês ouviram isso? Ela me chamou de "mama"!
A boca do dr. Edwards ainda estava aberta.
"Diga 'mama' de novo", disse eu a Margot.
– Ma ma MA! – disse ela, dando risinhos. O que eu posso dizer? Eu era uma gracinha.
Una riu e balançou Margot para cima e para baixo no colo. Depois deu as costas para o dr. Edwards.
É claro que eu já tinha visto o coração de Margot. Mais ou menos do tamanho de uma ameixa seca, rateando de vez em quando. A luz que circulava a partir dele às vezes murchava e perdia a intensidade. Eu sabia que havia algo de errado. Mas pensei que não tinha nenhuma lembrança de um problema com o coração. Meu coração sofreu muito durante a adolescência, mas com problemas do tipo amor não correspondido. Era evidente que o problema não era tão sério quanto o dr. Edwards estava determinado a fazer parecer.
– Ela vai viver – sussurrei no ouvido de Una. Ela ficou totalmente imóvel por um instante, como se um desejo de sua alma tivesse se conectado com sua manifestação em algum ponto no canto do universo. Ela fechou os olhos e fez uma prece.
Nesse instante, vi o anjo da guarda de Una. Um negro alto apareceu atrás dela e lhe deu um abraço, grudando a bochecha na

dela. Ela fechou os olhos e, por um momento, um clarão branco a envolveu. Foi lindo de ver. A luz da esperança. Em todo o meu tempo no hospital, essa foi a primeira vez que a vi. Ele olhou para mim e piscou um olho. Depois, desapareceu.
    Depois disso, foram só formulários. Assinem aqui, assinem ali. O dr. Edwards escreveu um monte de receitas médicas e marcou algumas datas para Una e Ben trazerem Margot de volta para exames. Pude ver que Ben estava começando a se sentir esgotado – ele não tinha dormido na noite anterior – e Una estava fazendo que sim, cantarolando e se enlevando, mas sem ouvir nada do que ele dizia. Por isso, tratei de prestar atenção. Quando foram mencionadas datas, cutuquei Una. "Melhor anotar isso, querida."

Margot ganhou seu nome da enfermeira Harrison, depois de uma longa discussão na sala de chá entre o dr. Edwards e sua equipe de enfermeiras. Ela soltou o nome com relutância depois que a enfermeira Murphy sugeriu o nome "Gràinne", um nome do qual eu não gostava muito. Foi, *mais oui*, esta que vos fala quem pôs o nome na cabeça da enfermeira Harrison. Quando as outras a interrogaram, ela atribuiu a escolha a Margot Fonteyn, a bailarina. Seu sobrenome, Delacroix, era da mãe verdadeira, cujo nome descobri que era Zola.
    A casa de Ben e Una ficava numa das áreas mais ricas de Belfast, perto da Universidade. Ben trabalhava muito em casa. Seu escritório ocupava o espaço abaixo do telhado de sua casa vitoriana de três andares, imediatamente acima do quarto de Margot, cheio de brinquedos de todos os tipos e cores.
    O tempo que passei lá foi coberto de suspeitas. Alguma coisa estava acontecendo. Eu não tinha nenhuma recordação de Ben e Una, nenhum conhecimento de que eles tivessem desempenhado um papel tão importante em minha vida mortal. O bonito berço de mogno esculpido à mão no quarto do bebê era raramente ocupado por Margot. Em vez disso, Una a mantinha escanchada no lado direito do quadril durante o dia e a aconchegava no seio

esquerdo de noite, aquecida como uma torrada quentinha entre ela e Ben.
　Falava-se muito em adoção, o que eu incentivava do fundo do coração. Sempre que Ben permitia que seus medos o dominassem – "Mas e se ela morrer?" – eu fazia cócegas em Margot até ela rir de modo histérico, ou abria seus braços enquanto ela tentava dar o primeiro passo. Una estava apaixonada. Eu também estava apaixonada por essa mulher maravilhosamente maternal – do tipo que eu nunca antes compreendera – que acordava todos os dias antes do amanhecer com um sorriso, que às vezes passava horas olhando com um sorriso para Margot dormindo nos seus braços. Às vezes, a luz dourada em volta dela brilhava tão forte que eu precisava desviar meu olhar.
　E então mais uma luz surgiu. Como uma cobra que consegue, sem ser percebida, entrar pela porta dos fundos, um tom opaco de cinza chumbo enroscou-se como uma fita em torno de Ben e Una, quando eles estavam sentados à mesa de jantar, festejando o primeiro aniversário de Margot com um bolinho cor-de-rosa e uma única vela, além de um novo lote de brinquedos embrulhados para presente. A luz – que na realidade era mais uma sombra – parecia ser provida de inteligência, como se fosse viva. Ela percebeu minha presença e recuou de chofre quando me coloquei diante de Margot. Depois, foi lentamente se aproximando de Una e Ben. O anjo da guarda de Una apareceu momentaneamente. Mas, em vez de deter a luz, ele se afastou. Como se fosse uma hera, a luz se enroscou devagar em volta da perna de Ben, antes de ir se apagando como uma poeira escura.
　Fiquei andando na sala de estar. Estava com raiva. Minha impressão era a de que tinham me dado uma tarefa a cumprir e absolutamente nenhuma capacidade para executá-la. Como se esperava que eu protegesse qualquer pessoa se havia coisas daquele tipo das quais ninguém tinha me avisado?
　Ben e Una, despercebidos, continuaram com a festa de aniversário. Levaram Margot pela escada que descia para o jardim

dos fundos, onde ela deu seus primeiros passos diante da câmera Polaroid de Ben.

Eu estava começando a pensar que talvez Ben estivesse certo. Quando as coisas estavam indo tão bem, era apenas a calmaria antes da tempestade.

Andei para lá e para cá a tarde inteira e então, por fim, chorei. Infelizmente eu conhecia muito bem o destino da infância de Margot; e, no entanto, ver o que poderia ter sido era um milhão de vezes mais arrasador que a perspectiva de reviver todos aqueles maus-tratos. Decidi que eu precisava fazer alguma coisa. Se Margot fosse adotada por Ben e Una, ela cresceria numa casa amorosa. Acabaria sendo uma pessoa bem ajustada, com grande probabilidade de ter uma tendência menor para a autossabotagem. A riqueza que se danasse. Àquela altura, eu teria dado minha alma imortal para que Margot crescesse sentindo-se digna de ser amada.

Algum tempo depois, Nandita chegou. Contei-lhe tudo: o parto, o hospital, a serpente de luz. Ela fez que sim e pressionou as palmas das mãos uma na outra, em contemplação.

– A luz que você viu é um fio do destino – explicou. – Sua cor sugere que está associada a um mau agouro. – Fiz com que ela me explicasse melhor. – Cada fio do destino tem como origem uma escolha humana. Nesse caso, parece que a escolha não é boa.

Eu estava frustrada por ainda não ter visto o anjo da guarda de Ben. Mais uma vez, Nandita explicou:

– Dê tempo ao tempo. Em breve você verá tudo.

– Mas o que eu faço com esse fio do destino – disse eu, relutando em falar. Era delicado demais para mim.

– Nada – disse Nan. – Sua tarefa...

– ... é proteger Margot. É, eu sei. Estou tentando. Não posso fazer isso sem saber o que essa luz significa, posso?

Descobri o que o fio era pouco antes de acontecer.

Ben estava trabalhando em casa como de costume, enquanto Margot dormia. O aroma de pão saindo do forno veio subindo da cozinha lá embaixo. Ele o atraiu para fora da mesa de trabalho, tempo suficiente para eu conseguir ver a causa na qual estava trabalhando: uma acusação de homicídio contra um terrorista. Em volta do nome do terrorista havia um fino círculo de sombra.

Não sou burra. Matei a charada ali mesmo.

Só porque era uma escolha humana – e, portanto, eu deveria deixar tudo acontecer – isso não quer dizer que eu me afastei de braços cruzados. Quando a sombra voltou serpeando, dessa vez subindo furtiva pelo corpo de Una e de Ben, quando eles se abraçavam na cozinha, eu a pisoteei enlouquecida. É claro que ela sabia que eu estava ali, mas dessa vez não se mexeu. Agora ela estava mais forte, da cor do céu um minuto antes da chuva, palpável como uma mangueira de jardim. E nada que eu fiz conseguiu forçá-la a desaparecer. Nem quando gritei. Nem quando deitei meu corpo inteiro em cima dela e desejei que morresse.

Ben tinha levado meses para convencer Una a permitir que Margot ficasse longe dos seus olhos. Agora que parecia que finalmente eles iam se resolver a adotar, ele alegou que era mais que justo que saíssem para comemorar. E assim, Lily, a velha tranquila que era vizinha deles do outro lado da rua, ficou com Margot umas duas horas enquanto Ben e Una se aventuravam a ir a um jantar à luz de velas.

Vi a sombra se desenrolar atrás do carro deles. Ela não tinha o menor interesse em Margot. Margot andava feliz pela cozinha de Lily, com uma colher de pau em uma das mãos, uma Barbie nua na outra, radiante com uma luz de um dourado pálido que tinha se soltado de Una ao roçar nela.

Quando a bomba explodiu no carro, vi essa luz ficar um pouco mais fraca, mas usei minha vontade para que ela permanecesse. Se aquele tanto do amor de Una pudesse ficar, eu me daria por satisfeita. Teria de me dar.

5

A porta entreaberta

A esta altura eu deveria mencionar que estava gostando de ser uma mãe para Margot mais do que gostei de criar meu filho, Theo. Nada de pessoal contra Theo. Ele só chegou num momento da minha vida em que eu estava mais encantada com a perspectiva da maternidade do que com sua realidade. O que, no meu caso, envolveu desorientação, tendências suicidas e insônia, muito antes que a expressão "depressão pós-parto" fosse cunhada ou até mesmo que fosse socialmente aceitável.

Depois de alguns dias na casa de Lily e quando notícias da bomba trouxeram todos os moradores do lugarejo a Margot, com pequenos presentes de pêsames pela perda daqueles que pretendiam vir a ser seus pais, fiquei assistindo quando uma assistente social veio levar Margot para uma nova família adotiva. A assistente se chamava Marion Trimble, mulher jovem, recém-formada, mas infelizmente amaldiçoada com uma ingenuidade a toda prova. Uma criação protegida por pais amorosos pode às vezes ter consequências negativas. Nesse caso, ela levou Marion a mandar Margot para um casal de pais adotivos cujos sorrisos afetuosos eram tão falsos quanto suas intenções.

Padraig e Sally Teague moravam perto de Cavehill em Belfast, próximo ao zoológico. Sua casa pequena dava fundos para um prédio abandonado, coberto de grafites. As janelas estavam tampadas com tábuas; havia vidro quebrado e lixo espalhado por todo o quintal da frente e dos fundos. Sebes altas e desordenadas ocultavam a construção da rua em frente. Não havia motivo para ninguém suspeitar que o lugar não estivesse vazio. Mas a situação era bem outra.

Sua decisão de adotar uma criança foi tomada numa manhã ensolarada depois que Padraig leu no jornal um anúncio que procurava pais adotivos pelo valor considerável de vinte e cinco libras por semana. Ei, eram os anos 1960: podia-se comprar uma casa com menos de mil libras. Depois de alguns cálculos rápidos, Padraig concluiu que, como pais adotivos, eles poderiam sustentar sua atividade florescente no setor de imigração ilegal. Transportadores de imigrantes cobravam vinte e cinco libras por um caminhão cheio de homens e mulheres do Leste da Europa; e às vezes levava tempo para encontrar trabalho para todos eles. Uma vez que encontrassem trabalho, porém, Padraig e Sally tiravam um naco de noventa por cento dos seus ganhos em pagamento pela moradia e café da manhã no prédio abandonado. Mas, na enorme ânsia de ajudar os camaradas a se firmar, Padraig e Sally acabaram enfiando até vinte dos pobres coitados num quarto de uma vez só, por meses a fio e, por fim, em sua própria casa desagradável.

Que foi como Margot veio a dividir seu quarto de bebê com três polacos, todos eletricistas, todos acampados no chão nu, de manhã, de tarde e às vezes de noite. A maior parte do tempo, eles fumavam. Às vezes bebiam vodca e tomavam canecas de sopa. Era muito frequente que Sally se esquecesse totalmente de Margot e a deixasse lá o dia inteiro, mesma fralda, mesma roupa, mesma barriga vazia.

Nada que eu fizesse ou dissesse para Sally tinha o menor efeito. Ela jamais percebeu minha presença, nem por uma vez que fosse. Jamais ouviu nenhum dos pedidos que lhe fiz pelo bem de Margot. Jamais sentiu as bofetadas que dei em seu rosto apalermado. Isso ocorria porque – e voltaremos a tocar nesse assunto –, exatamente como a casa de Sally estava lotada até o teto com estrangeiros ilegais, também o corpo dela estava abarrotado até seu limite de demônios migrantes. Tudo o que restava da sua consciência era amortecido por uma dose diária de cânabis.

Felizmente, um dos polacos que ficavam no quarto do bebê, Dobrogost, encantou-se por Margot, tendo deixado para trás em Szczecin sua própria filhinha de um ano, para procurar emprego no estrangeiro. Ajudei Dobrogost a encontrar trabalho num canteiro de obras perto do cais, convenci-o a mentir para Padraig e Sally a respeito do salário, e por fim o persuadi a comprar leite em pó e comida para a pequena Margot. Ela estava cheia de feridas pela falta de troca de fraldas e pela desnutrição. De vez em quando, eu a tirava do berço e a ajudava a andar pela casa de noite. Isso assustou Padraig e Sally – encontrar seu bebê perambulando pelo corredor às 3 da manhã, dando risinhos para o nada. Às vezes senti a tentação de apanhá-la e fazer com que eles acordassem de madrugada com ela pairando no ar acima da cama deles. Mas achei melhor não.

Um dia, Dobrogost sumiu. Os novos ocupantes do quarto do bebê comentaram baixinho alguma coisa a respeito da descoberta de um contracheque, um corpo num porta-malas, uma mala pesada lançada no mar. Os novos ocupantes do quarto do bebê não apreciaram o choro de Margot de noite devido à falta de Dobrogost. Ela já estava começando a não me dar atenção e era louca por algum afeto humano. Os novos ocupantes do quarto do bebê tentaram jogá-la pela janela. Primeiro, fiz a janela emperrar. Quando eles quebraram o vidro, postei-me diante da janela e então fiz com que soltassem Margot. Mas não pude impedi-los de estapeá-la com tanta força que seus belos olhos azuis quase desapareceram por baixo da pele roxa, inchada. Nem consegui impedir que eles a jogassem contra uma parede, fazendo com que surgissem pequenas fraturas na parte de trás do seu minúsculo crânio. O que descobri que conseguia fazer, porém, foi impedir que eles a matassem, abrandando os golpes. Muitas vezes saí para buscar ajuda, mas em todas as ocasiões eu não consegui me comunicar. Ninguém se dispunha a escutar.

O terceiro aniversário de Margot veio e passou. Seu cabelo ainda era uma pequena nuvem fofa; seu rosto, como o de um querubim, as bochechas como pêssegos. Mas eu já podia detectar uma dureza se instalando. Uma perda. A luz dourada que a cercava por muitos meses depois da morte de Una tinha se reduzido. Agora, ela cercava apenas seu coração.

Era de manhã bem cedo quando os ocupantes do quarto do bebê voltaram do trabalho no turno da noite. Totalmente chapados. Eles acharam que seria engraçado espancar Margot. Da janela, alguma coisa atraiu meu olhar: uma forte luz azul que seguia depressa pela rua. Quando olhei de novo, vi que era o dr. Edwards, paramentado com uma camiseta branca de corrida, encharcada de suor, short azul-marinho e tênis. Vinha correndo tão veloz que já estava a mais de trinta metros dali quando tomei a decisão de abordá-lo. Fechei os olhos e, pela primeira vez, implorei a Deus que me deixasse entrar em contato com ele. Nan tinha dito que nada estava pré-fixado, e eu suspeitava que essa fosse, ao pé da letra, a última chance para Margot. Se eu não agisse agora, a vida que eu tinha vivido estaria encerrada antes de qualquer lembrança que eu pudesse ter, e não haveria uma segunda oportunidade.

Eu mal tinha terminado minha "prece" quando me descobri correndo ao lado do dr. Edwards. A partir de nosso encontro anterior, eu sabia que teria de ultrapassar seu amor pela lógica. Ele jamais agiria com base num palpite. Eu precisaria lhe vender uma história. Precisaria apresentá-la de um modo que servisse de inspiração para ele agir.

Enquanto eu corria, lutando para descobrir um jeito de fazer esse homem andar até a porta daquela casa e exigir entrar, de repente descobri que estava diante dele, parada, com ele correndo na minha direção. Olhando direto para mim.

– Posso ajudá-la? – perguntou ele, desacelerando até parar, com a respiração forçada.

Olhei em volta. Ele está me vendo? Olhei rápido de relance para ele, com cuidado para não perder sua atenção e ao mesmo tempo verificando se ele estava falando mesmo comigo. Eu podia ver as emoções e pensamentos que o encobriam, e, em vez das frestas que às vezes apareciam quando as pessoas permitiam que eu entrasse em sua consciência, havia um pequeno cordão que de algum modo parecia se conectar com minha aura, trazendo-nos temporariamente para a mesma esfera. Rapidamente eu me forcei a sair da atitude de espanto. O tempo era importantíssimo.

— Tem uma criança naquela casa — disse eu, sem rodeios, indicando a casa de Sally e Padraig. — Você salvou a vida dela no passado. Ela precisa de sua ajuda mais uma vez.

Sem pressa, ele se virou e olhou para a casa. Deu um passo na sua direção, mais um. Avistei um carro da polícia virando uma esquina e saí em disparada. O dr. Edwards não era nenhum super-herói. Ele ia precisar de reforços. Corri na direção do carro da polícia, debrucei-me no motor quando o motorista acelerou e arranquei um cabo. Funcionou. A coisa parou, espirrou e apagou de vez. Os dois policiais saíram do veículo em segundos.

O dr. Edwards ficou bastante apavorado quando se deu conta de que a pessoa que acabara de lhe passar a informação sobre uma criança à beira da morte tinha desaparecido totalmente. Ele foi andando devagar na direção da casa e bateu na porta. Ninguém atendeu. Ele esquadrinhou a rua, alongou os jarretes e bateu mais uma vez. Levei o dr. Edwards à atenção do sargento Mills, um dos policiais, que estava tentando consertar o motor do carro da polícia. O sargento Mills tinha ouvido rumores de problemas com essa casa, e um homem com pouca roupa socando a porta ao raiar do dia levantou ainda mais suas suspeitas.

Quando o sargento Mills e o sargento Bancroft se aproximavam, a porta abriu-se. Uns dois dedos. O hálito azedo de Padraig saindo em ondas pela fresta fez o dr. Edwards dar um passo atrás.

— Bem, olá — disse o dr. Edwards. Ele coçou a cabeça, sem saber ao certo o que dizer. Padraig fixou o olhar nele e deu um grunhido. O dr. Edwards recompôs-se. — Fui informado de que há uma criança doente aqui — disse ele. — Sou o dr. Edwards. — Ele tirou do bolso seu crachá do hospital. Nem ele nem eu sabíamos como o crachá foi aparecer ali.

A porta abriu-se apenas mais um pouco.
— Uma criança doente? — repetiu Padraig. Ele sabia de uma criança. Era mais que provável que ela estivesse doente. Não lhe agradava muito a ideia de deixar médicos entrarem na casa. Mas poderia haver encrenca se impedisse.
A porta abriu-se mais um pouco.
— Lá em cima. Terceira porta à esquerda. Rápido.
O dr. Edwards assentiu e subiu a escada correndo. Imediatamente, ele descobriu suas narinas invadidas pelo odor ácido de suor e cânabis. Pôde ouvir dois, três sotaques diferentes, em murmúrios nos quartos pelos quais passava. Ele avançou depressa até chegar ao quarto do bebê. Podia ouvir barulhos de alguns pares de pés pesados se arrastando no chão. E o choro de uma criança.

Os policiais estavam do lado de fora da casa agora. Padraig tinha deixado a porta entreaberta. O sargento Mills sugeriu que eles entrassem. O sargento Bancroft estava menos inclinado a isso. Para ele, tomar café da manhã parecia muito mais atraente. Seu argumento foi insistir que fizessem a notificação do problema com o motor. Ele começou a se afastar.

Com um empurrão, o dr. Edwards abriu a porta do quarto do bebê. Entrei atrás dele. O que ele viu fez com que gritasse uma imprecação. Para lá de uma nuvem de fumaça, ele conseguiu discernir uma criança pequena, suja de sangue, amarrada às pernas de uma cadeira. Ao lado, dois homens e um narguilé. Sua cabeça pendia mole nos ombros como um ovo num pires.

Apreciador de golfe, silêncio e ociosas tardes de domingo, o dr. Edwards de repente descobriu que estava se lançando na direção da garota, lutando com a cadeira para libertá-la, mas não antes que o punho cheio de anéis de um ucraniano atingisse sua têmpora.

— Que foi isso? — Lá embaixo, o sargento Mills sacou a arma e se dirigiu de volta para a porta. O sargento Bancroft suspirou. Relutante, ele destravou a arma. Estava devendo cinco libras ao sargento Mills. Em qualquer outra ocasião, teria insistido e ido fazer um lanche.

— Polícia! Abram ou entraremos à força!
Passaram-se alguns segundos. Mais um aviso do sargento Mills. E então, com todo o incentivo que pude dar, um grito curto e penetrante veio da boca de Margot. O sargento Bancroft entrou correndo primeiro.

Foi o sargento Bancroft quem descobriu os aposentos do térreo cheios de homens de olhos fundos e mulheres com a roupa infestada de pulgas, comendo em caixas de papelão, dormindo em fileiras. De repente, o francês que aprendeu na escola rompeu as comportas da memória, e ele entendeu o que a mulher debaixo do sofá estava lhe dizendo: que eles eram imigrantes, mantidos reféns pelo homem que tinha saído pela janela do banheiro momentos antes. Que eles queriam ir para casa.

Foi o sargento Mills quem ajudou o dr. Edwards na briga lá em cima. Foi ele quem descarregou a arma no braço do homem que sacou uma faca do bolso e deu um soco no outro homem fazendo-o cair no berço. Foi o dr. Edwards quem pegou Margot do chão — tão leve e tão frágil que o susto cortou sua respiração — e a levou da casa para o primeiro raio de sol que tocou seu rosto em meses.

Enquanto ele a segurava ali naquela rua tranquila, verificando seu pulso, eu me estendi e toquei na cabeça de Margot. Um lampejo de lembrança passou pela minha mente. Só de relance. O rosto de um homem encurvado acima de mim, com um risco de sangue de um lado a outro da testa, da briga lá em cima. Lembrei-me desse momento. Suas mãos tremiam enquanto ele examinava o corpinho de Margot, contando sua pulsação. Vi minha chance.

— Leve-a para casa — sussurrei no seu ouvido.
Para meu alívio, ele ouviu todas as palavras.

6

O jogo

Tendo em vista a urgência e a gravidade apresentadas pela condição de Margot, a polícia não fez objeção ao desejo do dr. Edwards de tratar dela em sua própria casa. Margot passou as duas semanas seguintes numa cama limpa e macia com vista para colinas ondulantes e céus límpidos. Não que ela tenha de fato olhado pela janela – passou grande parte do tempo dormindo. Eu me ocupei com um bom livro – o dr. Edwards tinha uma impressionante coleção de Dickens, primeiras edições ainda por cima – numa espreguiçadeira junto da janela. Ela foi posta no soro e recebeu uma dieta de frutas frescas, legumes e leite. Aos poucos, os hematomas nas pernas e braços foram se apagando, como se apagaram as sombras azuladas abaixo dos olhos. Mas a luz dourada em torno do coração não voltou.

O dr. Edwards (ou Kyle, como ele disse a Margot para chamá-lo) tinha mulher e duas filhas, uma com treze anos de idade, a outra, com dezoito. Fotografias delas adornavam o consolo da lareira, longas prateleiras que davam para a escada em caracol e a escrivaninha vitoriana em seu escritório. Percebi uma pequena cisão na unidade familiar: a menina mais velha, Karina, aparecia em todas as fotos como uma modelo glamourosa, uma das mãos segurando no alto da cabeça os cabelos escuros e compridos, o outro braço na cintura. E sempre um biquinho e uma piscada de olho. Mas o mais revelador era que a mulher, Lou, aparecia em todas as fotografias com o braço em torno de Karina, apesar de nunca mostrar um sorriso. Sempre que a garota mais nova aparecia – essa era Kate –, ela se colocava longe da mãe e da irmã mais velha, a cabeça ligeiramente baixa, de tal modo que seu cabelo liso e escuro encobria parcialmente o rosto, as mãos unidas diante do corpo. Até mesmo onde o espaço exigia que elas se colocassem bem perto umas das outras, eu percebi que Kate se virava para que nenhuma parte de seu corpo pudesse tocar fosse em Lou fosse em Karina.

Além disso, eu a reconhecia. Uma imagem pouco nítida foi se soltando das docas da minha memória: um abajur de mesa de porcelana, caindo ao chão e se espatifando. Um tabuleiro de jogo. O sol forte entrando pela porta de um barracão. E o rosto de Kate, contorcido num grito ou numa risada. Olhei pela janela para os fundos do jardim comprido. Um barracão grande de madeira. Devia ser esse.

Lou, Kate e Karina estavam passando o mês em Dublin, na casa dos pais de Lou. Kyle preenchia seus dias tentando fazer um serviço ou outro na casa, enquanto Margot dormia, mas estava nitidamente perturbado pelo estado das coisas. Uma caixa para passarinhos pela metade, um caixilho de porta por pintar... Eu o acompanhava uma boa parte do tempo, certificando-me de que não houvesse nenhum prego largado no chão para Margot engolir ou pisar em cima.

Eu podia ver perfeitamente o que estava passando pela cabeça de Kyle. Ele tinha recuperado o prontuário de Margot dos seus arquivos antigos, e aos poucos conseguiu se lembrar do bebê de quem tinha cuidado alguns anos antes – o bebê que supostamente não poderia ter sobrevivido tanto tempo, menos ainda numa casa cheia de drogas e violência.

Curtos filmes de preocupação e confusão se desenrolavam na sua cabeça durante longas noites, enquanto se estendia diante da televisão com um gim-tônica. Mesmo no banho, perguntas o bombardeavam. Como ela ainda está viva? A taquicardia ventricular é incurável... Eu errei ao avisar os pais adotivos de sua morte iminente? Falando nisso, onde eles se meteram? O que Margot estava fazendo naquela casa?

Ele não conseguia dormir. Intrigada, eu o observava, enquanto ele descia para o escritório durante a madrugada, enchendo a mesa de trabalho com livros e periódicos médicos. E eu queria lhe dizer – pois de certo modo eu sabia com precisão, bem dentro de mim – a resposta detalhada para esse seu enigma. Não se tratava de taquicardia ventricular. Margot tinha uma estenose da válvula aórtica, que exigiria um ecocardiograma transtoráxico ou uma ultrassonografia cardíaca. Naquele tempo, uma ultrassonografia cardíaca era tão comum como dentes em galinhas. Fui discretamente até a mesa de trabalho de Kyle e folheei uma das revistas, deixando que as páginas se abrissem num artigo de autoria do dr. Piers Wolmar, um professor da Universidade de Cardiff com especialização em ultrassonografia. Fiz com que as páginas esvoaçassem um pouco para atrair a atenção de Kyle. Ele por fim deu-se conta da revista, apanhou-a e a segurou junto do rosto. Pela oitava vez nesse dia, ele tinha perdido os óculos.

Leu atentamente, deixando a revista de lado de vez em quando para pensar em voz alta. Começou a se questionar. E se no final não fosse taquicardia ventricular? E que procedimento era esse que o dr. Wolmar descrevia? Ecocardiograma? A tecnologia avançava com tamanha velocidade que fazia sua cabeça girar.

Ele passou o resto da noite redigindo uma carta para o dr. Wolmar, descrevendo os sintomas de Margot e pedindo mais informações a respeito de como tratar a doença. Quando o sol começou a nascer, como um gongo acima do Ulster, ele finalmente adormeceu com a cabeça caída sobre a mesa.

Lou, Kate e Karina voltaram de Dublin. Não, elas não voltaram simplesmente: elas entraram pela porta da cozinha como uma explosão, sobrecarregadas com uma quantidade impressionante de malas volumosas, chamando por Kyle aos berros.

Margot mexeu-se. Kyle estava à sua cabeceira, lendo mais artigos do dr. Wolmar sobre ecocardiogramas. Ela acordou e encontrou um estetoscópio em seu peito nu. Olhou rapidamente para Kyle, depois para mim. Eu lhe garanti que tudo estava bem. Ela voltou a descansar a cabeça no travesseiro e bocejou.

Gritos de lá de baixo fizeram com que Kyle guardasse seu estetoscópio apressadamente.

– Agora, Margot – disse ele, em voz baixa –, seja uma boa menina e fique aqui um instante enquanto falo com minha mulher e minhas filhas. Elas ainda não sabem que você está aqui. – Margot fez que sim e se enroscou, deitada de lado. Fez uma careta para mim, e eu fiz outra para ela, mas quando olhou para mim outra vez, não conseguiu ver que eu estava ali. Achou que eu tinha ido embora.

Desci para o térreo acompanhando Kyle. Karina e Lou falavam uma por cima da voz da outra, dando um relato detalhado de suas férias. Kate estava sentada à mesa da cozinha, examinando as unhas. Kyle levantou as duas mãos diante de Karina e Lou como se estivesse se entregando. E disse a elas que se calassem.

– Que foi, papai? – perguntou Karina, irritada.

Kyle apontou para o alto.

– Lá em cima, no quarto de hóspedes, temos uma menininha.

Lou e Karina trocaram olhares de espanto.

– O quê, papai?

– Kyle, explique isso imediatamente.

Ele baixou as mãos.

– Vou explicar, mas não neste instante. Ela está doente, e é provável que esteja morrendo de medo com o barulho que vocês estão fazendo. Eu gostaria que subissem comigo em silêncio e a cumprimentassem.

– Mas...

Ele olhou enviesado para Lou, e ela franziu os lábios vermelhos. Eu sorri com superioridade. Que delícia devia ter sido viver com ela os últimos vinte anos. Kyle merecia uma medalha, ou possivelmente uma cela acolchoada. Eu não sabia ao certo.

Sem uma palavra, Kate ficou para trás de todos enquanto eles se encaminhavam para o quarto de Margot. As cores que a cercavam me perturbavam. Às vezes, dela emanava uma luz rosa forte, que latejava a partir do coração, mas logo mudava para vermelho-sangue e, em vez de latejar, escorria dela. Até mesmo seu ritmo estava mudado: em vez da pulsação vibrante – e é isso o que, em sua maioria, as auras fazem, elas pulsam e fluem como batimentos cardíacos –, essa cor se movimentava pesada e letárgica como lava. Às vezes, parava na garganta de Kate, onde parecia queimar. E eu me dei conta: apesar de sua presença plácida, de moça que toma chá de cadeira, ela estava furiosa. Fervendo com uma cólera reprimida. Eu só não sabia por quê.

E de início não me importei muito. O que realmente chamou minha atenção foi seu traje. Seguindo-a pela escada acima, percebi seu interesse por todos os tipos de símbolos satânicos: uma camiseta preta com um demônio vermelho, chifrudo, pintado de um lado ao outro das costas, brincos com demônios, e – algo que tenho certeza que seus pais ignoravam totalmente – uma tatuagem de uns dez centímetros na omoplata direita, de uma cruz invertida.

No meio da subida da escada, ela parou. Lou, Kyle e Karina prosseguiram sem ela. Ela se voltou e olhou direto para mim. Seus olhos, um marrom de esgoto. Nenhum calor humano.

– Dê o fora – disse ela, categórica.

Ela está falando comigo? pensei. E então eu vi, exatamente como tinha visto circulando em torno de Kyle – a camada de emoções de Kate tinha um vínculo que a ligava à minha esfera. Mas, de modo extraordinário, seu vínculo era como um tentáculo escuro que a ligava não só à minha esfera, mas a um outro lado. Um lado que eu ainda não tinha encontrado.

Quando percebi que de fato estava falando comigo, que ela conseguia me ver, recuperei o domínio de mim mesma.

– Receio que você precise me obrigar – retruquei.

– Tudo bem – disse ela, dando de ombros. – Mas acho que você não vai gostar.

Ela virou-se e continuou a subir a escada.

Sacudi a cabeça e abafei um risinho, embora me sentisse perturbada. Seu discernimento tinha me deixado totalmente insegura. Que outra pessoa ou que outra coisa conseguia me ver?

Karina encantou-se com Margot como se ela fosse uma boneca viva. Antes que a criança pudesse abrir a boca, Karina pegou-a por baixo dos braços e a carregou para seu quarto, onde esvaziou sua gaveta de maquiagem e transformou Margot numa miniatura de rainha de concurso de beleza. Lou cruzou os braços, bateu o pé e, contrariada, despejou um caudal de queixas diante de Kyle. O que ele estava pensando, trazendo para casa uma criança abandonada? E exatamente por quanto tempo? E se os pais adotivos drogados viessem procurá-la? E assim por diante.

Kyle tentou explicar que essa era a menininha de quem tinha cuidado quando ela chegou ao hospital no dia em que nasceu, órfã e quase morta, e que o destino os reunira outra vez. Ele pensou em lhe falar de mim: a mulher desconhecida que encontrou na rua às 6 da manhã e recomendou que ele invadisse a casa do outro lado para salvar Margot – mas achou melhor não dizer nada.

– Você sempre faz isso, não é, Kyle? – berrou Lou. – Você sempre tem de ser o salvador de todo o mundo! E eu, hein? E Karina e Katie?

– Qual é o problema com elas? – perguntou ele, dando de ombros.

Ela jogou as mãos para o alto e saiu do quarto com passos vigorosos. Kyle deu um longo suspiro e estalou as juntas dos dedos. Bati palmas para ele. O Prêmio Nobel da Santa Paciência vai para...

Minhas asas estavam repuxando. Entrei no quarto de Karina e me sentei ao lado de Margot na cama. Ela estava encantada com todo o rosa e azul que Karina aplicava no seu rosto. Eu sempre me perguntei de onde vinha meu amor pela maquiagem. Minha mãe adotiva nunca usou isso, e eu não tinha irmãs mais velhas. Kate estava no umbral, observando. Ela olhou para mim e depois para Margot.

– Quem é ela?

Karina deu um suspiro dramático.

– Fora daqui, Kate. Margot e eu estamos brincando de maquiagem, e você não está convidada.

– O nome dela é Margot?

– Margot – repetiu Margot, com um sorriso de orgulho. Por fim, Kate retribuiu com um sorriso amarelo.

– Acho que você e eu vamos nos divertir, Margot.

Ela deu meia-volta e foi embora.

Aos poucos, Margot foi saindo de dentro de si mesma, como um ermitão se arriscando fora da concha para o calor do sol tropical. Tornou-se rapidamente uma versão de três anos de idade de Karina. Usava expressões que Karina usava ("isso é tão legal!"), insistia em usar roupas como as de Karina, e dançava com ela ao som dos Beatles muito depois da hora de dormir. Ela também desenvolveu o apetite de um cavalo.

Eu não fazia ideia de como eu era adorável quando pequena. Tão engraçada, tão inocente. Um dia, Margot acordou assustada com um pesadelo, que eu tinha visto com aflição. Era uma lembrança do seu tempo na casa de Sally e Padraig. Antes que despertasse os outros com seus gritos, eu a envolvi em meus braços e a embalei na cama. Uma dor enorme apertava seu coração como um torniquete. Espremi bem os olhos e tentei invocar não importava qual fosse o poder que a tinha curado antes. A suave luz dourada que tinha se desbotado, reduzindo-se a um clarão distante, bruxuleou como uma vela ao longe. Esforcei-me mais. Ela aumentou até o tamanho de uma bola de tênis, grande o suficiente para cercar seu coração. Sua respiração se regularizou, mas agora eu conseguia ver seu coração, e o perigo que havia ali. Embora ela estivesse cheia de calma e amor, havia um problema cada vez maior em seu coração que precisava ser corrigido. Eu só esperava que Kyle agisse rápido.

No dia seguinte de manhã, Kyle recebeu uma carta do dr. Wolmar. Ele dizia que teria prazer de fazer uma visita, no futuro, para orientar Kyle sobre o procedimento e o equipamento que seria necessário para o ecocardiograma. Também mencionou que, pelo que indicavam os sintomas de Margot, era possível que ela estivesse sofrendo de estenose aórtica, condição perfeitamente tratável.

 Karina estava na sala de jantar ensinando Margot a dançar suingue. Lou tinha saído para fazer compras. Veio uma voz do jardim:

 – Margot! Margot! Vamos brincar!

 Kate. Com um largo sorriso. Kyle ergueu os olhos, via a filha pela janela e, de um salto, pôs-se de pé. Estava empolgado por ver Kate com seu sorriso anual. Ele entrou correndo na sala de jantar.

 – Margot! – gritou ele. – Venha brincar com Katie!

 Karina amarrou a cara.

 – Quê? Com adagas? Torturando bichinhos?

 – Não fale assim, Karina – disse ele, franzindo a testa. – Vamos, Margot!

 Ele a pegou pela mão e a levou lá para fora. Ela hesitou quando viu Kate. Olhou para Kyle, e então para mim. Fiz que sim. *Certo, boneca. Eu vou junto. Não se preocupe.*

 Kate acenou convidando Margot para brincar com ela no barracão.

 – Não quero – disse Margot.

 – Ora, sua boba – disse Kate, sorrindo. – Tem chocolate. E Beatles.

 – Beatles?

 – É, Beatles.

 Margot foi saltitando feliz para o barracão.

 Uma vez lá dentro, Kate passou a tranca na porta. Ela olhou pelas janelas para se certificar de que os pais ainda estavam na casa e então fechou as cortinas para impedir a entrada do sol. A poeira espalhou-se por cima de duas bicicletas velhas e um cortador de grama desmontado. Fiquei esperando num canto. Ela olhou para mim e depois para Margot. *O que essa criança está aprontando?*

— Agora, Margot — disse ela —, nós vamos jogar um pouco. Você gosta de jogos, não gosta?

Margot fez que sim e girou a saia. Estava esperando pelos Beatles. Kate pôs o tabuleiro do jogo no chão; e naquele instante eu me dei conta de duas coisas:

Esse era o tabuleiro de que eu me lembrava.

Não era um tabuleiro comum de jogos. Era um tabuleiro Ouija, uma tábua espiritualista.

Kate sentou no chão e cruzou as pernas. Margot fez o mesmo. Pensei depressa: saio para atrair a atenção de Kyle? Ou fico aqui para ver o que Kate está armando?

Kate apertou as pontas dos dedos no triângulo de papelão que apontava para as letras do alfabeto na mesa.

— Isso vai nos dizer o nome de seu anjo — disse ela a Margot. Margot retribuiu o sorriso. Ela virou a cabeça e olhou para mim, empolgada.

— Qual é o nome desse anjo aqui? — A voz de Kate, dura e fria.

Lentamente, uma escuridão foi se infiltrando no barracão. Margot olhou em volta, estremecendo.

— Quero ir ver Karina — disse, baixinho.

— Não — respondeu Kate. — Se esqueceu de que estamos jogando? — Ela soltou o triângulo de papelão. Devagar, mãos invisíveis moveram o triângulo para um R. Depois para um U. Depois para um T. Depois para um H. Olá. Muito desprazer em conhecê-la.

— Ruth — disse Kate, com os olhos cintilando. — Fora daqui.

Não me mexi. Olhamos uma nos olhos da outra por alguns segundos. Eu tinha consciência de vultos escuros se mexendo nos fundos do barracão. Pela primeira vez em muito tempo, senti medo. Eu não sabia o que esperar.

— Tudo bem — disse Kate. — Servos de Satã, retirem Ruth daqui.

Margot levantou-se.

— Eu quero sair — disse ela, com o lábio tremendo. Também ela sentia a presença das criaturas das trevas. Eu precisava tirá-la dali.

Dei um passo à frente, protegendo-a como um escudo. Eu podia ver o grande vulto negro que vinha em minha direção. Kate estava gritando sortilégios medonhos que colhera em qualquer material do mal com que tinha enchido sua cabeça. Falei em voz bem alta.

– Kate, você não faz a menor ideia disso com que está lidando...

Eu não tinha terminado a frase quando senti que alguma coisa tinha sido atirada contra mim. Levantei a mão e fiz com que um forte raio de luz iluminasse o recinto. No instante em que a luz se refletiu no objeto lançado, ela também desviou sua trajetória, fazendo com que ele se espatifasse no chão. Mas quem quer que o tivesse atirado estava começando a investir, com seus passos pesados fazendo tremer o barracão inteiro.

Tentei atirar mais um raio de luz, mas ele não vinha. Eu sentia a coisa se apressando na minha direção, do tamanho de um elefante. Margot berrava. Fiquei parada diante dela, de olhos fechados, em total concentração. De repente, a luz explodiu da minha mão, saindo com tanta força que me fez cambalear para trás. Com um bufo ruidoso, a escuridão que estava quase sobre nós se desintegrou transformada em vapor.

A porta do barracão escancarou-se, derramando sol ali dentro. Antes estava chovendo. Agora, o céu estava azul, e o sol ofuscante rasgava a escuridão como uma lâmina branca. Margot correu para casa, chorando. Eu me mantive firme, olhando Kate jogada no chão, assustada. Ao lado dela, um velho abajur de louça em pedaços.

– Recomendo que você procure algum outro jogo – disse eu, antes de voltar para Margot.

Kate não tornou a tocar no tabuleiro.

7

Uma mudança

Quando Margot chegou a uma idade de compreensão razoável, eu mal me continha para lhe dar montes de conselhos. *Quando você fizer dezesseis anos, sentirá uma compulsão sem precedentes de se apaixonar por um cara chamado Seth. Não faça isso. Por quê? Pode acreditar em mim. O.K. Você vai adorar Nova York, meu bem. Onde fica Nova York? Nos Estados Unidos. Mal posso esperar para você ir para lá. Os Beatles estão lá? Mais ou menos. Mas, o que é mais importante, tem uma mulher chamada Sonya que você conhece quando seu cachorro se solta da guia e começa uma pequena inundação na delicatessen na Quinta Avenida. Você vai querer ficar bem longe dela. Por quê? Ela rouba seu marido.*

Pouco antes do Natal de seu quarto ano de vida, ela começou a me ignorar totalmente. Passavam-se semanas sem que olhasse para mim. Era como se o vento estivesse se acalmando, como se os seixos de sua consciência estivessem se acomodando no devido lugar, não permitindo que nada de minha influência penetrasse.

Comecei a ficar angustiada. Sentia-me isolada, perdida e humilhada. Acho que foi a essa altura que passei a levar minha missão mais a sério. E acho que por fim me dei conta da verdade: eu estava realmente morta. Eu era realmente um anjo da guarda.

Tornei-me obcecada por minha imagem refletida (é, eu ainda tinha um reflexo... sou anjo, não vampiro). Não conseguia tirar os olhos da água corrente que brotava de meus ombros e seguia caminho sem tropeços através do traje branco lamentavelmente sem forma, como rabos de cavalo prateados dignos de uma Rapunzel. Eu aparentava ter uns vinte e poucos anos, embora meu cabelo estivesse diferente – sem nenhum vestígio de água oxigenada. Meu castanho caramelo natural chegava aos ombros em cachos e espirais. Eu tinha seios, órgãos genitais, até mesmo minhas repugnantes unhas dos pés em formato de meia-lua. Tinha pelos nas pernas. E também era ligeiramente luminosa, como se luzes minúsculas circulassem por minhas veias em vez de sangue.

A cada dia, Margot estava cada vez mais parecida com uma versão feminina de Theo. Comecei a me sentir dominada pelo passado, tão concentrada no que tinha perdido, no que tinha jogado fora e em como eu nunca, jamais, conseguiria consertar a situação, que quase me esqueci do que se esperava que eu fizesse. Era para eu cuidar de Margot, olhar por ela. As crianças crescem muito depressa. Quando acordei de minha pequena viagem de pena de mim mesma, ela já tinha crescido alguns centímetros, usava um corte de cabelo diferente e estava total e irrevogavelmente Karinizada. Ela era *pura* atitude. Mas isso era bom. Ela aprendeu a não se deixar humilhar por Kate, e parecia resistir à fraqueza do coração graças à pura insolência de pré-adolescente.

E então um dia ela desmaiou no parque. Eu estava deitada por baixo do balanço, fazendo cócegas na parte de baixo de seus joelhos, enquanto ela balançava como o pêndulo do relógio da vida acima de mim, com a saia branca esvoaçando na brisa, e numa passada do balanço ela estava rindo, e na volta estava jogada no assento, inconsciente. Karina deu um berro. Margot caiu do balanço para trás e bateu no chão, mas não antes que eu segurasse sua cabeça para impedir que o crânio se partisse no concreto.

Kyle estava dando voltas no campo do outro lado. Karina correu atrás dele, deixando Margot no chão, as pernas dobradas de um jeito estranho por baixo do corpo, os lábios de um azul polar. Eu podia ver os ventrículos de seu coração; e, enquanto um estava gordo e desimpedido, o outro parecia um pneu de bicicleta furado. Debrucei-me sobre ela e encostei minha mão em seu coração.

E dessa vez a luz era dourada, uma luz de cura, que expulsou todo o azul ao redor de seus lábios e dos olhos. Por enquanto. Kyle e Karina voltaram correndo morro acima. Kyle pegou Margot por baixo dos ombros e verificou seu pulso. Ela mal respirava. Ele a carregou até o carro e a levou direto para o hospital. Eu me amaldiçoei. Não estava prestando atenção. Fiquei perambulando pelo hospital, tentando descobrir o que precisava fazer.

E então aconteceu.

Primeiro, Nan apareceu, sorrindo e calma como de costume. Ela pôs a mão em meu ombro e dirigiu minha atenção para uma parede vazia. Eu estava a ponto de me irritar (uma *parede*?) quando uma visão surgiu: um filme em três dimensões da cirurgia cardíaca de que Margot necessitava. Nan disse-me para observar, guardar na memória e repetir tudo o que eu tinha visto e ouvido para a cirurgiã. Compreendi. Era uma aula prática.

E assim eu observei. Era uma visão do futuro como eu deveria conduzi-lo. Uma voz brotou em minha cabeça, uma voz feminina, americana, dizendo-me o que cada ação significava, qual era o objetivo de cada ação, por que essa técnica específica ainda não tinha sido empregada em nosso país, quanto cortar com o bisturi, e assim por diante. Escutei com atenção e descobri que cada palavra dita, cada ação, ia se encaixar perfeitamente na minha memória, como gotas de chuva num carro encerado. Não me esqueci de nada, nem de um advérbio ou ênfase que fosse.

Quando a visão se apagou, Nan me encaminhou para a sala de cirurgia. Parecia que nenhum tempo tinha passado: a enfermeira que estava colocando a máscara quando a visão começou ainda estava enrolada com as tiras quando ela terminou. Dei para ela um nó rápido, e ela disse "obrigada", sem se virar para ver quem tinha ajudado.

Dentro da sala de cirurgia, Margot jazia imóvel na mesa, sob uma lâmpada alta que lhe descorava as feições. Pior que isso, sua aura estava aguada, esfiapada. Ela emanava fraca de seu corpo como fumaça sobre água. Duas enfermeiras, Kyle e a chefe da cirurgia, dra. Lucille Murphy, calçaram as luvas e se aproximaram de Margot. Quando avancei, pouco acima de Margot, olhei outra vez e vi que tinha dobrado o número de ocupantes na sala: havia mais quatro anjos da guarda conosco, um para cada ocupante. Cumprimentei em silêncio cada um deles. Tínhamos trabalho a fazer.

O anjo da guarda de Lucille era sua mãe, Dena, uma mulher baixa e redonda, que irradiava tanta calma que eu de imediato comecei a respirar mais fundo, mais devagar. Dena inclinou a cabeça sobre o ombro de Lucille, olhou de relance para mim e deu um passo atrás, permitindo que eu me postasse junto de Lucille, à sua esquerda. Disse-lhe que não fizesse uma incisão de vinte centímetros ao longo do centro do esterno, como estava preparada para fazer. Disse-lhe que, em vez disso, fizesse uma incisão de cinco centímetros entre as costelas. Dena repetiu as instruções como um tradutor. Lucille piscou por alguns segundos, com a sensação da orientação de Dena turbilhonando por sua consciência como um fio vivo de inteligência.

– Doutora? – perguntou Kyle. Ela olhou para ele.

– Só um instante. – Ela olhou para o chão, visivelmente dilacerada entre décadas de prática médica e o surgimento de um novo método em sua cabeça que, para sua surpresa, fazia perfeito sentido. Seria necessário ter coragem para agir tão rápido. Por um instante, eu me perguntei se ela ia fugir da raia. Por fim, ela ergueu os olhos.

– Vamos tentar uma coisa nova hoje, pessoal. Uma incisão de cinco centímetros entre as costelas. Vamos tentar impedir que essa menina sangre mais que o necessário.

A equipe concordou em silêncio. Sem pensar, levei a mão à pequena cicatriz entre meus seios. Uma cicatriz cuja origem eu nunca soubera, até agora.

A partir daí, repeti tudo o que tinha ouvido durante a visão, e tudo o que eu dizia, Dena repetia. E então percebi: a voz de mulher americana que eu tinha ouvido durante a visão era a de Dena. Era realmente como Nan dissera: tudo aquilo tinha acontecido antes.

Eu tinha estado ali antes. O tempo, como eu o conhecia, tinha se dobrado. Isso me deixou tonta.

Quando o procedimento terminou, todos saíram da sala, menos Kyle, Dena, Lucille e esta que vos fala. Nós quatro ficamos junto de Margot, ali deitada na mesa de cirurgia, espectral e imóvel, desejando que se recuperasse.

– Por que mudar de procedimento de repente? – perguntou Kyle, por fim.

Lucille abanou a cabeça. Eles já tinham sido amantes, e ela foi franca.

– Não sei. Não sei. Mas – disse ela, tirando as luvas –, vamos rezar para que funcione.

Margot voltou para casa do hospital duas semanas depois, frágil, cheia de dor, mas já mostrando sinais de que estava se recuperando. Suas primeiras palavras ao acordar depois da cirurgia foram para pedir bolo de chocolate. Karina tinha lhe mandado um disco dos Beatles, que ela segurava junto do peito como se fosse uma prótese. Ela não deu a menor importância às conversas que tinha ouvido entre médicos e enfermeiras de que quase morrera. Só pensava em dançar no quarto de Karina numa nuvem de pó cor-de-rosa e purpurina.

Era o início da tarde quando chegamos de volta à casa da família Edwards. A entrada de carros era um tapete de folhas amarelas e laranja. Concluí que era outono. O tempo na Irlanda do Norte deixa poucas pistas para quem quer saber as estações.

As garotas não estavam. Karina tinha ido a uma festa; Kate estava numa viagem da escola, fora do país. Kyle levou Margot para o andar de cima e a pôs na cama. Passou um tempo cuidando de medir sua temperatura, certificando-se de afofar bem os travesseiros, enfiando ursinhos de pelúcia nos seus braços para a eventualidade de ela acordar no meio da noite e se sentir só.

Por fim, ele abaixou-se para beijar-lhe a testa, hesitante. Margot olhava para ele de olhos arregalados. Tinha a forte impressão de que algo estava errado. Kyle deu um longo suspiro.

— Kyle — disse ela com delicadeza. — Gosto dessa cama.

Ele deu meia-volta.

— É mesmo?

— É tão confortável. Também gosto desse quarto.

Kyle suspirou outra vez e olhou ao redor.

— De fato, é um belo quarto.

— Pra falar a verdade, eu gosto da casa toda.

Ele cruzou os braços e virou-se para ela, sorrindo com tristeza.

— Esta casa gosta de você.

— Você acha que posso ficar nela para sempre?

— Para sempre é muito tempo, Margot. Quem sabe alguns anos, a princípio, e vamos ver o que acontece depois, tá bem?

Houve uma pausa. Passados alguns minutos, Kyle se virou para ver se Margot já tinha adormecido e ficou um pouco surpreso ao perceber que ela estava deitada de lado, olhando para ele, de olhos ainda muito arregalados.

— Kyle — ela sussurrou.

— O que é, Margot?

— Se eu ficar aqui, você vai ser meu papai?

Diante disso, Kyle deu um sorriso, que saiu como um soluço. Lágrimas rolaram tão velozes pelo seu rosto que ele inclinou-se, deu um beijinho molhado na cabecinha de Margot e saiu do quarto.

Pude ver com clareza. Ele a amava.

Ele desceu para o térreo. Eu fiquei com Margot, bolando um plano. Sem dúvida não havia motivo para eu *não* mudar as coisas, para fazer com que ela pudesse ficar ali e crescer com uma família, um lar acolhedor, uma *chance*? Isso não era reencaixar as peças do quebra-cabeça? Fiquei ali um momento, refletindo sobre o episódio na sala de cirurgia. *Nada é fixo.* Eu estava só começando a descobrir que eu não era meramente uma visitante do passado, observando as galerias de acontecimentos como tinham ocorrido, mas era uma participante ativa: que acrescentava cor à tela negra do futuro, para tomar emprestada uma das metáforas de Nan. Talvez eu pudesse reorganizar um pouco os detalhes, esboçar caminhos diferentes para Margot tentar, desde que todos levassem ao mesmo destino.

Quando ouvi gritos lá embaixo, deixei Margot dormindo e fui investigar.

Eles estavam na cozinha. Lou, junto da pia, olhando pela janela dos fundos para o jardim onde começava a escurecer. Kyle parecia estar se segurando no fogão. A atmosfera era como o rescaldo de um incêndio na floresta. Eu mal conseguia ver qualquer um dos dois por conta das brumas de emoção que giravam pela cozinha, densas como fumaça.

Por alguns momentos ninguém falou. Por fim, Kyle:

– Divórcio. – Em algum ponto, lá para o fim da palavra, havia um ponto de interrogação. Olhei para Lou.

– Eu nunca disse isso.

– Você disse que queria sair.

Lou virou-se. Seus cílios estavam cheios de lágrimas.

– Muita gente continua casada sem morar junto. Não é isso o que nós estamos fazendo há uns seis anos? Coabitando? Coexistindo?

E nesse exato instante, uma clareira entre o turbilhão de névoa. Um divisor de águas. Kyle deu meia-volta e saiu da cozinha. Ela gritou histérica para suas costas.

– É isso aí, Kyle, fuja do problema!

Ele girou nos calcanhares e voltou na direção dela, enfurecido, quase me derrubando.

– É *você* quem anda fugindo – vociferou ele. – Dublin, para ver seus *pais*? Se você detesta os dois? Não pense que sou palhaço. *Eu sei.*

Ela ficou boquiaberta. Agora eu podia ver tudo: ela toda coberta com a aura de outro homem. Uma corrente verde visível no rio vermelho de sua própria aura. Ela não conhecia o marido bem o suficiente para saber que ele já tinha descoberto tudo. Ficou olhando para o chão.

– E as garotas? – disse Kyle, mais tranquilo. – Para onde elas vão?

Lou tinha calculado tudo menos isso. De imediato, pude ver seus sonhos destroçados pela força da realidade. Tudo em que Lou e seu amante tinham falado era nos dias que iam passar numa praia em Tralee, Chardonnay no gelo, o horizonte sem fim. Ela não tinha pensado em custódia.

– Eu as levo comigo.

Kyle fez que não e cruzou os braços. Já tinha tomado sua decisão nos dois segundos em que ela hesitou. Era *ele* quem sairia. As garotas ficariam com a mãe na casa. Ele pensou em Margot. Por um instante, sua aura se retirou para seu núcleo. Relutante, ele se deu conta de não lhe restar alternativa. Ele teria de deixá-la também. Conseguiu se reconfortar um pouco com a lembrança de que Margot tinha criado um laço forte com Karina. Aqui, todas teriam estabilidade. Estariam em segurança, a salvo. Só que sem ele.

Senti um desânimo no coração. Kyle subiu correndo e começou a procurar uma mala. Lembrou-se, então, de que não tinha uma. Com raiva, arrancou de debaixo da cama a mala de tartaruga de Lou. Fiquei olhando, calada e entristecida, enquanto ele a enchia com ternos e camisas, alguns livros de medicina, um punhado de preciosas fotografias de família. Passou muito tempo à cabeceira de Margot, com a palma da mão trêmula sobre seu coração, uma prece profunda e dolorida se escrevendo no dele: *Se você estiver aí, Deus, se puder me ouvir, faça com que ela fique boa.*

A cada palavra, a luz em torno dela ia aumentando.

Foi decidido que a repentina partida de Kyle deveria ser provisoriamente explicada como uma viagem profissional. Kate e Karina não fizeram muitas perguntas. A compra de um filhote de labrador por Lou revelou-se uma grande distração, mas Margot começou a se isolar. Ela passava longas tardes no hall de entrada, sentada no degrau de baixo, esperando por Kyle. Nada que eu fizesse a fazia sorrir. Nada que eu fizesse a fazia olhar para mim. De início, achei que ela estava à espera de Kyle. Mas as crianças são mais espertas que isso. Ela estava esperando que lhe dissessem que ele não ia voltar.

Algum tempo depois, Lou foi dirigindo levar Karina, Kate e Margot até a Escócia para deixar Karina na Universidade de Edimburgo, onde ela ia estudar geografia. No caminho de volta, elas fizeram um desvio inesperado pelo Norte da Inglaterra até um grande prédio cinzento no fim do mundo, chamado Lar para Crianças Santo Antônio. E, quando o carro partiu, havia um lugar vazio no banco traseiro, pois Lou e Kate estavam na frente, e Margot estava em pé no pátio do Lar Santo Antônio, um ursinho de pelúcia debaixo do braço, uma pequena bolsa junto dos pés, o coraçãozinho batendo forte.

– Papai – disse ela, vendo o carro ir embora. Quando olhei para o prédio cinza-catarata, estremeci.

Infelizmente eu conhecia esse lugar bem demais.

8

Sheren e a Tumba

Permitam que eu me livre de uma vez do que me lembro do Lar para Crianças Santo Antônio, que suportei desde pouco antes de meu quarto aniversário até a idade de doze anos, nove meses e dezesseis dias.

Para começar, devo mencionar que passei boa parte de minha vida adulta perseguindo o nó permanente deixado em meu estômago por aquele lugar, com uma boa garrafa de bebida. Não é desculpa. E agora que vejo as circunstâncias nas quais cheguei lá – depois de ter aprendido o que é ser amada, depois do calor e aconchego da casa da família Edwards, tendo tido meu próprio quarto de dormir, do tamanho de um dormitório para doze crianças no Lar Santo Antônio, tendo tido uma irmã mais velha que me paparicava em vez de um grupo de crianças maiores que destruíam minha autoestima todos os dias e todas as noites – agora eu sei por que a dor durou tanto, muito depois de eu ter conseguido sair de lá. Talvez tivesse sido melhor se eu tivesse sido deixada na casa de Sally e Padraig um pouco mais, para que os espancamentos tivessem eliminado de mim qualquer expectativa de amor. O Lar Santo Antônio nunca teria sido um tamanho choque para meu sistema.

Quando eu era criança, e também na minha lembrança, o lugar era enorme. Tinha sido um hospital até o século XIX, quando se tornou um asilo de pobres antes de ser transformado – apenas no nome – num orfanato. Por algum motivo, eu me lembrava de gárgulas em todas as quinas do prédio, mas não havia nenhuma. A entrada era recuada por trás de algumas colunas, depois das quais havia dois degraus de fazer ranger os joelhos. Duas aldrabas redondas de latão – uma no alto para adultos, a outra bem baixa para crianças – se projetavam da porta negra da frente; e eu me lembro da primeira vez que bati, a aldraba era tão grossa que minha mão não conseguia dar a volta nela. Os aposentos, todos os vinte e cinco, pareciam imensos, como também pareciam as velhas carteiras escolares de madeira e os dormitórios. Não havia um fiapo de tapete em parte alguma. Não havia aquecedores nos quartos. Nem água quente, pelo menos não nos banheiros coletivos. Os únicos quadros nas paredes eram de pessoas que tinham trabalhado lá: fotos austeras, em sépia, de diretores e diretoras implacáveis, que espancavam até deixar inconsciente a maioria das crianças que teve o infortúnio de entrar ali.

Entrar de novo naquele lugar fez com que eu me lembrasse, com muita nitidez, de que eu estava no passado. Eu estava gostando da década de 1960 – o Citroën DS 19 branco de Kyle era um perfeito sonho para dar um passeio; e eu morria de paixão pelas calças boca de sino de Lou e pela coleção de long-plays de vinil dos Beatles – mas o Lar Santo Antônio permanecia num desvio do tempo, por volta do ano de 1066 d.C. Há muitos lugares na Terra que não aceitam, que se recusam a aceitar o avanço do tempo. Há também muitas pessoas dessa índole, e Hilda Marx era uma delas.

A srta. Marx era a encarregada do Lar Santo Antônio. Nascida em Glasgow, castigada com uma cara de lua bexiguenta e um queixo retraído que lhe faziam ter uma semelhança infeliz com um sapo, Hilda Marx tinha um modo de agir pessoal digno da Gestapo. O castigo para o choro eram quatro chicotadas. Para responder com atrevimento eram dez. Crianças entre dois e quinze anos de idade deviam estar fora da cama antes das seis da manhã e já deviam estar na cama às nove da noite. Um minuto depois das seis ou das nove significava um dia sem comer. O instrumento usado para as chicotadas era uma varinha, para crianças pequenas, e um chicote de couro, para as maiores de cinco anos, embora o chicote e eu tenhamos sido apresentados bem antes que eu atingisse a idade indicada.

Margot ficou parada na chuva, olhando para Lou e Kate indo embora – nenhuma das duas olhou para trás – e, por muito tempo depois que o carro tinha desaparecido e o pó da entrada de cascalho já tinha assentado, Margot permaneceu imóvel, o ursinho debaixo do braço, o cabelo parecendo espaguete com a chuva, o corpo inteiro cheio de mágoa e confusão. Precoce e inteligente, ela já tinha calculado que aquilo era para sempre. Podem acreditar em mim – é apavorante ver uma criança tão pequena imbuída de um conhecimento desses. Examinei o horizonte. Num raio de quilômetros, nada além de campos e um lugarejo empobrecido. Eu queria ver se havia algum modo de eu conseguir impedi-la de entrar por aquelas portas. Um carro para o qual eu pudesse acenar, alguma família amorosa passando por ali que avistasse uma menininha de três anos à beira da estrada e a acolhesse? E os moradores do lugarejo? Em lampejos, vi seus rostos diante de mim: em sua maioria, velhos camponeses, algumas esposas maltratadas. Ninguém que se encaixasse. Havia uma cidadezinha maior a quase cinquenta quilômetros dali. Podíamos tentar essa. Toquei no ombro de Margot e lhe disse para me acompanhar. Empurrei-a ligeiramente, mas ela não se mexeu. Experimentei correr até o portão de entrada e gritei seu nome até ficar rouca. Ela não ia se mexer. E eu não podia ir sem ela. Destino? Pode esquecer. Tudo é uma decisão. Margot tomou essa decisão sem se dar conta ou sem compreendê-la.

Voltei relutante ao lugar onde ela estava parada. Agachei-me ao seu lado, pus meu braço em torno dela e tentei explicar tudo. Tentei usar palavras que meu eu de três anos conseguisse digerir. *Sabe de uma coisa, Margot? Você é valente. Vai se sair melhor sem aquele pessoal. Lou é tão maternal quanto um tubarão branco. Kate é o anticristo. Eu estou bem aqui com você, boneca. Você vai passar um pouco mais de tempo do que gostaria por trás dessas portas. Mas sabe de uma coisa? Não vou deixar você. Eu vou protegê-la. Tem gente má aqui, não se engane. Tem gente má por todos os cantos. Talvez seja melhor você conhecê-las mais cedo em vez de mais tarde. Acredite em mim, quanto mais cedo você aprender a suportar imbecis, melhor.*

Isso é bom. Agora não fique apavorada. Não chore. Tudo bem. Pode chorar. Ponha pra fora. E que acabe por aqui. Nada de choro até você sair desse lugar. Aqui chorar sai muito caro.

Ela esperou que eu terminasse para se voltar para a porta, segurar a argola e bater com a maior força possível. Passaram-se alguns minutos. A chuva estava se transformando em cordas de prata. Atrás da porta da frente, o som de passos pesados. Uma maçaneta girando. A porta se abrindo. Na soleira, agigantando-se diante de Margot, estava Hilda Marx. Ela fixou o olhar em Margot e rosnou.

– Mas o que é isso? Um rato afogado?

Margot não tirou os olhos dos joelhos de Hilda. Hilda estendeu a mão, pôs os dedos no queixo de Margot e de repente puxou seu rosto para o alto.

– Quantos anos você tem?

Margot só olhava.

– Como. Você. Se. Chama?

– Margot Delacroix – respondeu Margot, com firmeza.

– Irlandesa, ao que parece – disse Hilda, erguendo as sobrancelhas. – Logo vamos eliminar esse seu lado. O mesmo vale para a teimosia. Bem, Margot Delacroix, hoje é seu dia de sorte. Um dos nossos hóspedes acaba de morrer, e temos uma cama vaga. Depressa, entre, entre. É melhor prender o calor dentro de casa.

Assim que pusemos os pés ali dentro, meus sentimentos de repulsa por voltar ao local do meu maior pavor de infância logo foram postos de lado por um estranho encontro. O anjo da guarda de Hilda estava ao pé do poço da escada. Esguia, triste, com os cabelos da cor de bronze, ondulantes, ela era muito parecida com Hilda, como uma irmã mais nova, mais bonitinha. Cumprimentei-a de longe. Até esse momento, outros anjos costumavam manter-se a alguma distância. Mas o anjo de Hilda me abordou.

– Ruth – disse eu.

– Sheren – respondeu o anjo, com um sorriso fraco, aproximando-se o suficiente para eu poder ver o verde de seus olhos. – Mas um dia fui Hilda.

Olhei espantada para ela. Ela baixou os olhos. *Essa era Hilda?* Comecei a tremer de corpo inteiro, minhas veias inchadas com todo o emaranhado de recordações geradas por essa mulher, toda a fúria, o terror e a tristeza. Como eu poderia perdoar o que ela me fez? Mas quando ela olhou para cima, seus olhos estavam cheios de lágrimas. Não havia nada da maldade de Hilda no rosto dessa mulher. Ela pegou minhas mãos. Senti imediatamente a fisgada funda e dolorosa do remorso que se contorcia dentro dela, e parei de tremer.

– Sei que você foi Margot – disse ela. – Por favor, por favor, me perdoe. Precisamos trabalhar juntas pelo tempo que Margot ficar aqui.

– Por quê? – consegui eu dizer por fim. Era Sheren quem tremia agora, com a água de suas costas tornando-se vermelha lentamente. Lágrimas gotejavam do seu rosto para o pescoço, formando um colar em torno da clavícula. Por fim, ela falou.

– Estou trabalhando com o anjo de cada criança que entra aqui para garantir que o dano causado por este lugar, por Hilda, não resulte num excesso de males no mundo. Houve assassinos, estupradores e drogados criados aqui. Não podemos impedir Hilda de fazer o que fez. Mas podemos tentar sanar tanto quanto possível o dano causado a essas pequenas vidas.

Nós duas olhamos para Margot e Hilda enquanto subiam ao andar superior. Fomos atrás.

– Como posso ajudar?

– Você se lembra da Tumba?

Por um instante, achei que ia vomitar. Eu tinha praticamente empurrado a Tumba para os confins de minha mente. A Tumba era o resultado da criatividade purgatória de Hilda: um quarto pequeno, infestado de ratos, sem nenhuma janela, no qual uma criança de cinco anos não conseguiria ficar em pé. Ele cheirava a excrementos, podridão e morte. A Tumba era reservada para ocasiões de castigo especial. Dependendo da idade da criança, Hilda recorria às suas formas preferidas de tortura: fome, espancamentos, ataques à sensibilidade da criança por meio de barulhos monstruosos feitos durante a madrugada, através de um cano colocado bem baixo no chão, deixando morto de pavor o ocupante jovem, nu, faminto e facilmente tapeado, até ele sair dali tímido, assustadiço e silencioso como um camundongo de igreja pelo resto de seus dias no Lar Santo Antônio. A porta era aberta diariamente, apenas para que um balde de água gelada fosse despejado por cima da criança nua ali dentro e uma pequena tigela de comida lhe fosse atirada para mantê-la viva. Sua forma preferida de tortura consistia em retirar o ocupante depois de alguns dias, levá-lo de volta até o dormitório, o tempo suficiente para ele sentir alívio e então, depois de uma surra, levá-lo, sangrando e aos berros, de volta para a Tumba, dessa vez pelo dobro do tempo que tinha suportado anteriormente.

Se alguma criança entrava na Tumba com uma semente de amor que fosse em sua alma, ela saía daquele lugar medonho sabendo, sem a menor dúvida, que o amor não existia.

Olhei para Sheren. Ela sabia que eu me lembrava, sim. Hilda tinha se certificado de que eu nunca me esquecesse. Ela afagou meu rosto.

– Precisamos estar na Tumba com cada criança que Hilda puser lá.

– Você quer eu volte a entrar lá?

Ela fez que sim, devagar. Sabia exatamente o que isso significava para mim, quanto estava pedindo de mim. Ela tocou com os dedos a palma de minha mão, e rapidamente um lampejo de imagens percorreu minha mente – imagens que Sheren tinha presenciado da infância de Hilda, do abuso que tinha sofrido nas mãos de cinco homens mais velhos por muitos, muitos anos, das formas de tortura particularmente calculadas às quais eles a tinham sujeitado.

– Sinto muito – disse eu, finalmente.

– Só lhe mostro isso para você entender como Hilda chegou a ser Hilda.

– Quando começamos?

– Ela vai pôr um menino na Tumba hoje à noite. Você fica com Margot até eu chamar.

– Certo.

A primeira criança com quem Margot fez amizade foi um menino de sete anos chamado Tom. Pequeno para sua idade, desnutrido e lento de inteligência, Tom era levado por sua rica imaginação a mergulhar em fantasias com excesso de facilidade para o gosto do diretor, o sr. O'Hare. Margot foi colocada com crianças muito mais novas, e, em consequência disso, estava aborrecida. Ela queria dançar ao som dos Beatles, como fazia com Karina. Queria aprender músicas com as crianças maiores. Parecia que as crianças na sala de aula em frente à sua estavam se divertindo muito mais do que ela, brincando com ursinhos de pelúcia roídos por traças, blocos de madeira e bebês pequenos demais para andar. Ela foi até a janela aberta e olhou enquanto o professor na sala de aula de repente parou de falar, foi até os fundos da sala, e saiu de onde Margot não conseguia ver trazendo a reboque Tom, que foi então atirado pela porta para o meio do corredor. Alguns segundos depois, o professor ressurgiu com um apagador de quadro-negro de madeira, com o qual atingiu com força a cabeça de Tom algumas vezes antes de voltar a passos vigorosos para a sala de aula.

Tom ficou encolhido no chão. Alguns minutos mais tarde, ele se sentou empertigado, esfregando a orelha. Poucos minutos depois disso, começou a imaginar que não estava no corredor, mas, sim, no planeta Rusefog, lutando com chimpanzés guerreiros pelo tesouro dos piratas. Uma metralhadora invisível surgiu nos seus braços. Ele a direcionou para a janela da creche, fazendo barulhos de tiros quando seus torpedos atingiam o alvo num grande estouro de fogos.

Por trás da janela, Margot deu um risinho.

Tom ficou paralisado ao ouvir o riso, com medo de ser espancado de novo. Margot viu que tinha captado sua atenção, ficou na ponta dos pés e acenou. Ele não a viu. Voltou para sua missão. Um chimpanzé especialmente sinistro tinha se desviado na sua direção, vestido dos pés à cabeça com uma armadura roxa. Tom precisaria destruí-lo para que ele não o alcançasse. Ele se agachou, mirou e atirou.

De onde Margot estava, o corredor parecia ser o lugar divertido para se estar. Ela se aproximou da encarregada da creche.

— Preciso fazer pipi, por favor.

A encarregada da creche sorriu e olhou para Margot lá do alto de seus óculos.

– O certo é "posso ir ao banheiro, por favor, srta. Simmonds?"

Pode, sim, Margot. Ande. – A srta. Simmonds abriu a porta, deixou Margot sair e a trancou depois que ela passou.

Margot olhou para um lado e para o outro do corredor. Não havia ninguém por perto com exceção dela e de Tom, que estava em pé do outro lado, alguns metros à sua direita. Com cuidado, ela se aproximou dele. Ele estava tão absorto atirando que só viu Margot em pé ali quando ela acenou bem no seu nariz.

– Ah! – Por uma fração de segundo, Margot era um chimpanzé louro. De um estalo, ele saiu do devaneio. – Ah – disse ele de novo. Margot sorriu para ele.

Tom tinha passado os quatro primeiros anos de sua vida numa casa amorosa e aconchegante a oeste de Newcastle upon Tyne, no Nordeste da Inglaterra. Quando a pobreza e a morte se uniram para atingir sua vida, ele passou de parente em parente até descobrir-se, como Margot, diante das portas pretas do Lar Santo Antônio, praticamente só com suas fantasias para protegê-lo dos golpes daquele lugar.

Ele não tinha esquecido as boas maneiras. Estendeu a mão imunda.

– Tom – disse ele. – Como você se chama?

– Eu me chamo Margot – disse ela, dando-lhe um aperto de mãos relutante. – Posso brincar com você?

Ele refletiu. Mordeu a bochecha, com a mão no quadril, os olhos passando velozes da esquerda para a direita.

– Pega – disse ele, por fim, entregando-lhe uma metralhadora invisível. – É uma *laser-raptor*. Usa-se para derreter a cara dos chimpanzés. Não perca tempo atirando na armadura. Ela é *impenetrável*.

Margot piscou por uns instantes.

– Pou, pou, pou! – fez Tom, mirando na parede nua à sua frente. Margot o imitou.

– Ai, não! – gritou Tom, deixando cair os braços, com os olhos arregalados.

– Sua arma está sem munição! Aqui, deixa que eu recarrego. – E, com cuidado, ele tirou a pesada arma dos braços dela e a recarregou. Tom olhou para Margot, preocupado. – Você vai precisar mais do que isso, por aqui, sabe? – Ele estendeu a mão até a barriga da perna. Com delicadeza, tirou alguma coisa de uma alça invisível.

– Essa espada foi de meu pai – sussurrou ele. – É a espada de Lennon. Usada para cortar fora o coração deles.

Margot fez que sim e pegou a espada invisível dos dedos de Tom. Estava fascinada demais para me ver dando pulos sem parar diante dela, dizendo baixinho: "Margot! Margot! Volta para a sala de aula! Volta!"

Virando uma esquina no início do corredor, vinha Hilda Marx. Sheren tinha vindo correndo na frente para me alertar de sua presença. O anjo da guarda de Tom, um homem alto, magro, chamado Leon, estava ao lado do menino e o cutucava. Ele acabou conseguindo a atenção de Tom, mas não antes de o menino berrar "Engulam essa, seus demônios mutantes!" na direção de Hilda.

Ela viu os dois ali parados, em alguma brincadeira boba de criança. Aprontando alguma. Merecendo um bom castigo.

Ela sorriu, o que nunca era um bom sinal, e se aproximou.

– Que é isso, crianças? Alguma brincadeira boba?

Tom deixou cair todas as armas e fixou o olhar no chão. Margot o imitou.

– Tom? Por que você está do lado de fora? – Ele não respondeu. – Responda, menino!

– Eu... não estava prestando atenção, srta. Marx.

Ela voltou o olhar furioso para Margot.

– E você, Margot. O que a tirou da creche?

– Preciso fazer pipi, senhorita.

Os lábios de Hilda se crisparam. Ela ergueu um braço como um galho grosso e indicou o fim do corredor.

– O banheiro é para aquele lado, menina. Mexa-se.

Margot disparou na direção dada pelo braço de Hilda. Quando chegou à porta dos sanitários, ela se virou. O tapa no rosto de Tom chegou reverberando até o fim do corredor.

O relatório do sr. O'Hare a respeito da irresponsabilidade de Tom, de suas notas baixas e sua total incapacidade de se manter quieto em sala de aula, confirmou a necessidade de recorrer à Tumba para pôr o menino na linha.

Quando as luzes se apagaram, todos os anjos se encontraram no patamar acima do saguão de entrada. Sheren contou a todos nós o que aconteceria nessa noite. Hilda e o sr. O'Hare iriam fazer uma visita a Tom no dormitório assim que os outros tivessem adormecido. Eles lhe tirariam a roupa, o espancariam e o jogariam na Tumba por um total de duas semanas. Nenhuma criança com menos de dez anos jamais tinha sido posta na Tumba por mais de dez dias. O castigo era especialmente duro, disse-nos Sheren, porque Tom lembrava Hilda de si mesma. Todos os anjos eram necessários para ajudar Tom durante esse período horrível, porque os possíveis resultados da experiência se estenderiam até sua vida adulta, com consequências devastadoras: síndrome maníaco-depressiva, violência, o desperdício do talento de Tom como dramaturgo, a destruição de seu casamento e uma morte precoce. Tudo antes dos trinta e cinco anos de idade, e tudo por causa de Hilda Marx.

Voltei para Margot. Era sua primeira noite no Lar Santo Antônio, e ela não conseguia dormir. Muita gente no quarto. Muitos rangidos, sussurros, roncos e soluços para ela conseguir sentir qualquer coisa que não fosse terror. Esfreguei suas mãos. Pela primeira vez em meses, ela olhou direto para mim. Eu sorri.

– Oi, boneca – disse eu. Ela de imediato sorriu de volta. O sorriso viajou desde os lábios até o peito, removendo a rocha enorme que estava lá, depois percorreu seu corpo inteiro, mudando sua aura da cor de água lamacenta para um amarelo dourado brilhante, forte como um nascer do sol. Aos poucos, ela caiu num sono profundo.

Leon veio rápido na minha direção. Ele fez um gesto para eu ir com ele. Certifiquei-me de que Margot estava dormindo e o acompanhei. Ele me levou ao dormitório seguinte, onde estavam reunidos os outros anjos. Esperamos alguns instantes. A maioria das crianças estava dormindo. Tom, machucado e ensanguentado de seu embate com Hilda, estava bem acordado, imaginando um plano para fugir de Rusefog e enfrentar os elefantes alienígenas no planeta Gymsock.

O anjo da guarda de Tom, Leon, tinha sido seu irmão gêmeo. Ele morreu minutos antes de Tom nascer. A mesma energia nervosa, o mesmo cabelo de ninho de passarinho. Ele esfregou as mãos, ansioso.

Sheren olhou para a direita; e, quando acompanhei seu olhar, pude ouvir uns sussurros baixos no corredor. A luz da lua que entrava por uma janela tocou em duas cabeças. Hilda e o sr. O'Hare. Eles avançavam em silêncio na direção do dormitório. Nós ficamos de lado para deixá-los entrar – o que me fez subir pelas paredes com nossa impotência – e olhamos enquanto Tom era arrastado da cama com uma mão tampando sua boca e um braço grosso em torno da cintura, e era então carregado para um quarto no andar inferior. Lá ele foi despido, espancado com um tijolo e, quando perdeu a consciência, foi despertado com água fria para ter noção de que estava entrando na Tumba. Esta última medida era uma tática de apavoramento: o som de uma criança aos berros à meia-noite enchia as outras crianças com um medo que nunca as deixava pelo resto da vida. Fazia com que se mantivessem na linha.

Verifiquei novamente que Margot estava dormindo e então acompanhei o grupo de anjos até a Tumba, que era localizada num anexo perto da fossa. Besouros, baratas e ratos reuniam-se no cano que despejava restos do esgoto na Tumba, enchendo o fundo cerca de cinco centímetros. Do lodo projetava-se uma pedra grande, permitindo que os ocupantes se abrigassem no alto e permanecessem secos. Tom implorava, vomitava, arrastava os pés descalços no cascalho até eles ficarem em carne viva. Entramos na Tumba em fila. Eu fui a última a entrar. Fiquei ali parada um instante, lembrando-me da ocasião em que entrei ali aos oito anos de idade, um momento que influenciou minha vida de modo tão aterrorizante, que também foi a nota mais baixa de cada pesadelo, o degrau mais baixo na escada em que desci para o alcoolismo.

Prendi a respiração e entrei. A porta estava fechada, mas todos podíamos ver o trio que vinha em nossa direção: o sr. O'Hare e Hilda de cada lado de Tom, meio carregando, meio arrastando o garoto. Quando percebeu onde estava, ele lutou com sua última gota de energia. Eles o deixaram berrar alguns minutos. Um punho frio contra seu queixinho deixou-o inconsciente. Ele caiu de cara no lodo. A porta foi trancada atrás dele.

Para impedir Tom de se afogar, Leon precisou movimentá-lo para ele poder respirar. Cuidadosamente, ele ergueu Tom para o alto da rocha. Um dos golpes tinha causado um coágulo em sua cabeça. Sem tratamento, ele seria transportado para o cérebro e mataria o menino antes do amanhecer. Leon pôs as duas mãos acima da cabeça de Tom. Imediatamente, uma luz dourada derramou-se das palmas, e o coágulo desapareceu.

Quando Tom acordou, seu corpo tremia violentamente com o frio e o choque. Sua própria imaginação não poderia ter engendrado algo tão terrível quanto a Tumba. As criaturas do cano foram saindo, donas desse território, e começaram a rastejar pelo seu cabelo denso, aproximando-se dos órgãos genitais, roendo seus pés. Sheren lançou um raio azul, e elas fugiram desordenadamente. Não voltaram a perturbá-lo. Mas o medo e o cheiro do esgoto fizeram com que ele defecasse e vomitasse até seu estômago doer. Ele passou o resto da noite soluçando e chamando pela mãe. Ele não percebeu que Leon o segurava no colo, chorando.

Eu ia de um lado para o outro, da Tumba até Margot, para me assegurar de que ela estava bem. Na quarta noite, Tom estava tendo alucinações, de sede e fome. Ele tinha certeza de que estava vendo os pais. Pior, tinha certeza de que eles estavam sendo assassinados bem na sua frente. Seus gritos chegavam ao prédio principal. Hilda mandou o sr. Kinnaird, o zelador, com um balde de água fria e uma fatia de pão para cuidar do ocupante da Tumba. Sheren encarregou-se de que o sr. Kinnaird ouvisse mal o que Hilda disse, e ele levou uma fôrma inteira de pão para o pobre do Tom, que a devorou, esfaimado.

Cada noite, quando o sol baixava e o terror de Tom ia às alturas, nós formávamos um círculo em torno dele, com as palmas das mãos se tocando, nossa luz coletiva formando uma cúpula sobre ele até que sentisse uma calma avassaladora e, finalmente, adormecesse. Na última noite, quando Leon terminou de curar os piores traumatismos de Tom, ele permitiu que uma lesão permanecesse no cérebro de Tom.

– Por quê? – perguntei.
– Esquecimento – respondeu ele. – Ele vai se esquecer do pior de tudo isso se eu deixar essa lesão ficar.

Foi assim que o menino nu e esquelético que Hilda e o sr. O'Hare acabaram tirando da Tumba sobreviveu. O sr. Kinnaird, que também fazia as vezes de médico residente, recomendou duas semanas de repouso na cama para Tom, e de repente se sentiu inclinado a completar os tristes pratos de lavagem do menino com mais porções de carne e legumes. Tom descobriu que, graças a Leon, sua imaginação voltava à plena atividade, que, em muitas noites escuras, o punha a criar rotas de fuga de lugares escuros onde anteriormente não havia nenhuma; encontrar em caixas escondidas espadas com as quais ele podia lutar com seus inimigos imaginários.

Cerca de um ano depois, um primo mais velho chegou ao Lar Santo Antônio para levar Tom para casa. Leon foi embora com ele e, ao que eu soube, se certificou de que a mente de Tom transformasse todas as experiências – tanto conscientes como subconscientes – do Lar Santo Antônio como uma ostra transforma um grão de areia.

A atenção de Hilda, porém, estava agora voltada para outros transgressores safados sob seus cuidados.

Um deles era Margot.

9

A Música das Almas

Parecia que eu estava vivendo dentro de um sonho. Recordações da minha vida aos quatro, cinco e seis anos de idade estão impregnadas de emoções infantis, confusas com a interpretação e a reencenação, por demais entrelaçadas com meu comportamento e minhas crenças de tempos posteriores na vida para existirem exclusivamente como recordações.

Em outras palavras, cada vez que Margot era açoitada por Hilda, espancada por crianças maiores ou excluída pelas crianças do seu dormitório de tal modo que se sentisse total e completamente abandonada, a dor de presenciar seu sofrimento somava-se à agonia mais profunda de minhas lembranças. Às vezes, era insuportável.

Ouvíamos histórias de anjos cujos Seres Protegidos eram pedófilos, assassinos em série, terroristas; e de tudo o que eles precisavam aguentar diariamente. *Observar. Proteger. Registrar. Amar.* Anjos que tinham passado sua vida mortal a serviço da Igreja, ou como donas de casa contentes e otimistas, cuidando de filhos e netos, dentro da florida inocência caseira de seu próprio lar, acabavam se descobrindo passando outra vida inteira acompanhando traficantes e gigolôs por covis de uso de heroína, vendo-os abortar crianças indesejadas, precisando protegê-los contra qualquer coisa que frustrasse a escolha humana. Precisando amá-los.

Por quê?

Simplesmente tinha de ser feito, foi a resposta de Nan. *Deus não deixa nenhum filho sozinho.*

Minha própria situação parecia-me pior que as histórias trocadas entre os anjos no Lar Santo Antônio. Nada, absolutamente nada que se comparasse com uma existência na qual as terríveis lembranças do passado vinham inundar o presente. Nada que se comparasse a passar todos os dias mergulhada até o pescoço num arrependimento excessivo. Eu já sabia qual era o resultado. E não podia fazer nada a respeito.

Era um pouco parecido com uma loteria. Eu bombardeei Nan com perguntas. Como nós acabávamos formando um par com nossos Protegidos? Como fui acabar com Margot? Estava relacionado a como eu morri?

Pus Sheren contra a parede e perguntei como tinha sido sua morte.

– Cinquenta aspirinas e uma garrafa de xerez.

– Então o suicida acaba sendo seu próprio anjo da guarda? Você está dizendo que eu me matei?

– Não necessariamente.

– Então, que outra coisa?

– Conheci uma vez um anjo que precisou passar pelo que estamos passando. Ele disse que se resumia ao nosso jeito de viver.

– Isso quer dizer o quê?

Ela fez um gesto na direção de Hilda, que estava empurrando um dedo artrítico no rosto de uma menina de quatro anos de idade por ter molhado a cama.

– Mas você *sabe* da Música das Almas?

– A o quê?

Sheren abanou a cabeça e revirou os olhos. Eu me senti idiota.

– É a diferença entre nós e outros anjos. Quando você protege seu próprio eu mortal, você tem uma capacidade maior para influenciar e proteger essa pessoa. Olhe só.

Ela foi na direção de Hilda. Pensamentos da Tumba já estavam girando acima de Hilda. Estava claro que ela pretendia mandar a menininha para lá. Sheren postou-se ao lado de Hilda e começou a cantar. A melodia era parecida com uma tradicional cantiga escocesa de ninar, embora as palavras fossem numa língua que eu não reconhecia. Lenta, misteriosa, bela. Sua voz era alta e ressoante, aumentando de volume até fazer vibrar o piso. Enquanto Sheren cantava, suas asas se ergueram e começaram a se mexer em torno de Hilda, envolvendo as duas. Suas auras tornaram-se do mesmo tom de púrpura. Aos poucos, o pensamento de Hilda foi se afastando da Tumba. Em vez disso, ela mandou a menina para a cama sem jantar.

Aproximei-me de Sheren.

– Onde você aprendeu isso?

– A Música das Almas é qualquer música que harmonize Margot e você, qualquer coisa que as una em termos espirituais, apesar do estágio em que ela esteja como ser humano. De que canção você se lembra da época de criança? Que música era significativa para você?

Pensei muito. Tudo o que me vinha à mente eram musiquinhas de creche – Deus sabe que cantei o suficiente delas para fazer com que Margot parasse de chorar na casa de Sally e Padraig – mas então eu me lembrei de alguma coisa que Toby costumava cantar quando estava lutando para escrever. Era uma canção irlandesa. "Ela passou pela feira." E então eu me lembrei: Una também a tinha cantado para Margot.

– Certo – disse eu. – Então como funciona?

– A Música das Almas une sua vontade à de Margot. Você ainda é Margot, só com nome e forma diferentes. Vocês têm a mesma vontade, a mesma escolha.

– Quer dizer que posso levá-la a fazer escolhas diferentes?

Sheren fez que não.

– Não o tempo todo. É *ela* quem está com o corpo. É ela quem decide. Você só pode influenciar.

Minha cabeça doía. Afastei-me dali para ir ver Margot. Música das Almas, hein? Talvez eu pudesse cantar para ela uma maneira de tirá-la dali de dentro.

* * *

Aos oito anos de idade, Margot era muito mais alta que as outras crianças da sua faixa etária. Ela sabia sua idade porque todos os anos, no dia 10 de julho, um professor informaria que naquele dia ela ficava um ano mais velha, e só. Mas ela poderia facilmente passar por onze ou doze anos, o que significava que qualquer tolice normal numa criança de oito anos receberia castigo. Nenhuma criança de oito anos queria ser sua amiga, e as de doze anos também não a queriam. Espere, essa não é verdade total. Duas garotas de doze anos, Maggie e Edie, prestavam uma atenção embevecida em Margot. Tinham inveja do seu cabelo comprido, louro quase branco. Elas se encarregavam de tingi-lo de vermelho a toda hora com um nariz ensanguentado, ou deixavam seus olhos tão roxos que ela ficava parecida com um panda.

Eu queria afogar as duas. A enorme estante de carvalho que ficava no alto da escada, eu queria empurrar por cima da balaustrada, direto em cima da cabeça delas. E queria fazer isso não apenas porque era eu quem envolvia Margot nos braços quando ela soluçava na cama de noite, nem porque eu precisava ficar olhando enquanto Maggie se sentava em cima de Margot para Edie chutá-la no rosto calçada com botas, mas porque eu me lembrava. Eu não era totalmente indefesa. Uma vez consegui que um golpe terrível na cabeça de Margot não partisse sua espinha, mas sem dúvida não parecia que eu podia fazer muita coisa, menos ainda me vingar.

Como um responsável zangado, fui debater com os anjos de Maggie e Edie. As duas explicaram as razões para a violência das meninas. Abuso para cá, tortura para lá. Dispensei suas desculpas abanando as mãos. *Não. Me. Importa.* Façam com que parem, antes que eu faça. Clio e Priya – eram esses os nomes dos anjos – se entreolharam. Quando Maggie passou uma noite na Tumba por ser respondona, ela de repente se descobriu pensando nos maus-tratos que tinha infligido em Margot com uma sensação de remorso sem precedentes. Edie teve um sonho com sua avó – pois era isso quem Priya tinha sido – que a ensinava a ser uma boa menina. Por algum tempo, Margot percebeu que estava sem cortes e contusões.

Isso, até eu cantar a Música das Almas.
Eu tinha percebido que se mudara para o lugarejo próximo uma família de gente bondosa e trabalhadora. Eu os tinha visto numa visão: o marido, Will, estava com seus quarenta e poucos anos, e era caixeiro-viajante. A mulher, Gina, tinha sido professora de piano por muitos anos até o nascimento de seu filho, Todd. Eles tinham se mudado de Exeter para o norte para cuidar dos pais idosos de Gina. Eu tinha a impressão de que eles se revelariam uma boa família para Margot e, o que era mais importante, eu pressentia que eles a acolheriam.

A revelação de Sheren acerca da Música das Almas me provou o que eu tinha suspeitado: minha vida como Margot não estava talhada na pedra. Estava simplesmente escrita, como que numa página, e, portanto, era passível de correções. Se eu conseguisse que Margot fizesse uma escolha diferente, talvez nós conseguíssemos sair do Lar Santo Antônio mais cedo em vez de mais tarde.

E assim, naquela noite, esperei até as luzes se apagarem antes de experimentar minha voz destreinada. Levantei-me e, bastante constrangida, me certifiquei de que os outros anjos não estavam olhando quando respirei fundo e me preparei para cantar. Comecei baixinho. "*Meu amorzinho me disse, minha mãe não vai se importar...*" Margot estava quase caindo no sono, remexendo-se no colchão calombento, deitada sobre o braço esquerdo. "*E meu pai, por tua grosseria não vai te destratar...*" Eu estava conseguindo acompanhar a melodia. Aumentei a voz um pouco. "*E ela se afastou de mim, E então eu a ouvi falar: Amor, não vai demorar o dia em que vamos nos casar.*" Ela abriu os olhos.

Senti que as cascatas nas minhas costas se elevavam, como tinha visto as asas de Sheren se erguerem como arcos de tempestade. Vi a aura de Margot se alargar e se escurecer na cor. Ela estava olhando direto para mim, mas não conseguia me ver nem me ouvir. Ela só sentia alguma coisa diferente, nas entranhas. Cantei mais alto até todos os anjos no quarto se virarem para me olhar. "*Quando ela se afastou de mim, e foi passando pela feira...*" Agora eu via o coração de

Margot, mais forte, curado. E então vi sua alma, aquele círculo de luz branca, como um ovo, cheio de um desejo: uma mãe.

Enquanto cantava, eu me concentrava muito na família que tinha visto no lugarejo. Engendrei na cabeça um plano de fuga, com instruções para Margot:
Espalhe um boato de que você vai passar a noite na Tumba. Esconda-se na sala das caldeiras até o amanhecer, depois saia sorrateira para o pátio e, quando a caminhonete de entregas sair, pule na traseira e se esconda por baixo dos sacos de carvão. Quando a caminhonete reduzir a velocidade para passar pelo mata-burro na entrada do lugarejo, salte e corra para a casa de porta azul-celeste. Eles a acolherão.

Quando parei de cantar, Margot estava sentada ereta na cama, com os joelhos ossudos encolhidos junto do peito, a cabeça funcionando sem parar. Pude ver seus pensamentos: ela estava visualizando meu plano de fuga, avaliando tudo. É, pensou ela. A caminhonete de entrega chega às cinco da manhã todas as quintas – depois do dia seguinte. Ela já a tinha visto algumas vezes. O velho Hugh, o motorista, era surdo de um ouvido. Ela poderia se aproveitar disso.

No dia seguinte de manhã, ela confidenciou a Tilly, a menina de onze anos do beliche de cima, que ia entrar na Tumba naquela noite.
– Mesmo? Por quê?
Margot não tinha pensado nisso.
– Hum, fiz careta para a Srta. Marx.
– Você fez uma *careta* para a Srta. Marx? Garota valente! Espere até eu contar isso às outras!

Já na hora do almoço, havia um burburinho de fofoca em todas as mesas. A história também tinha se ampliado um pouco. Margot já não tinha simplesmente feito uma careta. Não, nada disso. Ela tinha chamado a srta. Marx de *monte de bosta* bem na sua cara. E então, quando a srta. Marx tentou arrastar Margot para dentro do escritório para espancá-la, Margot a esbofeteou duas vezes, antes de levantar a saia e lhe mostrar o traseiro. Agora Margot ia enfrentar uma eternidade na Tumba.

Margot tinha um problema a enfrentar: ela não teria como encenar seu próprio transporte até a Tumba. A tradição recente determinava que Hilda e o sr. O'Hare arrastassem os transgressores nus do dormitório até a Tumba na hora de dormir: o espetáculo público era importante, agora, para saciar a sede de Hilda por punição. Por isso, Margot espalhou outro boato: ela ia se esconder deles, para tornar sua captura um pouco mais difícil. Afinal de contas, seu castigo já ia ser bastante severo. Como eles poderiam torná-lo pior?

Nisso havia um fragmento de verdade: Margot *realmente* se escondeu. Depois do jantar, e instigada pela maioria das outras crianças, ela encheu uma bolsa com sobras de comida e se esgueirou pelo corredor na direção da sala das caldeiras, onde cobriu os joelhos com um cobertor e esperou.

Eu tinha informado os outros anjos sobre o acontecimento. Sheren olhou para mim, preocupada.

– Você *sabe* o que vai acontecer, não sabe? – Eu fiz que não. Não tinha nenhuma lembrança desse acontecimento, somente uma forte esperança de que conseguiríamos atingir nosso objetivo. Sheren suspirou e voltou para o escritório de Hilda, com a promessa de que faria o que pudesse.

Felizmente, quem estava encarregado de apagar as luzes era o sr. Kinnaird. Enquanto seguia ágil pelos dormitórios, fazendo a contagem das camas, ele descobriu que a de Margot estava vazia.

– Ela está na Tumba, senhor – explicou Tilly.

– Está? – Ele verificou suas anotações. – Não tem ninguém para ir para a Tumba, pelo menos não hoje.

Tilly fez cara de inocente.

– O senhor não esqueceu os óculos de novo, esqueceu?

Ele tinha esquecido.

– Ora, não é que esqueci! Bem, vou marcar o nome dela, está bem?

Tilly fez que sim. Circularam cochichos pelo quarto. O sr. Kinnaird não percebeu.

Margot não conseguiu dormir, apesar do calor insistente da sala da caldeira. Os gemidos e eventuais estalidos dos canos faziam que suas entranhas se contorcessem de medo, caso alguém tivesse descoberto seu plano e estivesse vindo tirá-la dali. Passei a noite inteira com ela, envolvendo-a no meu vestido quando ela começou a tremer de frio e pavor, prometendo-lhe que íamos conseguir. A visão da família no lugarejo tornou-se tão clara que Margot podia discernir seus rostos. Ela ansiava por eles. Bateria em sua porta e lhes imploraria que a aceitassem. *Eu lhes trarei o café da manhã na cama. Farei qualquer tipo de trabalho doméstico. Basta que me salvem do Lar Santo Antônio. Basta que me deem uma família.*

O rangido do cascalho atravessou o silêncio das cinco da manhã. Ainda estava escuro, mas dedos de sol riscavam o horizonte. O som do motor trêmulo da caminhonete. O cantarolar desafinado de Hugh. *Agora*, disse eu a Margot. Ela apanhou a bolsa, abriu a porta sem barulho e saiu na ponta dos pés para o ar cortante da manhã.

Da porta lateral, ela podia vê-lo na frente da casa: as batidas vagarosas das botas pesadas no chão, indo e vindo da caminhonete até a porta, enquanto descarregava pesados sacos de carvão, alimentos e roupas doados pelos vilarejos. Agora ela mal respirava, com o coração batendo tão descompassado que dava a impressão de que ela poderia desmaiar. Fiz menção de me aproximar da caminhonete, ansiosa para verificar se alguém poderia vê-la, mas nesse instante seus joelhos se dobraram. Eu a agarrei na hora em que ela ia cair. Com meus braços em torno dos seus ombros, ela conseguiu se controlar. *Pode ser que eu esteja exigindo demais dela*, pensei. *Talvez ela não esteja pronta.*

Hugh voltou para a caminhonete e ligou o motor. *Depressa!* Ela atravessou o cascalho correndo até a traseira da caminhonete, escancarou a porta e se jogou ali dentro, por cima de legumes passados e sacos de carvão e lenha. A caminhonete foi se arrastando pelo caminho, dirigindo-se para a estrada principal.

Como planejado, Margot escondeu-se por baixo dos sacos de carvão. Apertei minhas mãos no peito e dei um pulo. *Nós conseguimos! Ela escapou!* Pensei na família do lugarejo. Pensei em como sussurraria no ouvido da mãe que Margot era a filha que ela nunca tinha tido, a filha que tinha desejado ter, que estava ali para receber seu amor e seus cuidados para sempre.

Fiquei olhando a caminhonete se afastar e chorei. Margot estava chorando também, cheia de tanta esperança e tanto medo que achava que ia explodir.

E então o motor morreu. Bem no alto do caminho. A caminhonete parou de repente. Hugh praguejou, girou a chave e arranhou a mudança. Nada, a não ser uns engasgos roucos, mecânicos, por baixo do capô. Olhei dentro do motor: afogado. Fácil de consertar. *Mas depressa!* Hugh assobiava contente enquanto abria o capô e tratava de resolver o problema.

Bem nesse instante, Sheren apareceu ao meu lado.

– Sinto muito, Ruth – disse ela. Fiquei paralisada.

Um arrastar de pés e um berro. As portas da caminhonete escancaradas. Antes que eu pudesse fazer qualquer outra coisa, mãos se abateram sobre Margot. Hilda arrastou-a pelo cabelo da traseira da caminhonete até a porta da frente do Lar Santo Antônio, e o velho Hugh não percebeu nada.

E ali mesmo, naquele mesmo instante, a visão da família no lugarejo apagou-se. Para ela, era como se tivessem morrido. E Margot também quase morreu.

Dessa vez, o espancamento não foi executado com os pés e as mãos de Hilda, nem com o chicote. Foi com a ajuda de um saco de carvão pequeno, porém pesado, ao qual Margot estava agarrada, para se manter mais firme, quando foi arrancada da caminhonete. Sheren chorava enquanto cantava para Hilda, fazendo tudo o que estava ao seu alcance para impedi-la de erguer o saco bem alto, acima de sua cabeça, para deixá-lo cair no corpinho de Margot, imóvel no chão. Do mesmo modo, tudo o que eu podia fazer era impedir que cada impacto do carvão fraturasse seu crânio ou rompesse seus rins. E, mais tarde, quando todos os anjos passavam noite após noite cuidando de Margot na Tumba, nós formávamos em torno dela uma roda, curando as lesões que já tinham sido causadas, impedindo que o veneno dos maus-tratos de Hilda se estendesse por toda a vida de Margot.

O plano de fuga que coloquei na cabeça de Margot não a abandonou. Em vez disso, ele se enraizou e dele cresceram galhos e folhas.
Acabou acontecendo de uma forma que eu não esperava.
Quando Margot estava com treze anos, Hilda resolveu matá-la. Sheren revelou essa informação com relutância, mas por necessidade. Hilda não tinha decidido simplesmente matar Margot, mas o plano que tinha para ela resultaria na sua morte, se nós não interviéssemos. O fato de Margot quase ter fugido era uma prova definitiva da necessidade de cortar suas asas permanentemente. Ela entraria na Tumba para passar um mês: o maior período para qualquer criança em toda a história do Lar Santo Antônio.
Não bastaria que nós, os anjos, confortássemos Margot todas as noites na Tumba. Era preciso impedir que ela chegasse a entrar lá. Sheren disse-me para seguir sua orientação. Olhei um instante para ela. Fazia muito tempo desde que eu reconhecera quem ela tinha sido, *o que* tinha sido para mim. Eu já me esquecera de meu ódio por ela. Eu a tinha perdoado.
Sheren disse que devíamos deixar Margot ser arrancada da cama naquela noite. Hilda e o sr. O'Hare arrastaram Margot para os sanitários no térreo, tiraram sua roupa e então a jogaram no aquecedor velho e enferrujado, deixando-a inconsciente. Eu não aguentava mais, não aguentava mais me conter. Voltei-me para Sheren.
– Repita o seguinte para Margot – disse ela, rapidamente. Ajoelhei-me ao lado de Margot, segurando sua cabeça. Ela sangrava muito de um corte acima do olho. Sua respiração estava fraca. Ela ainda estava inconsciente. Hilda mandou o sr. O'Hare tirar o cinto.

Repeti o que Sheren tinha dito:
Quando Hilda era pequena, ela amava Marnie mais do que qualquer coisa no mundo inteiro. E Marnie a amava. Mas Marnie morreu, *e Hilda ficou muito, muito triste. Marnie agora observa Hilda, e é ela quem fica triste. Agora, repita comigo, Margot. Diga as palavras: "Se Marnie visse você agora, ela se mataria de novo."*

Margot tossiu e voltou a si.

– Quando quiser, sr. O'Hare – disse Hilda a ele, quando ele ia preparando o cinto. Mas seu anjo o impediu. Um breve instante de misericórdia tinha permitido que o anjo do sr. O'Hare se intrometesse e segurasse seu braço no meio do gesto. Lentamente, ele deixou cair o braço e olhou para Hilda. Não podia bater em Margot enquanto ela estava caída no chão.

Com Sheren e eu de cada lado dela, Margot levantou-se e ficou em pé. Nua e sangrando, ela se voltou para Hilda. Respirou fundo, com raiva; e, antes que o sr. O'Hare pudesse se convencer a sair de seu remorso, ela disse.

– Se Marnie visse você agora, ela se mataria de novo.

Hilda ficou boquiaberta. Seus olhos se enrugaram.

– Que foi que você disse?

Sheren murmurou outra coisa, que eu transmiti rapidamente para Margot.

Margot firmou o queixo. E falou alto e bom som.

– Que foi que Marnie lhe disse antes de morrer? Seja uma boa menina, para eu poder vê-la no paraíso. E olhe só para você agora, Srta. Marx. *Hilda.* Marnie está triste. Você se tornou igual a Ray, Dan, Patrick e Callum.

Os nomes dos homens que abusaram de Hilda. Dessa vez, seus olhos realmente se encheram de lágrimas. Sua aura ficou vermelha. Seu rosto, feio de ódio. Ela investiu contra Margot e lhe deu um tapa no rosto. Eu senti como ardeu. Margot virou a cabeça e encarou Hilda e o sr. O'Hare. Nenhum dos dois se mexeu. Ela recolheu as roupas e saiu andando do prédio.

Agora, corra.

Assim que viu que eles não viriam atrás dela, ela saiu dali em disparada. Arrastando consigo a saia, o pulôver e quase mais nada, ela escancarou as portas da frente e correu até o alto da entrada de carros. E lá, entre as duas pilastras de pedra, nós duas paramos e olhamos para trás. Margot arfava – a adrenalina estava trazendo tanta saliva para sua boca que ela mal conseguia contê-la – e eu acenava. Acenava para todos os anjos que tinham se reunido na frente do prédio, despedindo-se de mim. Seria a última vez que eu veria a maioria deles. Procurei por Sheren. Ela ergueu os dois braços, como tinha feito quando me falou da Música das Almas, e eu fiz que sim. Eu sabia o que ela queria dizer.

Quando Margot recuperou o fôlego, nós duas iniciamos a jornada até o lugarejo. Com um frio enorme, meio morta e avançando trôpega pela madrugada, Margot encontrou a porta azul-celeste e bateu nela até que um homem desalinhado e preocupado veio atender. Ela caiu de joelhos e chorou aos seus pés.

10

A proposta de Grogor

O homem que atendeu a porta não era o que surgiu na visão. O que acabou acontecendo foi que a família da visão tinha vendido a casa e mudado de volta para Exeter, e o homem que abriu a porta era o morador atual havia mais de um ano. Mas quando o vi, gritei de alegria. Dei pulinhos. Abracei-o e beijei seu rosto. Depois fiquei andando, retorcendo as mãos, falando comigo mesma como uma maluca, enquanto Margot lhe explicava quem ela era, por que estava ali rastejando na soleira de sua porta às oito da manhã, parecendo ter sido arrastada das profundezas do mar. Senti-me como Eneias entrando no Hades e encontrando os entes que tinha amado e perdido. Esse era Graham Inglis, o homem que chamei de papai por dez longos e belos anos. Nunca me recuperei de sua morte. Levei semanas para me acostumar ao fato de que ele estava aqui novamente, de rosto vermelho, cheio de verrugas como uma porca velha, dado a flatulência e arrotos monstruosos, um homem que tagarelava incessantemente com a boca cheia de bolo de carne, que chorava pelo menor motivo. Ah, papai. Ele não deixava as emoções sequer transparecerem. Colocava-as na mão do outro no primeiro cumprimento e deixava que se infiltrassem nas suas veias.

Graham envolveu os ombros de Margot num cobertor velho e lhe ofereceu um chá quente. Disse a ela que ficasse ali um minuto enquanto ele ia buscar Irina – minha mamãe por um ano inteiro – e, enquanto os dois levavam Margot calmamente para a sala de estar, fiquei parada ali no corredor, sem conseguir respirar. Era tudo demais. Eu estava paralisada, tagarelando comigo mesma perplexa e olhando para mamãe como se ela estivesse prestes a desaparecer a qualquer instante, absorvendo todas as coisas de que tinha sentido tanta falta: suas mãos lisas e gorduchas, sempre oferecendo alguma coisa; seu jeito de cutucar Graham na barriga por dizer alguma piada ou alguma coisa inconveniente ao mesmo tempo que sufocava um risinho; seu hábito de girar o rabo de cavalo entre o indicador e o polegar quando estava refletindo. Seu abraço profundo, aveludado, com perfume de rosas. Se eles tivessem estado por aqui quando Theo nasceu... digamos apenas que, na minha opinião, a vida teria sido um pouco menos turbulenta.

Seja como for, estou divagando. Por um tempo, como que perdi a noção dos acontecimentos. Dirigi-me para o jardim dos fundos, onde Gin, o labrador preto mais amoroso deste mundo, veio correndo para mim. Em pé à sombra da macieira estava Nan. Ela veio andando rápido na minha direção. Abracei-a, soluçando.

– Nan! – Chorei no seu ombro forte e acolhedor. – Você sabe quem eu acabei de ver?

Ela fez que sim e me segurou pelos ombros.

– Sei, sei, é claro que sei. Só... trate de se acalmar...

Engoli meu espanto. Eu não sabia o que Nan estava fazendo com meus ombros, mas aquilo estava me fazendo voltar a pôr os pés no chão, por assim dizer. Ela conseguiu me acalmar totalmente.

– Desculpe – disse eu. – Eu estava só...

Ela levou um dedo aos meus lábios.

– Venha caminhar comigo – disse ela. – Precisamos conversar.

Antes de entrar no nosso papo, uma lembrança.

Foi na semana anterior à morte de mamãe. Uma manhã de sábado. Acordei com uma sensação estranha. Havia alguma coisa parada no ar que era palpável demais, carregada demais de medo para ser pacífica. Uma inquietação, uma sensação de limbo. Meu coração estava aos saltos por nenhum motivo. Levantei-me e fui ver como estava mamãe. Ela ainda estava na cama, o rosto uma mancha amarela em meio aos lençóis brancos. Olhei pela janela e vi papai saindo em sua caminhada matinal com Gin. Joguei água fria no rosto. Agora a sensação era gritante. Senti um nó no estômago e comecei a pensar *vai acontecer alguma coisa*.

Nós já sabíamos que mamãe estava doente. Não foi sua morte que senti. Perguntei-me se teria acontecido um assassinato nos campos durante a noite... esse tipo de expectativa pesada, assustadora. Havia alguém na casa? Mesmo enquanto descia pela escada ruidosa, eu pisava cada degrau com o maior cuidado e delicadeza possível, para não emitir nenhum som. Lá embaixo, disse a mim mesma para me controlar. Peguei a caneca vazia de café de papai que estava no peitoril da janela e entrei sorrateira na sala de estar. E, quando passei pela porta, dei um berro, pois, inclinado na direção da lareira, havia um homem muito alto, num terno de risca de giz, mas ele não tinha pernas, apenas fiapos de densa fumaça negra, como se estivesse se queimando ou se dissolvendo ali onde estava. E, quando se virou e olhou para mim, seus olhos eram totalmente pretos, sem nada de branco, e por isso deixei cair no chão a caneca de papai, que se espatifou. Quando olhei de novo, o homem tinha sumido.

Jamais contei essa lembrança a ninguém. Dá para entender por quê.

Eu a menciono agora, porque o que Nan me disse em seguida me trouxe de volta àquela ocasião. Ela se referiu à lembrança como se tivesse estado lá em pessoa; e se referiu ao homem sem pernas não como uma fantasia da minha imaginação, não como um espírito, mas como Grogor. Grogor é um demônio, disse-me ela. Ele já estava na casa. E eu ia conhecê-lo muito em breve.

Até esse ponto, eu tinha me deparado com demônios somente como sombras e como influências atmosféricas sinistras, nunca como indivíduos. Tinha visto os demônios que viviam em Sally. Às vezes seu rosto parecia ser sobreposto, quando um demônio chegava perto da superfície, e sua aura costumava mudar de cor como um céu numa tempestade, do laranja para um negrume de meia-noite. Eu tinha visto uma névoa escura pairando no saguão de entrada do Lar Santo Antônio, que se adensou tanto – como se fosse um arbusto preto –, que todos os anjos precisavam contorná-la. E às vezes, quando eu olhava detidamente para Hilda, o que eu acreditava ser uma extensão de sua aura aparecia como uma influência atmosférica sinistra, impregnada da sua malevolência e desprezo. Até agora, porém, tínhamos coexistido sem um excesso de atrito.

Mas agora parecia que um deles queria um confronto. Com prazer.

– Por que ele quer me conhecer? – perguntei a Nan.

– Tenha em mente que ele está aqui a serviço – disse Nan. – Ele tem uma proposta a lhe fazer.

Parei de andar e me virei para olhar para ela.

– Você está dizendo que ele está aqui porque eu estou aqui.

– Receio que sim.

– Qual é a proposta?

– Ele quer que você e Margot vão embora.

– Se não o quê?

Nan suspirou. Ela não queria me dar a notícia.

– Se não, ele dará a mamãe a doença.

Agora eu entendia por que Nan estava tão hesitante. Meus joelhos bambearam um pouco e eu me segurei nela enquanto digeria a informação.

Mamãe tinha adoecido de repente cerca de um mês depois que apareci na sua porta da frente. Ninguém entendia. Os médicos não conseguiam descobrir nada de errado com ela. Os remédios não faziam diferença. Até o instante em que ela morreu, papai estava totalmente, plenamente convicto de que ela sairia daquela. E eu também.

O que Nan me disse fez com que eu me abaixasse de joelhos, abaixasse a cabeça no colo e chorasse.

Ela estava dizendo que eu era o motivo da morte de mamãe. Se eu nunca tivesse aparecido à sua porta, se eles nunca tivessem me acolhido, ela teria vivido mais vinte, trinta anos felizes. Papai não teria ficado tão arrasado.

Eu precisava reunir minha coragem e encará-lo. Nan e eu fomos voltando para o chalé. Quando chegou perto da macieira, ela estendeu a mão e tocou meu rosto.

– Lembre-se, você é um anjo. Você tem todo o poder de Deus como retaguarda. Grande parte dele, você ainda não consegue ver.

Com isso, ela se foi.

A cena dentro do chalé deixou-me mais animada. Margot estava sentada ao lado da lareira acesa, abrigada no cobertor imundo, segurando uma caneca de chá quente nos joelhos muito magros. Ela gaguejava e tremia enquanto contava a Graham e Irina como tinha vindo parar à porta da casa deles. Ela lhes contou tudo sobre o Lar Santo Antônio, como tinha acabado por chegar lá, o que acontecia lá e lhes contou tudo sobre a Tumba e as crianças que eram espancadas com tijolos. Como os hematomas no seu rosto eram de um espancamento apenas horas antes. Ela relatou tudo com tanta neutralidade que eles não questionaram uma palavra que fosse, apenas lhe passavam mais chá e, por fim, fizeram anotações. Quando terminou, Margot deu um longo grito. Graham vestiu sua capa de chuva e se encaminhou para a delegacia de polícia.

Quando Irina passou e roçou em mim, minha cabeça se encheu de informações a seu respeito que superavam de longe meu conhecimento dela. Vi seu pai, um homem frio, lábios crispados, apesar de nunca tê-lo conhecido nem visto uma fotografia dele na minha vida. Vi discussões com Graham que nunca tinham sido resolvidas; vi seu profundo amor por esse homem, enraizado na sua alma como uma árvore antiga. E então vi sua maior tristeza. Um aborto. Graham ao seu lado. Os dois muito jovens. *Mamãe, sinto muito,* pensei. *Eu nunca soube.*

Irina seguiu em frente e entrou na cozinha, sem perceber o que tinha acabado de acontecer. Fui atrás dela e passei meus braços em torno da sua cintura larga. Bem nesse momento, ela deu meia-volta e fixou o olhar adiante. De início, achei que estava olhando para a porta da cozinha. Depois vi para onde olhava: ela estava observando Margot pela abertura da porta. Ela sorriu. Uma menina tão bonita, pensou ela. *É bonita, mesmo,* respondi em pensamento. Acho que está dizendo a verdade, pensou ela. *Está, sim. Ela está.*

Durante as duas semanas seguintes, a informação de Nan sobre Grogor foi se afastando cada vez mais da minha mente. A ida de Graham à delegacia resultou numa visita surpresa ao Lar Santo Antônio pelo delegado, acompanhado de dois policiais, e o que eles encontraram lá fez com que fechassem o estabelecimento imediatamente. Espalhou-se no vilarejo o rumor de uma criança de cinco anos encontrada numa cela tão pequena que a criança mal conseguia ficar em pé ali, e sem alimento nem água por quase uma semana. Essa criança estava agora internada numa unidade de terapia intensiva. As outras crianças tinham sido distribuídas por casas de adoção e por outros orfanatos no país inteiro. Quanto a Hilda Marx, eles a encontraram em seu escritório, com um frasco de comprimidos numa das mãos e uma garrafa vazia de xerez na outra, já sem batimentos cardíacos.

O noticiário no rádio – os Inglis não tinham televisão – incluiu uma entrevista com autoridades do governo que desejavam mencionar que estavam "motivados e tinham assumido o compromisso" de bombear mais dinheiro para instituições para crianças em toda a nação; e que estavam "sinceramente comprometidos" com a elevação dos padrões do atendimento à infância. Irina olhou para Margot, que estava limpando o prato de caldo de galinha.

– Você deveria se orgulhar, querida – disse ela. – Foi você quem fez tudo isso.

Margot sorriu e desviou o olhar. Quando olhou de volta, Irina ainda estava em pé junto dela. Ela foi se ajoelhando devagar diante de Margot – com a artrite fazendo ranger seus joelhos – e segurou as duas mãos finas e frias de Margot nas suas.

– Graham e eu gostaríamos que você ficasse conosco quanto tempo você quiser – disse ela.
– Você gostaria disso?

Margot fez que sim muito depressa.

– Gostaria – sussurrou ela.

Irina sorriu. Ela sorria de um modo muito parecido com o de Nan. Suponho que seja por esse motivo que eu sempre tenha confiado em Nan, desde o início. O rosto de Irina tinha rugas e era corado, seus olhos eram de um azul do Caribe, o cabelo louro e denso como o de uma menina, o rabo de cavalo com um movimento saudável. Ela semicerrou os olhos. O sorriso apagou-se abruptamente. Margot perguntou-se por um momento se tinha feito algo de errado.

– Você é um fantasma, que veio me assombrar? – disse Irina, muito séria.

Ergueu-se um pensamento acima da cabeça de Margot – eu me lembro de tê-lo pensado – que dizia: "Ela está falando comigo?" A confusão espalhou-se por seu rosto. Irina levantou a mão e empurrou uns fios soltos de cabelo para trás das orelhas de Margot.

– É só... – disse ela como explicação – que você é muito parecida comigo quando eu era criança. Só pensei... – Para Margot, isso não foi explicação de modo algum. Ela agora estava muito confusa, preocupada com a possibilidade de ser posta no olho da rua. Para mim, a explicação de Irina afinal se revelou: ela achava que Margot fosse o espírito do filho que tinha abortado tantos anos antes. Aproximei-me de Margot e pus a mão no seu ombro, fazendo evaporar a preocupação que se acumulava na sua garganta.

– Não se preocupe – disse Irina, baixinho. – Gente como eu costuma ter umas ideias bobas depois de viver demais. – Ela se levantou e saiu para buscar mais torradas para Margot.

Tanto Graham quanto Irina eram escritores. Graham produzia romances policiais instigantes e vívidos sob o pseudônimo de Lewis

Sharpe. Irina era poeta, com leitores pouco numerosos, porém dedicados. Tímida demais para ler em eventos, Irina redigia sua poesia lenta e cuidadosamente, sentada junto da lareira, trazendo à luz um volume fino de poemas modestos, profundamente comoventes, de quatro em quatro anos. Sua nova coleção era intitulada *A fiandeira da memória,* e estava perto de terminá-la.

Passava o tempo antes de dormir escutando rádio ou, na maior parte do tempo, em discussões literárias. Margot descobria-se no meio de uma batalha para determinar se Lady Macbeth tinha filhos ou não. ("É claro que ela tinha filhos! Por que cargas d'água ela ia falar em amamentação se não tivesse?" "É uma metáfora, mulher! É só uma manobra para fazer com que Macbeth mate Duncan!" Etc.), ou no papel de juiz mudo durante um debate vulcânico sobre Sylvia Plath ser ou não ser melhor que Ted Hughes ("É impossível medir isso! Com base em que ele pode ser *melhor*?" "Nenhuma baboseira psicótica sobre a criação de vespas!" "Você *o quê*? Etc.).

Fascinada, Margot descobriu-se passando longas tardes a banquetear-se com Plath, Hughes, Shakespeare, depois Plauto, Virgílio, Dickens, Updike, Parker, Fitzgerald e Brontë. Os livros no Lar Santo Antônio eram os volumes já muito manuseados, descartados por bazares de caridade e escolas generosas. Por isso, era uma questão de sorte se Margot lia Mills & Boon ou Aphra Behn. Geralmente, não o último. Agora, estimulada por perguntas que precisavam ser respondidas (será que Heathcliff *era* irlandês?) e por ambiguidades narrativas que exigiam ser aplainadas (Hamlet e Ofélia: irmãos ou amantes?), Margot lia com rapidez e afinco. Estava determinada a ter alguma coisa a dizer nas horas antes de dormir, em vez de ficar se perguntando se Calibã e Eneias eram pessoas ou planetas. Além disso, ela aprendera a adorar um desafio.

A esta altura, eu deveria mencionar que o comentário de Nan sobre minha incapacidade de ver *tudo* no mundo espiritual tinha me impressionado. Eu já tinha visto o anjo da guarda de Irina umas duas vezes, mas nem sinal do de Graham. Eu sentia falta da comunidade de anjos do Lar Santo Antônio. Mais que isso, eu me perguntava por que não os via o tempo todo, por que não estava cercada de demônios e espíritos, por que às vezes eu me sentia humana.

Mesmo assim, eu sabia que Grogor estava ali e me incomodava o fato de ele parecer estar em posição de vantagem, com a invisibilidade. Talvez eu só precisasse olhar com mais atenção.

Aconteceu uma noite, enquanto Graham, Irina e Margot estavam discutindo *Três mulheres*, de Plath. Graham tinha feito uma piada com o filme de Polanski *O bebê de Rosemary*, e ele e Irina riram. Margot fez uma anotação mental para assistir ao filme, decidida a não ser apanhada desprevenida. Ainda rindo, Irina levantou-se da poltrona e foi até a cozinha beber um copo d'água. Com cuidado, fechou a porta, para se isolar dos outros dois. Eu a observei quando seu sorriso desapareceu rapidamente. Ela se debruçou na pia da cozinha e olhou pela janela à sua frente, lá para fora, pela escuridão da noite. Devagar, deixou pender a cabeça e lágrimas gordas e quentes caíram na pia.

Quando fiz menção de confortá-la, um homem apareceu ao seu lado. Ele pôs o braço em torno dela e encostou a mão no seu ombro. Por um segundo, supus que fosse seu anjo da guarda, até que vi o terno de risca de giz e então a medonha fumaça preta que saía por onde suas duas pernas deveriam estar. Ele a abraçava como um namorado, sussurrando no seu ouvido, afagando seu cabelo.

O anjo da guarda de Irina apareceu do outro lado da janela. Ele estava furioso e frustrado, com as mãos pressionando a vidraça e gritando um apelo abafado para que o deixassem entrar. Era como se tivesse sido trancado lá fora, de algum modo. Olhei de Grogor para o anjo no outro lado da janela. Eu não conseguia entender. O que quer que fosse que Grogor estivesse dizendo, estava deixando Irina cada vez mais perturbada; e por algum motivo, seu anjo da guarda não podia fazer nada.

Resolvi intervir.

– Oi – disse eu, em voz alta. Sem soltar os braços dos ombros de Irina, Grogor virou a cabeça direto para me encarar. Ele abriu um sorriso. Desviei meu olhar dos seus repugnantes olhos pretos, com as pupilas nadando no que parecia ser alcatrão, a pele estranha, derretida, parecendo de cera. – Ouvi dizer que você queria me ver.

    Muito devagar, ele se voltou para Irina novamente.

    – Ei – gritei. – Estou falando com você.

Antes que eu ou o anjo da guarda de Irina pudesse fazer alguma coisa, Grogor enfiou a mão dentro do corpo dela com a mesma facilidade com que se enfia a mão num armário e colocou alguma coisa ali dentro. O anjo de Irina bateu com os punhos na janela e depois desapareceu. Grogor também desapareceu, mas um segundo depois, ele estava diante de mim. Ele me olhou da cabeça aos pés.

    – Então foi assim que você acabou? – Seu sotaque era de um tipo que não consegui identificar; o tom surpreendentemente anasalado.

    – Minha resposta é "não", por isso você pode sumir da minha frente.

    Ele sorriu... senti repulsa ao ver que ele não tinha dentes, só um buraco molhado, cinzento, no lugar da boca... e fez que sim.

    – Quer dizer que Nandita veio ver você, não veio? Aposto que ela não lhe contou tudo.

    – Ora, tenho certeza de que ela me disse o suficiente.

    Ele cuspiu em mim. Ele cuspiu em mim de verdade: uma gosma preta e pegajosa das profundezas daquela boca imunda. E depois desapareceu.

    Limpei o rosto e vomitei. Imediatamente, Irina se empertigou. Parecia que tinham tirado uma carga terrível de cima dela, e foi no momento exato. A porta da cozinha abriu-se. Era Graham. Ela esfregou a manga depressa nos olhos e se voltou para encará-lo com um sorriso.

    – Tudo bem com você, meu amor?

    Ela apanhou o copo.

    – Esqueci o que vim fazer aqui dentro. Sabe como eu sou.

Ele fez que sim, sem se convencer, e esperou que ela o acompanhasse de volta à sala.

Naquela noite dormi ao lado de Margot, com seu corpo enrolado na proteção do meu traje. Eu estava furiosa com os dois outros anjos apáticos da casa. Talvez, se trabalhássemos em equipe, pudéssemos expulsar Grogor dali. Mas eles se recusavam a se deixar ver.

Pouco antes de amanhecer, Grogor surgiu acima de mim, pairando ao lado do abajur como uma nuvem de tempestade, provida de rosto. Não lhe dei atenção. Depois de alguns minutos, ele falou.

– É uma doença particularmente dolorosa a que Irina tem. Um jeito terrível de ir embora, coitadinha. Incurável. É claro que tudo o que você precisa fazer é levar Margot para algum outro lugar, e Irina se sentirá muito melhor.

Levantei a cabeça e olhei com ódio para ele.

– Por que Irina? – disse eu, entre dentes. – Ela não tem nada a ver com isso. Isso aqui é entre nós dois.

Ele se aproximou do meu rosto, tanto que eu pude sentir seu hálito na minha pele. Cerrei meus dentes.

– Nós dois? – disse ele. – E quem você acha que se encontra entre nós dois?

Recuei para longe dele e me enrolei ainda mais em torno de Margot. Quando ele se enfureceu e jogou em mim uma pedra de alcatrão, eu ergui a mão e, com minha vontade, formei um escudo de proteção em torno da cama. Como uma cúpula de luz, o escudo absorveu a gosma preta. Com isso, Grogor se dissolveu numa nuvem de fuligem, enrolando-se no escudo até quase escurecer todo o seu brilho. Precisei me concentrar muito para manter o escudo intacto, para impedi-lo de entrar.

Por fim, ele desistiu. Voltou à sua repugnante forma semi-humana e fez pressão contra a cúpula.

– É só você se lembrar. *Ela não precisa morrer.*

* * *

Mas o que eu podia fazer? A cada dia na presença de Irina, Margot ficava mais animada, mais feliz, erguendo-se visivelmente dos abismos emocionais do Lar Santo Antônio. Fiquei olhando, de coração partido, à medida que a doença crescia dentro de Irina como uma poderosa erva daninha. Logo ela estava se queixando de coceiras na pele. Uma noite, no clarão da lareira, sua pele parecia amarelada e doentia. Margot percebeu.

– Tudo bem com você, Irina? – perguntou ela, repetidamente.

– Chame-me de mamãe – respondeu Irina, não fazendo caso da pergunta.

Margot passava as tardes lendo ou, debruçada na janela do quarto, olhando para as outras crianças nos jardins vizinhos ao da casa de Graham e Irina, desejando um amigo.

– Passe algum tempo com mamãe, Margot – dizia-lhe eu. – Você vai se arrepender se não passar.

E assim ela fechava a janela com um puxão e descia sem ruído até a cozinha, onde Irina estava sentada de roupão à mesa, lutando para tomar uma caneca de sopa. Seus braços magros estavam fracos demais para aguentar o peso da caneca; a garganta fechada demais para ela conseguir engolir mais que uma gota de cada vez. Sem uma palavra, Margot sentava diante dela e erguia devagar uma colher de chá, usando-a para dar pequenas porções a Irina. Irina punha a mão esquelética em torno da mão de Margot quando ela levava cada colherada à sua boca. Embora elas nunca deixassem de olhar nos olhos uma da outra, nenhuma das duas falava. Quando Margot terminou, o fundo da caneca de sopa estava frio, e seu rosto estava borrado de lágrimas.

Por um lado, é difícil explicar por que fui procurar Grogor. Não era tão simples quanto não querer passar pela dor de perder mamãe. Margot me dava a impressão de ser uma filha, *minha* filha. Muitas vezes, suas experiências e suas dores me pareciam isoladas das minhas. Nós já estávamos nos tornando diferentes.

Eu disse a Grogor que *eu* me dispunha a ir embora. Margot ficaria. Disse-lhe que eu falaria com Nan, e nós daríamos um jeito de arrumar outro anjo da guarda para Margot, se fosse isso o necessário. Eu nem mesmo sabia se era possível, ou sequer sensato, mas estava disposta a arriscar. A expressão nos olhos de Graham enquanto ele via mamãe passar cada vez mais dias na cama estava me matando.

A reação de Grogor deixou-me confusa.

– Interessante – disse ele. E então foi embora.

Embora mamãe resistisse por muitos meses, ela teve uma morte dolorosa e sem dignidade. Houve atenuantes. O anjo da guarda de Irina começou a aparecer com mais regularidade, pelo menos no final, fortalecendo-lhe os músculos para que ela pudesse sentar ereta na cama, dando-lhe pequenos vislumbres do paraíso em seus sonhos, convencendo-a a dizer a Graham e Margot as coisas que eles precisavam desesperadamente ouvir. Que ela os amava. Que sempre, sempre, estaria com eles. E que não havia a menor condição neste mundo de Hamlet e Ofélia serem irmãos. Era preciso mandar examinar o cérebro de Graham por chegar a fazer essa sugestão. Mas ela concordava com Margot quanto à teoria sobre Calibã: decididamente, decididamente uma mulher.

Seu enterro foi numa manhã enevoada de segunda-feira, em outubro. Um punhado de acompanhantes, anjos e um sacerdote agrupados em torno da sepultura. Quando passaram a baixar o caixão na cova, eu comecei a me afastar o máximo possível do grupo ali reunido, sufocando meus gritos nas pregas do meu traje. Mas então eu me virei e vi Margot, despejando as lágrimas nos punhos cerrados, e Graham, pálido e murcho, o rosto de pedra. E me dei conta: *estou aqui para ajudá-los a fazer essa travessia.* E foi assim que dei passos largos na direção de Margot, pus meu braço em torno de sua cintura e lhe disse para dar o braço a Graham. Ele estava parado a alguma distância dela, à esquerda. Ela hesitou. *Eu sei como isso é difícil para você,* disse eu. *Até agora, você foi mais amiga de mamãe. Mas agora Graham precisa de você. E você precisa dele.*

Ela respirou. O padre estava lendo uma passagem da Bíblia: "O anjo do Senhor acampa-se ao redor dos que os temem, e os livra..." Fiquei olhando enquanto Margot delicadamente estendia a mão para pegar no braço de Graham e, muito devagar, unia o dele ao dela. Nesse instante, ele como que despertou dos pensamentos, ao ver o que ela estava fazendo, e deu um leve passo para o lado de modo que eles não ficassem tão separados.

– Você está bem, papai?

Graham piscou os olhos. Alguns momentos depois, ele fez que sim. Alguma coisa no primeiro uso daquela palavra, do novo título "papai", deu-lhe forças. Ele dobrou a mão áspera em torno da dela quando ela segurou seu braço. Juro que o vi sorrir.

Levei muitos anos para entender como um demônio tinha a capacidade de matar um ser humano. Mais tarde, Nan disse que ele não a matara. A culpa tinha matado mamãe. Ou, no mínimo, sua culpa pelo aborto tantos anos antes tinha proporcionado solo fértil para que o germe que Grogor plantou nela pudesse se enraizar. A explicação não fez com que eu me sentisse melhor. Pelo contrário, plantou outro tipo de semente – a da vingança.

11

Um curta-metragem sobre arrogância

OK, eu tenho que lhe avisar. Quando adolescente, eu não era nenhum anjo, não. Desculpe, não pude evitar. Você sabe o que quero dizer. Cheguei aos treze, e de repente o mundo se reduziu a um pequeno frasco de cola. Descobri que essa substância mágica tinha a capacidade de grudar pôsteres de Donny Osmond na parede do meu quarto e me transportar para longe do sofrimento que enterrou suas botas cheias de lama bem embaixo da mesa do jantar após a morte de mamãe. Não muito depois de eu me matricular na escola, eles quiseram me expulsar. Papai teve que lutar para me manter lá. Minhas notas em literatura inglesa eram as melhores da classe; portanto, eles me aceitaram, contanto que eu parasse de matar aula e de incentivar as outras crianças a se entorpecerem.

Por alguns anos depois da morte de mamãe, vaguei por aí como um lobo solitário, escrevendo poemas agonizantes durante a noite para matar o silêncio, fazendo amizade com o tipo errado de pessoa, vendo papai assistir ao tempo passar olhando para o relógio sobre a prateleira da lareira que parara de fazer tique-taque havia muito tempo. Com o passar do tempo, ele terminou um romance. Li seus rascunhos e fiz uma avaliação detalhada. Ele deu risadas com a minha capacidade precoce de apontar furos na história e personagens fracos. Arrancou a máquina de escrever da sua mesa e jogou-a na minha penteadeira.

— Escreva — ele pediu.

E eu escrevi.

Um monte de besteiras, a princípio. Depois, alguns contos decentes. Depois, cartas de amor. Para um mau elemento magricela chamado Seth Boehmer. Ele parecia ter problemas para ficar em pé ou para ficar parado sentado. Ensebava o cabelo preto até que metade ficasse caída sobre o rosto como uma asa de corvo morto. Raramente olhava alguém nos olhos, sempre com as mãos enfiadas nos bolsos. Mas eu tinha dezesseis anos. Ele tinha vinte, era mal-humorado e veloz no volante. Como eu poderia *não* amá-lo?

Assisti a Margot cavar um sumidouro para si mesma antes de pular dentro dele. Costumava revirar bastante os olhos e falar comigo mesma. Pode me chamar de sarcástica. Eu literalmente tinha estado ali, de verdade, tinha feito aquilo, e agora queria vomitar sobre tudo aquilo. Seth foi como que um marco: comecei a ver quão longe eu iria na queda livre de Margot em direção à autodestruição.

Agora, no entanto, eu estava desencantada. Era como se estivesse assistindo a uma comédia romântica ruim – você sabe exatamente quem é quem, o que acontece, quando acontece, e era possível saber a hora das falas pela ordem das músicas. Era entediante. E eu estava com medo. Via coisas que nunca, mas nunca tinha visto antes. Não estou me referindo às coisas espirituais. Não estou falando de auras ou trompas de falópio. Estou querendo dizer: as consequências das minhas experiências no Lar Santo Antônio. Embora tivéssemos feito de tudo para evitar que tais consequências arruinassem a vida das crianças que entraram pela porta daquele orfanato, houve muitas consequências, apesar de tudo. Seth era uma delas.

Margot conheceu Seth em uma ocasião em que dormiu na casa de sua melhor amiga, Sophie. Seth era primo de Sophie. Órfão desde pequeno, ficara muitos anos na casa dos pais de Sophie, o que fez com que ele, embora tivesse herdado uma enorme fazenda dos pais, preferisse passar grande parte das noites no bangalô infestado de gatos dos tios. Quando Sophie começou a convidar amigos para dormirem lá, Seth começou a aparecer com seu próprio travesseiro e cobertor.

Um curta-metragem sobre arrogância:
Cenário: cozinha. Horário: crepúsculo. Clima: pra lá de horripilante. Uma garota de dezesseis anos desce sorrateiramente as escadas. Vasculha o armário à procura de paracetamol – ela está com cólicas menstruais e não consegue dormir de tanta dor. Não vê a silhueta da figura que estava sentada à mesa da cozinha, lendo e fumando. A figura observa-a por alguns minutos. Ele já havia reparado nela anteriormente, enquanto Sophie e suas amigas travessas maquiavam-se. Alta (quase 1,80m de altura), com aquela magreza típica de dezesseis anos (barriga grande e coxas finas), cabelo cheio e de um louro tipicamente norueguês até a cintura. Lábios carnudos rosados, olhos irreverentes. E uma risada muito maliciosa. Ele a observa atacar o armário antes de anunciar sua presença.

– Você é uma ladra, por acaso?

Margot se vira, deixando cair no chão várias caixas de remédio para enxaqueca. A figura à mesa inclina-se para frente e acena como a rainha. A luz do luar a revela como o primo de Sophie.

– Oi – ele diz, monotônico.

Ela dá uma risadinha.

– Oi – ela diz, sem jeito. Odeio por ter sido tão sem jeito. – Por que você está aqui embaixo?

Ele não responde. Dá tapinhas no assento em frente a ele. Obedientemente, ela senta de frente para ele. Ele dá um longo trago no cigarro, testando para ver quanto tempo ela tomará dele. Como ele pode fisgá-la sem fazer muito esforço. Ela passou com nota máxima.

– Então – ele diz, coçando a costeleta com o polegar. – Estou acordado. Você está acordada. Por que não aproveitamos melhor o tempo em vez de ficarmos apreciando o luar?

Mais risadinhas. Então, quando ele sorri, minha própria risada na sua versão adolescente.

– Está falando para fazermos um bolo?

Ele dá um tapinha para jogar a guimba na pia, apoia as mãos na mesa e descansa o queixo sobre elas, sorrindo como um cachorro.

– Você é uma garota esperta. Sabe do que eu estou falando.

Ela revira os olhos.

– Hum, eu acho que Sophie não ia gostar que eu dormisse com o primo dela.

Ele levanta o tronco, tira outro cigarro enrolado de trás da orelha. Finge que está ofendido.

– Quem falou qualquer coisa sobre isso?

– Sou uma garota esperta. Sei o que você quer dizer.

Nenhum sorriso. Os olhos dela fixos ardentemente nos dele. Ele arregala os dele. Ela é muito mais esperta do que ele pensou.

– Fuma?

– Claro.

– Margot?

– Fale.

Não tirei os olhos da sua boca enquanto ele dizia as palavras seguintes.

– O que me diz de você e eu darmos um passeio pelo parque?

Margot inala fumaça, tentando não engasgar.

– Não há parques aqui perto.

– Você é uma garota esperta. Sabe do que eu estou falando.

Curvei-me na direção dela e disse muito claramente: "Não".

Sei que não vai adiantar. Nunca houve ninguém que me dissesse o que fazer, nem quando eu tinha quarenta anos, muito menos aos dezesseis. E eu sabia que obstáculos também não funcionariam; eles me tornavam ainda mais obstinada. Pensei cuidadosamente sobre as minhas táticas. A única coisa que eu podia fazer nessa situação era recuar e deixar Margot fazer o que fez, e quando tudo estivesse acabado, quando todos os erros terríveis tivessem sido cometidos, eu faria o meu melhor para criar algo bonito com os restos. Como, por exemplo, sabedoria.

OK, eu nunca estudei psicologia no colégio. Nunca entendi Freud. Mas algo se tornou muito claro para mim durante aquela época, lançando uma luz sobre uma escolha de vida que eu nunca entendera e da qual nunca me recuperara completamente.

Margot ficava excitada com as brigas.

Não, sério. Ela aceitava os tapas e os chutes, os insultos e as mentiras, sabendo que os beijos que vinham depois tinham um gosto mais doce por isso, que as promessas e gestos românticos dele eram muito mais excitantes logo após um hematoma.

Um dia, quando Seth escalou um cano até o quarto de Margot durante a madrugada e insistiu para que ela o seguisse até o carro, eu relutantemente os acompanhei enquanto se dirigiam para um bar de uma cidade a aproximadamente quinze quilômetros dali. Sob o retumbar de Johnny Cash no rádio, Seth:

– Eu te amo, meu bem.

– Eu te amo mais, Seth.

Seth diminui o volume.

– Você tem certeza?

Margot assente com a cabeça.

– Sim.

– Você morreria por mim, Margot?

– Claro que sim!

Uma pausa.

– Você morreria por mim, Seth?

Ele a encara sem piscar. Seus olhos são de um cinza reluzente, e ele sorri um sorriso incendiário.

– Eu mataria por você, Margot.

Ela perde os sentidos. Eu me mexo ansiosamente no banco do carro.

Menos de uma hora depois, Seth a arrasta para fora do bar e a joga contra um muro. Coloca o dedo na cara dela.

– Eu vi!

Margot recupera o fôlego.

– Você viu o quê?

– Aquele cara. Você olhou para ele.

– Não, eu não olhei!

– Não *minta* para mim!

Ela segura o rosto dele.

— Seth... É você que eu amo.

Ele dá um tapa no rosto dela. Forte. Depois, a beija. Leve.

E, de um jeito bizarro, ela se compraz com cada segundo daquela novela.

Consultei o anjo da guarda de Graham enquanto Margot andava pelo quarto, espremendo as mãos e falando sozinha, decidindo como contar a ele. O anjo de Graham — Bonnie, sua irmã mais nova — balançou a cabeça e desapareceu. Justamente quando eu estava prestes a questionar sua tática — ela *desapareceu?* —, Bonnie reapareceu com alguém ao seu lado. Era Irina, cerca de trinta anos mais jovem, rosto liso e olhos claros em um longo vestido branco. Só que não tinha água fluindo nas costas. Olhou para mim atentamente, esticou a mão e afagou o meu rosto. Coloquei as mãos na boca, meus olhos cheios d'água.

— Mamãe — falei, e ela me puxou para o seu peito. Depois de um bom tempo, deu um passo para trás e segurou meu rosto com as mãos.

— Como você está, meu amor? — perguntou.

Uma onda de lágrimas dificultou minha resposta. Havia tantas coisas que eu queria contar a ela, tanto que queria perguntar.

— Sinto muito a sua falta — foi o máximo que consegui falar.

— Ah, querida. Também sinto a sua falta. Mas sabe de uma coisa: tudo vai dar certo.

Ela olhou para Graham. Sabia que ela viria para ficar com ele.

— Quanto tempo você pode ficar aqui? — perguntei rapidamente.

Ela olhou para Bonnie.

— Não muito. Só posso vir visitar quando há uma necessidade. Mas nos veremos em breve.

Ela limpou minhas lágrimas, em seguida, levou minhas mãos à boca e as beijou.

— Amo você — sussurrei, e ela sorriu antes de sentar ao lado de Graham no sofá onde ele estava deitado, roncando e babando, e colocou a cabeça no peito dele.

Subi correndo as escadas até o quarto de Margot. Ela estava diante do espelho, balbuciando palavras sem som.

Não consegui evitar.

– Margot! – ofeguei. – A mamãe está lá embaixo, rápido!

Ela me ignorou e continuou ensaiando o seu discurso. Um discurso do qual me lembrava bem.

Sei que você está decepcionado comigo, e sei que a mamãe também estaria... Seus olhos começaram a se encher d'água. *... mas como dizia Lady Macbeth, o que está feito, está feito. Pensei muito sobre isso, e decidi ficar com o bebê. Se você quiser me expulsar ou não de casa, aí é com você.*

Vi o bebê quando era do tamanho de um germe, o vi serpentear e desenrolar até que ficasse paradinho como um diamante em uma almofada vermelha, seu pobre coração tremendo. Um menininho. Meu filho.

Margot terminou o seu monólogo e ficou se encarando por mais um tempo no espelho. Por um momento, nossos reflexos se fundiram. Éramos irmãs gêmeas de extremos opostos da mortalidade. Apenas o olhar no fundo dos nossos olhos era diferente. Os olhos de Margot pareciam os de alguém que se aproximava de uma ponte sobre um precipício. Os meus eram os de quem a havia cruzado.

Ela desceu as escadas devagarzinho.

– Papai?

Ele bufou, ainda dormindo. Ela tentou novamente. Irina o cutucou gentilmente, e ele acordou. Margot imediatamente congelou de medo. Tinha esperanças de que ele continuasse dormindo e ela se livrasse do problema. Ele ergueu o tronco e olhou a sua volta. Viu o rosto de Margot.

– Você está bem? O que houve? – Ficou de pé e apalpou o cabelo à procura dos óculos.

Margot foi rápida em tranquilizá-lo.

– Nada, papai, nada.

Quem dera.

– Venha, sente-se – ele falou, meio fraco.

Margot obedeceu, escondendo os olhos. Ela já estava chorando. Graham foi tateando até a cozinha.

— Você está branca como um papel — ele disse. — Está se sentindo bem? Sente-se. Farei um chá para nós dois. Estou me sentido péssimo por ter dormido tanto... Eu estava sonhando com a sua mãe, sabe.

— É mesmo? — disse Margot, lágrimas transbordando sobre as bochechas.

Ele gritou da cozinha:

— Ela me disse para cuidar melhor de você. Imagine só!

Margot não disse nada. Em vez disso, enterrou as unhas nas coxas com força para não gritar. Vi Irina aproximar-se e colocar os braços em volta da cintura dela.

Quando Graham voltou, viu o rosto de Margot, deixou a bandeja de lado e segurou suas mãos nas dele. De forma muito gentil, disse:

— O que houve, amor?

Ela fechou os olhos e respirou fundo. Fiquei ao seu lado e coloquei a mão no seu ombro.

— Acho que estou grávida, papai.

Eu desviei o olhar. Ver meu pai envelhecendo em um instante, caindo em desgosto, era pesado demais para aguentar uma segunda vez. Mesmo assim, quando olhei de novo e vi a mesma expressão em seu rosto, eu entendi: não era desgosto, decepção ou raiva, pelo menos não com Margot.

Era um quadro de fracasso.

E nele havia visíveis pinceladas do seu filho com Irina, aquele com quem eles escolheram não ficar.

— Fique calmo — Irina sussurrou para ele. — Ela precisa de orientação, não de julgamento.

Devagar, ele se inclinou para mais perto do rosto de Margot, tão perto que ela podia ver a tristeza em seus olhos.

— O que quer que escolha fazer, você deve escolher com muito cuidado, sem se preocupar muito com o aqui e agora, mas com o máximo de preocupação com o futuro.

Ele despencou ao lado dela e tomou as mãos gélidas e trêmulas de Margot nas dele.
— Ele ama você?
— Quem?
— O pai.
— Sim. Não. Não sei.
Ela estava suspirando agora, as lágrimas caindo dos lábios para o colo.
— Porque se ele amar, você tem uma chance. Se não, você deve pensar no seu próprio futuro.
Ela queria que ele tivesse gritado ou a expulsado de casa. A racionalidade dele a estava deixando mais confusa. Estiquei o braço e coloquei a mão na sua cabeça. Seu coração palpitante diminuiu o ritmo. Alguns instantes depois, ela falou:
— Preciso descobrir se ele me ama ou não.
Graham fez que sim com a cabeça.
— Isso, isso.
Ele olhou para a foto de Irina em cima da lareira no mesmo momento em que Irina sorriu para mim antes de desaparecer para o lugar de onde veio.
— Onde há amor, nada pode atrapalhar você.

Eu me lembro de que já sabia a resposta. E eu já sabia a solução. O que queria era alguém para me dizer qual era, para confirmar que eu não era uma pessoa ruim por querer me livrar daquilo.
Você tem que entender: os pensamentos de Margot eram como chicotadas nas minhas costas. Principalmente, a ignorância sobre o que passava pela sua cabeça, normal para uma menina de dezessete anos. Em nenhum momento ela visualizou outro ser humano, um bebê de verdade. Ela via a gravidez como uma pedra no caminho, que precisava chutar. *Criança idiota*, ela pensou, e eu me lembrei de quando Margot era um bebê, nascendo, sendo abandonada, como a vontade de fazê-la sobreviver cresceu e cresceu em mim até que ficou insaciável. *Como posso ter que cuidar de uma criança? Por que eu iria*

querer isso?, ela pensou. E eu pensei, sem a menor culpa, como pude imaginar que talvez fosse melhor se Margot tivesse morrido, se eu não tivesse sequer vivido. Testemunhei tantos pensamentos reveladores da mente obscura de Margot que nem vale a pena descrevê-los.

Ela descobriu uma clínica de aborto em Londres que faria o trabalho pela módica quantia de duzentas libras. Contou a Graham sobre o seu plano, e ele simplesmente concordou, dizendo que lhe daria o dinheiro, e a informou de que seria doloroso, mas que ela precisava ser corajosa.

Ela só contou para Seth uma semana depois. Ele ficou um pouco espantado, depois desviou o olhar e começou a andar pelo quarto. Ela deixou que ele ficasse assim por alguns minutos.

– Seth? – ela finalmente falou.

Ele se virou para encará-la. Seu sorriso largo e olhos brilhantes plantaram uma semente de dúvida no coração dela. Ela não esperava que ele ficasse contente. Talvez isso fosse uma coisa boa. Talvez eles ficassem juntos. Talvez ela fosse ficar com a criança, afinal.

Eu sabia o que estava por vir como os passos de uma valsa. Baixei a cabeça e estiquei a mão para diminuir a força do tapa dele. Ela girou e ficou sem equilíbrio. Usou o braço de uma cadeira para se firmar e virou-se para olhar para ele, confusa e sem fôlego.

– Seth?!

E, então, das minhas asas, uma voz ecoou por todos os cantos da minha alma. *Deixe.* Dei um passo para pegar o próximo movimento de Seth, mas, de repente, me vi do outro lado de uma parede. Podia ouvir cada soco dado lá dentro, as pancadas duras dos chutes dele. Eu gritava de um lado da parede e Margot gritava do outro, e golpeei o tijolo gelado com as minhas mãos cerradas.

Olhei ao redor rapidamente. Estava no jardim de trás da casa de Seth, em meio a plantas e o sol se pondo.

Logo depois, senti uma mão nas minhas costas. Ergui os olhos. Solomon, o anjo da guarda de Seth. Já tínhamos nos encontrado rapidamente. Ele pegou na minha mão para me consolar.

– Não encoste em mim – repreendi. – Apenas me ajude a entrar.

Ele balançou a cabeça.
— Não posso. Você sabe disso.
— Por que estamos aqui fora? — gritei.
Solomon simplesmente olhou para mim.
— Algumas coisas têm que acontecer — sussurrou. — Outras, não. As escolhas deles, não podemos controlar.
Outro grito lá de dentro, em seguida o som de uma porta batendo. Silêncio. Solomon olhou para a parede.
— Você pode voltar lá para dentro agora. Seth foi embora — falou, gentilmente, e eu andei para frente e me vi de volta ao quarto com Margot.
Ela estava deitada no chão, ofegando, o cabelo desgrenhado e coberto de sangue e lágrimas. Uma pontada de dor no abdômen fez com que se sentasse repentinamente, berrando de dor. Lutou para recuperar o fôlego.
— Inspire e expire, inspire e expire — disse-lhe, minha voz transformando-se em choro.
Ela olhou ao redor, com medo de que Seth pudesse voltar e, ao mesmo tempo, desejando que ele a consolasse.
Inclinei-me sobre ela para consertar o que não podia ser consertado. O diamante dentro dela tinha sumido. A almofada vermelha espalhara seus grossos fios de veludo por todo o chão.
Fui à procura de ajuda, e consegui convencer uma vizinha a ligar para a casa de Seth. Como ninguém respondeu, ela resolveu entrar e conferir se o jovem Seth estava bem. Quando encontrou Margot no chão, chamou a ambulância.

Como foi difícil para Margot aceitar o que aconteceu, ela resolveu se mudar para o mais longe possível de Seth. Girou o globo de mesa de Graham, fechou os olhos e esticou o dedo indicador. Fui eu que fiz o globo parar de girar, eu que baixei o seu dedo no melhor destino possível:
Nova York.
Tão boa que a cantam duas vezes.

12

Um oceano que escurecia

Anote: quando você se torna um anjo da guarda (o que não acontece com todo o mundo), há uma nova categoria para as viagens de avião. Esqueça a classe executiva. Primeira classe é para fracos. Experimente a classe angelical. Ela contempla sentar no nariz do avião ou, quando quiser dar uma esticadinha, na asa. Você deve presumir que isso simplesmente proporciona amplas vistas das nuvens e do pôr do sol. Não se engane. Não é um concorrido assento na janela. Sentada naquele avião, passando sobre a Groenlândia, em seguida pela Nova Escócia, vi mais que nuvens. Eu vi o anjo de Júpiter, tão grande que suas asas – feitas de vento, e não de água – envolviam aquele enorme planeta, quase sempre rebatendo meteoros que iam em direção à Terra. Olhei para baixo e vi estratosferas de anjos flutuando sobre a Terra, ouvindo orações e intervindo para ajudar anjos da guarda. Vi os caminhos de oradores e as trajetórias de escolhas humanas guiando seus caminhos como autoestradas gigantes. Vi anjos em cidades e desertos que brilhavam como imagens noturnas da Terra vistas da Lua. A África em formato de pera de cabeça para baixo, iluminada com as velas de Cape Town e Jo'Burg; a Austrália em formato de cabeça de cachorro, adornada com chamas de ouro; e a bruxa na vassoura – Irlanda – enviando para cima novas moedas vindas de Dublin, Cork, Derry e Belfast: não eram luzes das cidades, mas sim luzes vindas dos anjos.

Margot partira para Nova York com a intenção de que fosse apenas pelo verão. O dano que Seth causara não se limitou à perda do bebê, nem à humilhação que ela sentiu quando as enfermeiras no hospital ficaram comentando sobre *outra adolescente grávida* e ignoraram tanto a dignidade quanto o analgésico enquanto operavam uma dilatação e curetagem, nem à tristeza e à traição cruas que se instalaram uma vez que ela entendeu completamente o que Seth fizera. Não, ele não a amara. Todo ser humano tem uma verdade que nunca apreende. Eles têm que passar sempre pelo mesmo tipo de lição, cometer os mesmos tipos de erros, até compreenderem. No caso de Margot, foi a sua incapacidade de distinguir entre amor e ódio. Nova York, calculei, foi o lugar onde tudo tomou forma – e onde tudo degringolou.

Mas algo estranho estava acontecendo comigo. No dia em que partimos para o aeroporto, reparei que o meu vestido estava com um brilho prateado. Reparei que estava refletindo outra cor. Na viagem para Nova York, a cor mudara para lilás. Começou a mudar tão depressa que eu assisti às cores viajarem pelo espectro de violeta e azul-celeste, até que, quando aterrissamos no JFK, fiquei andando aos trancos pela sala de restituição de bagagem, levantando meu vestido, me perguntando por que raios ele estava cor de turquesa.

Quando olhei ao meu redor, tomei o choque da minha vida. Parecia que eu adquirira um novo tipo de visão – o mundo espiritual finalmente se revelou para mim claramente. Era como uma cortina que tivesse sido puxada para os lados, colocando os dois mundos – o humano e o espiritual – lado a lado. Centenas, não, *milhares* de anjos. O que diz a Bíblia mesmo? *Multidões*, é isso. Multidões, coros, porções, legiões – todos estavam lá em uma bruma colorida. Anjos reunindo-se ao redor de famílias enquanto saudavam entes queridos no portão ou ajudavam homens de negócios barrigudos a puxarem suas malas pesadas da esteira. Fantasmas – eu não estou brincando – aparecendo de vez em quando em lugares estranhos, desorientados, perdidos e, com eles, seus anjos, esperando pacientemente pelo dia em que eles compreenderiam que sim, eles estavam mortos e, sim, era hora de partir. E, finalmente, demônios.

Eu não vou descrever uma situação que insinue que a coexistência entre demônios e anjos seja fácil. Agora que consigo enxergar o mundo espiritual claramente, percebi que os demônios vivem entre nós como ratos em um celeiro: conspirando para se apropriar de qualquer resto mortal e, se depender de suas artimanhas, capazes de causar danos em proporções devastadoras.

Como os anjos, os demônios tinham aparências diferentes. Vi que suas formas – fosse uma sombra preta ou uma névoa espessa, um rosto suspenso no ar ou, como Grogor era, um ser totalmente vestido com um rosto – tinham uma ligação forte com a aura do humano que seguiam. Observei um jovem de calça jeans e blusa branca apertada atravessar o terminal do aeroporto arrastando uma mala, mastigando chiclete, musculoso e jovial. Ao olhar para ele, você não pensaria que se habilitasse a não apenas um, mas dois demônios, que andavam com ele lado a lado, intencionalmente como dois dobermans. Então, vi a aura dele – de um preto arroxeado como o da berinjela. E o que quer que esse jovem tenha feito na vida, ele não tinha consciência: a luz que a maioria das pessoas possui ao redor do topo da cabeça tinha sumido. Não havia sequer uma sombra.

Margot pegou sua bagagem – uma única mala – da esteira e olhou ao seu redor, impressionada com o número de pessoas indo e vindo, sem saber ao certo aonde tinha que ir agora. Tinha o endereço de um amigo de um amigo que poderia abrigá-la até que encontrasse seu rumo. Eu me lembrei claramente – o amigo do amigo era dono de uma livraria e, com satisfação, explorou a disposição de Margot para que trabalhasse de graça em troca de um quarto pequeno no segundo andar, com um tapete esquisito, de um preto que se mexia, que era, na verdade, um enxame de baratas – portanto, cutuquei um anjo parado perto da saída e pedi ajuda. Para a minha satisfação, ele falou com um autêntico sotaque do Bronx. Falou que tinha que dar uma palavrinha com um "cara", que supus que fosse seu Ser Protegido. Esse "cara" era um motorista de táxi. Conduzi Margot em sua direção.

O motorista de táxi por acaso conhecia um lugar onde Margot podia arranjar um trabalho *e* dormir, bem no coração da cidade. E, como bônus, era na esquina do melhor café tipicamente americano da cidade. Ótimas omeletes. Margot ficou toda empolgada com tamanha sorte. Ela estava iluminada como uma abóbora de Halloween quando o motorista de táxi chegou ao destino. Eu, por outro lado, não pude acreditar na minha sorte. Quer tentar adivinhar onde fomos parar? Vamos lá, chute. Não é difícil.

Babbington Books tinha a infelicidade de parecer uma casa de penhores em vez de uma livraria. Bob Babbington – o dono preguiçoso, explorador e mastigador de tabaco em questão – tinha herdado o negócio do pai. Sua decisão de continuar com o negócio teve menos a ver com uma paixão por livros – ele lia manual de carros – ou com o desejo de assumir o lugar da terceira geração Babbington de vendedores de livros do que com uma queda por acomodação sem aluguel e emprego que exigia quase sempre que ficasse sentado e fumando. Pode-se deduzir que o negócio não era a paixão de Bob a um raio de dez quilômetros. Pintada de preto com jardineiras de janela cuspindo ervas daninhas mortas e latas de cerveja, a fachada da loja era tão convidativa quanto um túmulo aberto. Dentro era pior.

Sem perder o ânimo com a aparência do lugar, Margot empurrou a porta e falou:

– Olá?

Essa era a forma com que os clientes entravam – sem saber se eram ou não intrusos. Em um canto afastado da loja, ela pôde distinguir um pequeno tufo de cabelo preto e um bigode espesso com pontas recurvadas, acima do qual se via uma pipa dançante de fumaça e, abaixo, um enorme sorriso branco e mole, que dava para a barriga de Bob, pendurada abaixo da sua camiseta apertada. Ele olhou para a rainha cigana loira, coberta com uma manta escocesa à sua porta e pensou em algemas. Nossa.

Cumprindo a sua palavra, Bob deu a Margot um quarto no andar de cima em troca de sua "ajuda" na loja do andar de baixo.

Eu cerrei os dentes enquanto os seguia, chutando Pirata – o gato cego e leproso de Bob – e mandando uma pequena luz para afastar as baratas e os ratos.

Margot se arrastou entre os lençóis manchados do sofá-cama, pensou em como já sentia falta de Graham e chorou até pegar no sono. Quanto a mim, andei para cima e para baixo no chão que rangia, assistindo a meu vestido mudar de cor de novo como um oceano aprofundando seu azul no céu que escurecia. Esperei por Nan – ela normalmente aparecia quando algo mudava no meu mundo –, mas ela não apareceu. Portanto, tentei encontrar a resposta.

Eu não precisei pensar muito. Havia, pode-se dizer, algumas pistas. Se o mundo espiritual tinha aberto suas portas para mim apenas algumas horas antes, então agora era a vez do mundo natural. Quando olhei para a rua lá embaixo, primeiramente vi o que pareceram ser nuvens de poeira flutuando a cerca de dois metros acima da calçada. Então, percebi que essas "nuvens" eram enxames de doenças na direção das quais mulheres e homens inocentes andavam. Em seguida, sentei-me e fiquei observando, horrorizada, um homem passar pela nuvem e levar um sarcoma de Kaposi consigo, que se espalhou pela gengiva e pela pele em torno dos seus joelhos como um *break* de sinuca e, em seguida, uma mulher andando rapidamente e levando de lembrança uma sífilis centenária. Sinalizei para seus anjos, mas, a cada vez, suas respostas falavam na minha cabeça, claras como um correio de voz: *Observe com muita atenção, novata. Há lições em cada vírus.*

Levei tempo, muito tempo, para observar com *muita* atenção. Como você pode imaginar, o quarto de Margot era o Hotel Califórnia dos germes. Passei a noite protegendo seu pulmão de esporos de umidade unindo-se ao ar e uma forma bem robusta de gripe incrustada no travesseiro em que estava deitada. Mas isso chegava a ser chato se comparado à minha última preocupação. Como num jogo de xadrez, passei o resto da noite apagando as marcações de um caminho feitas, para Margot, por três demônios, cujos rostos eu não conseguia ver.

Deixe-me explicar. Demônios, aprendi, não se utilizam de sugestões sopradas ao ouvido ou de cutucadas. Eles são cientistas da fraqueza humana. Incentivarão almas gêmeas a se casarem, ao mesmo tempo que localizarão uma mínima fissura naquela união e passarão anos batendo nela, até que, finalmente, estraçalham as almas gêmeas, como também seus filhos, seus netos, e assim por diante, até que a fissura propague-se pela vida de gerações. Os demônios estabelecem seus alvos com muita antecedência. Caçam em bandos. Três deles passaram grande parte daquela noite executando um plano que tinham arquitetado por anos: convencer Margot a se matar.

    Vi as marcações assim que pisei na livraria. O primeiro marcador era Bob. Ele viu Margot e pensou em algemas. Outro pensamento lhe veio à cabeça, como um curta-metragem: ele a manteria naquele apartamento do segundo andar por semanas, meses, talvez até anos. Ela poderia cozinhar e limpar, e ele a encheria de toda a maconha que pudesse para que ela não pensasse em fugir. O seu debilitado senso de humanidade afastou tal pensamento, mas este teimava em voltar. Eu e outros dez anjos formamos um círculo em volta da cama de Bob e enchemos seus sonhos com memórias de sua mãe. Conforme a luz em volta de sua cabeça ficava mais forte, as três outras forças do local apareceram. E foi nesse momento que aprendi que há categorias de anjos: quatro dos anjos que estavam entre nós produziram espadas. Grossas, com luz ofuscante, se você olhasse bem, a lâmina parecia ser feita de quartzo. Do que quer que fosse feita, funcionava. Os demônios foram embora, e seus planos caíram por terra. Mas eu não queria arriscar. Passei a noite toda planejando um novo rumo para Margot com os outros anjos. Eles saíram para fazer o que precisava ser feito.

    Pela manhã, o meu vestido estava azul anil, e eu estava desnorteada, com medo e nervosa. Por algum motivo, meu vestido mudara de cor justamente quando, enfim, abri a cortina do mundo espiritual. Se eu soubesse quanta responsabilidade a mais teria que carregar – de quanta proteção a mais Margot precisaria –, talvez devesse ter deixado a cortina no lugarzinho onde estava.

    Mas era tarde demais.

13

Devolvendo a arma

Comecei o dia seguinte com um novo propósito: descobrir como morri. Mais precisamente, descobrir quem me matou.

Margot estava se aproximando dos dezoito anos, ingênua como um patinho, linda como um folheado francês. Como se essa combinação já não fosse perigosa o suficiente, sua cabeça estava cheia de sonhos de uma vida que nunca aconteceria: uma carreira bem-sucedida como escritora enquanto fazia malabarismo com seus filhos (três meninos, três meninas) em uma casa com cerca de madeira ao norte de Nova York e assava tortas de maçã para uma versão mais bonita de Graham. Ao observá-la inclinar-se na janela do apartamento, ignorando as ruas lavadas com a sujeira da chuva e táxis amarelos, suas fantasias pintando o ar ao seu redor de modo tão vívido quanto violetas, só pude pensar com um remorso paralisante: *Quando tudo mudou? Onde tudo deu errado?*

Foi por causa de Hilda? Seth? Sally e Padraig? Lou e Kate? Zola e Mick? Foi por causa de coisas que ainda aconteceriam, como casar-se com Toby, ter Theo, superar a separação em um reservatório de vodka? Esse era o momento na minha vida em que as coisas *deveriam* ter decolado rumo ao céu infinito. Uma jovem loira morando em Manhattan na época em que as melhores espécies de revoluções corriam pelas ruas – social, política, sexual, econômica – não devia ter acabado morta duas décadas depois em um hotel a menos de oito quilômetros daqui. Claro, isso acontece. Mas não sob a minha tutela.

Margot fechou a janela, vestiu a roupa (calças quadriculadas feitas em casa, colete de lã azul-escuro) e penteou o cabelo comprido. Ficou de pé diante de um reflexo de si mesma em um espelho de corpo inteiro. Fiquei atrás dela, descansando o queixo em seus ombros.

– Garota – sussurrei –, você tem que arranjar umas roupas novas.

Ela fez um biquinho com os lábios, deu tapas nas bochechas, examinou sua sobrancelha grossa e bem marcada. Deu uma giradinha na roupa – eu mencionei que sua calça quadriculada era de cintura alta e larga no quadril? – e depois franziu as sobrancelhas. Eu também.

Eu sempre tive essa aparência? Por que ninguém me prendeu?

No andar da loja, Bob empilhava livros em qualquer ordem e tentava comer um rocambole de canela. Viu Margot e olhou com vergonha para o outro lado. Os sonhos com sua mãe eram sérios e preocupantes. Sumidos estavam os sonhos perversos de aprisionar Margot. Comecei a ver um lado diferente dele. Ele era uma toupeira em forma de gente. Cegamente curioso, resmungando e arrastando os pés pelos corredores estreitos das estantes lotadas, deleitava-se com a falta de contato humano. Seu anjo – seu avô, Zenov – seguia-o por todo lugar com os braços para trás, balançando a cabeça em desaprovação ao caos de páginas e capas. E quando eu olhava mais atentamente, podia ver mundos paralelos surgindo dos dois lados dele como uma tela de TV colocada debaixo d'água, tornando-se mais nítidos quando eu me concentrava, como se a água estivesse acalmando: um dele quando jovem em seu armário, se escondendo do pai de mão pesada, e outro dele como um aposentado: solteiro, senil, ainda empilhando livros. Ambos me fizeram sentir um pouquinho de pena dele.

Ele ofereceu chá a Margot, que ela recusou, e, em seguida, mostrou a livraria. Desculpe, eu disse livraria? Devia ter dito *coleção de tesouros literários*. O cara tinha cópias centenárias de Plauto apoiando a mesa de sinuca, cópias autografadas de Langston

Hughes juntando poeira debaixo do balcão, uma primeira edição de Akhmatova sendo usada como porta-copo. Enquanto Bob discursava sobre como suas vendas iam mal, sobre como ele não sabia por que ninguém se preocupava em separar história em categorias geográficas, blá-blá-blá, eu finalmente consegui chamar a atenção de Margot para a Akhmatova. Ela pegou o livro e ficou olhando para a capa.

– Você sabe quem é?

Passou-se pelo menos um minuto.

– Quem?

– A mulher na capa desse livro.

– Pô, eu gosto do seu sotaque. *Mu-lherrrrr.* Diga "mulher" mais uma vez.

– Ela é Anna Akhmatova. Uma das poetisas mais revolucionárias da nossa época.

– Ah...

– E isso – ela sacou uma cópia de *Obras,* de Shakespeare de outra estante e a abriu. – Este é autografado por Sir Laurence Olivier. Estamos na entrada de um dos melhores Departamentos de Literatura de Universidade do mundo.

Ela o encarou esperançosamente. Eu balancei a cabeça. Era isso mesmo. Bob arrastou os pés.

– Há quanto tempo isso está aqui?

Bob levantou as mãos, se rendendo.

– É... eu não...

Ela vasculhou mais estantes. Bob olhou ao redor como se esperasse que o restante da Inquisição Espanhola entrasse pela porta a qualquer momento. Margot parou de vascular e colocou a mão no quadril.

– Ááááá – disse ela, dando uns passos.

Ela atraiu toda a curiosidade de Bob.

– O quê? O quê?

Ela parou e apontou para ele, pensativa. Ele puxou a camiseta para baixo, até a altura do cinto.

– Você precisa de coisas mais novas – ela disse.
– O quê, roupas mais novas?
– Não! *Livros* mais novos. Você tem muita coisa clássica nessas prateleiras.
Mais passos.
– Brechó. Onde encontramos por aqui?
– Bre o quê?
– Desculpe, brechó, aquele lugar onde as pessoas vendem o que não querem mais.
– Ahhhh...
– Nós podíamos pegar alguns usados baratos em um lugar desses.
– Nós...?
– Vou sair para encontrar algum lugar onde possamos obter o nosso novo estoque.
– É, Margot?
Ela se virou, já na porta com o casaco, e ficou olhando.
– O que foi?
Bob coçou a barriga.
– Nada. Só... Boa sorte.
Ela sorriu e saiu.

Para os que não se lembram, não estavam vivos, ou estavam perdidos em uma ilha deserta, Nova York, no final da década de 1970, era uma discoteca urbana vibrante, com muita pobreza, desmantelada pela criminalidade, infestada de droga e lotada de cortiços. Voltar para lá agora me fez ficar cautelosa e, ao mesmo tempo, ansiosa de tanta empolgação. De onde eu estava, o lugar parecia ter dez anjos para cada ser humano, diferentes tipos de anjos – alguns deles usando um vestido branco, alguns como se estivessem pegando fogo, outros enormes e pulsando luz. Pequena maravilha, a cidade palpitava com um senso de invencibilidade, como se tivesse um par de asas capaz de levantá-la acima do que quer que pisasse nela. Por exemplo, as ruas pelas quais Margot andava naquela manhã tinham sido marcadas com sangue havia pouco tempo, repórteres e ratos seguindo os assassinatos do Filho de Sam. Por um tempo, a área sentira o peso do medo e da suspeita, fazendo com que o ar ficasse mais difícil de respirar, as calçadas mais escorregadias para andar. Mas agora, tão pouco tempo depois, a vida estava florindo novamente. Papoulas cresciam ousadamente das rachaduras no concreto recentemente isolado pelos policiais. E me lembrei de que *este* era o motivo pelo qual eu me sentia segura, embora tivesse sido roubada quatro vezes em dezoito meses, *este* era o motivo pelo qual amara o lugar: não eram as cafeterias que funcionavam como esconderijo dos Panteras Negras, não eram os poetas *beat* na Sexta Avenida ou os revolucionários, mas a recuperação que vibrava aqui, a sensação de que eu podia escalar os altos muros do meu passado e usá-los para chegar mais alto.

Tinha começado a chover. Margot colocou o casaco na cabeça e tentou entender o seu mapa. Confundiu uma direita com uma esquerda e logo percebeu que estava andando em uma rua residencial, East Side. Fazia muito tempo que não via casas tão juntinhas, como toras amontoadas ao fundo de um celeiro. Ficou parada por alguns minutos, olhando para a fileira de casas brancas de três andares com degraus levando à porta da frente. Poucos metros adiante, um estudante de cabelo bagunçado e uma mulher negra e alta em um longo vestido amarelo carregavam caixas para dentro e para fora de uma porta aberta e colocavam-nas na traseira de uma caminhonete. Parecia que estavam no meio de uma briga. A mulher balançava as mãos ao lado da cabeça, os olhos arregalados, os lábios mexendo rapidamente. Assim que Margot conseguiu ouvir a conversa, o estudante largou sua caixa e precipitou-se para dentro. A mulher continuou transferindo as caixas como se nada tivesse acontecido. Margot se aproximou.

– Oi. Está se mudando?

– Não. Mas *ele* está – a mulher falou bruscamente, indicando a porta vazia com a cabeça.

Margot olhou para a caixa que ela estava carregando. Estava cheia de livros.

— Você gostaria de vendê-los?

— Eu os *daria* a você. Mas eles não são meus. Tenho que perguntar a *ele*.

A mulher respirou fundo e baixou a caixa, em seguida pegou um livro e o usou como guarda-chuva enquanto corria para dentro da casa. Margot aproximou-se devagar, inclinou-se sobre a caixa e examinou seu conteúdo. Salinger, Orwell, Tolstoi... O leitor tinha bom gosto.

O estudante apareceu à porta. Nem tão estudante assim de perto, como pareceu ser. De uma palidez vampiresca, um tufo de cabelo preto e olhos negros e transparentes de quem já tinha testemunhado muita dor.

— Ei — ele disse a Margot. — Você quer os meus livros?

Margot sorriu.

— É, sim, por favor, se estiver interessado em vendê-los. Ou dá-los, o que quer que prefira. — Ela deu uma risada. Os olhos dele se iluminaram.

— De onde você é? — Ele deu um passo à frente. A mulher reapareceu. Torceu a boca e resmungou sob o peso da caixa. Procurei esse encontro na minha memória.

— Inglaterra. Bem, Irlanda, originalmente — Margot respondeu, não sentindo mais a chuva. — Acabei de chegar aqui, na verdade. Estou trabalhando em uma livraria.

— De que parte da Inglaterra?

— Do Noroeste.

— Ah, tá.

— Podemos continuar, por favor? — a namorada dele, a srta. Irritada. Ah, cai fora, eu falei. O anjo da guarda da mulher me fuzilou com os olhos.

— Ah, sim — ele respondeu bruscamente, voltando ao modo namorado. — Desculpe, mas estou me mudando hoje. Não tenho tempo para viagens pelo passado. Pegue aquela caixa, é sua.

— Tem certeza?
— De graça para um compatriota. Ou, nesse caso, uma compatriota.
Senti um tapa no meu ombro. Virei-me e vi Leon, um anjo amigo do Lar Santo Antônio.
— Leon — gritei, jogando meus braços ao redor dele. — Como você está? — Olhei dele para o estudante. E, então, a ficha caiu.
O estudante era o Tom, do Santo Antônio. Tom, defensor do planeta Rusefog, a primeira criança que eu protegi na Tumba, o menino que lembro vagamente ter me dado uma arma invisível.
— Como *você* está? — Leon perguntou, mas eu estava absorta em meus próprios pensamentos. Tom se virou e entrou na casa, e um mundo paralelo se abriu bem ali, no grande espaço entre eles — ou talvez fosse uma projeção dos meus desejos, não sei ao certo —, entre Margot e Tom, duas almas gêmeas, vivendo as fantasias dela com zilhões de crianças e noites gastas discutindo Kafka na mesa de jantar. Gritei para ela:
— É ele, é *ele*! É o pequeno Tom! Diga quem você é! Conte sobre o Lar Santo Antônio.
Talvez ela tenha conseguido me ouvir, talvez não: de qualquer forma, Margot pegou a caixa cheia de livros e foi embora, mas não antes de rabiscar seu nome e endereço dentro do exemplar de *Minority Report* de Philip K. Dick e deixá-lo na soleira da porta.

Alguns dias depois, ele entrou na livraria e perguntou por Margot.
— Quem pergunta? — Bob, em sua linda forma anfíbia.
— Diga a ela que é o Tom. O fã de Philip K. Dick.
— Ele não escreve nada, cara.
— Ela está aqui?
— Sei lá.
Tom suspirou, tirou uma folha de bloco da jaqueta e escreveu o seu telefone.

– Pode entregar isso a ela, por favor?
Certifiquei-me de que ele entregasse. Certifiquei-me de que Margot ligasse de volta para ele. E certifiquei-me de que, quando ele a chamou para jantar, ela respondesse que sim.

Então, Margot e eu – ambas semelhantemente nervosas, semelhantemente empolgadas – pegamos um táxi em uma noite chuvosa de terça-feira para o Lenox Lounge, no Harlem. Ambas imaginamos o futuro – o meu com uma vida longa com Tom, o de Margot bem parecido –, e eu me maravilhei porque estava mudando algo, afinal. Estava dirigindo o barco do meu destino, em direção a praias sem pegadas nem remorso.

Tom estava esperando fora do bar, com um paletó preto e uma camisa branca aberta no pescoço. Ele se sentou em um pilarete, as pernas cruzadas nos calcanhares, de vez em quando secando a chuva dos olhos. Vi Leon em pé ao lado dele e acenei. Margot avistou Tom e gritou um agudo "Pare" para o motorista de táxi, com tanto alarde que ele pisou com tudo no freio e fez uma parada de emergência no meio do tráfego lento. Margot jogou moedas de 25 centavos e desculpas no banco da frente e desceu do carro. Eu fui atrás. Alguém do outro lado da rua acenava para mim. Era Nan. Deixei Margot ir na frente e atravessei a rua para encontrar Nan.

Ela me puxou e me deu um abraço apertado.

– Gostei da nova cor. Azul, é? Você deve estar vendo as coisas de uma forma diferente agora. – Ela me deu o braço e foi me levando, propositadamente, para andar pela rua.

– *Bem* diferente – confirmei. – É isso que a mudança de cor significa? Quer dizer, por que o meu vestido mudaria de cor?

– Ai, Senhor, uma pergunta de cada vez – ela riu. – A mudança tem a ver com o progresso da sua jornada espiritual. Você atingiu um marco importante, ao que parece. Azul é uma boa cor.

– Mas o que...

Ela parou e olhou para mim, firme.

— Precisamos conversar sobre aqueles dois. Virou a cabeça para Margot e Tom, que estavam conversando e flertando meio sem jeito.

— Estou escutando.

— Não escute. Só veja.

E ali mesmo na Lenox Avenue, as nuvens em cima das latas de lixo bulímicas e prédios leprosos separaram-se para revelar uma visão.

Era um jovem, cerca de nove anos, o rosto empoeirado, vestido com trajes que faziam lembrar um menino de rua, por volta de 1850: boina de tweed, blusa encardida, calças curtas e um blazer surrado. Levantou os braços e abriu a boca, como se estivesse cantando. Um segundo depois, vi que ele estava em um palco. Entre a multidão de centenas de pessoas, estava a mulher negra de vestido amarelo que tínhamos encontrado antes. Ela estava mais velha agora, o cabelo bem rente à cabeça, seus olhos cintilando, focando atentamente o palco. Então, compreendi: o menino no palco era filho dela. Uma cortina farfalhou atrás do palco, e o menino saiu correndo. O homem para cujos braços ele correu era Tom. Seu pai.

— Você já entendeu por que estou aqui?

Nan ergueu uma sobrancelha.

— Você quer que eu coloque um ponto final no romance de Margot e Tom...

Nan assentiu com um gesto da cabeça.

— Quero que você analise todo o quebra-cabeça antes de ocupar-se com as peças. Você já sabe com quem Margot casa. E agora você viu o resultado das escolhas de Tom.

— Mas ele ainda não as fez! Nem Margot — Parei e respirei fundo. Eu estava furiosa. — Olhe, sou o meu... o anjo da guarda de Margot por um motivo, e acho que esse motivo é que eu sei muito bem o que ela *devia* e não devia ter feito. E uma das coisas que ela *não* devia ter feito era casar com Toby.

Nan deu de ombros.

– Por quê?
Olhei bem nos olhos dela. *Por quê?* Por onde devo começar...
– Acredite em mim – falei. – Toby e eu... não fazíamos bem um para o outro. Nós nos separamos, está bem? Qual é o objetivo de deixar Margot se meter em um casamento que não vai dar certo, hein?
Nan levantou uma sobrancelha.
– Você acha que as coisas serão diferentes com o Tom?
Fechei os olhos e me inclinei para trás, expirando toda a minha frustração. Era como explicar neurociência para um homem das cavernas.
– Sabe, descobri a Música das Almas – falei, finalmente.
Ela piscou os olhos para mim.
– Ah, é? E como ela funcionou para você?
Parei de andar.
– Há algo mais que a Música das Almas, não há? Eu posso mudar as coisas de verdade.
– Ruth...
– Eu posso descobrir quem me matou e impedir que isso aconteça. Posso mudar o resultado da minha vida.
Estávamos do lado de fora do Lenox Lounge.
Nan ergueu os olhos para encontrar os meus.
– Há muitas, muitas coisas que você pode fazer como um anjo da guarda, ainda mais no seu caso. Mas não se trata de "Eu posso". "Eu posso" é um conceito humano, um mantra do ego. Você é um anjo. A vontade de Deus é o que importa agora. – Ela começou a ir embora.
Agora era a minha vez de jogar o jogo do "Por quê?".
– Diga-me por que isso é importante, Nan. Eu ainda não vi Deus. Por que eu não deveria mudar as coisas se sei exatamente como as coisas boas podiam ter acontecido, hein?
– Você sabe?
A compaixão no rosto dela me desarmou.
Continuei, embora um pouco menos segura.

– Mesmo estando morta, ainda vivo a vida de Margot indiretamente. Talvez eu ainda possa virar o jogo de forma que, em vez de morrer na flor da idade e deixar meu relacionamento com meu filho em frangalhos, eu possa viver até uma idade avançada e madura, talvez possa fazer algum bem no mundo...
Ela estava desaparecendo agora, ignorando os meus protestos. Mordi os lábios. Odeio terminar nossas conversas de forma confusa.
– Cuide-se – ela disse e, em seguida, sumiu.
Virei-me e olhei para trás. Uma névoa escura e, na janela de um carro, um reflexo: o rosto de Grogor. Ele piscou o olho.
Fiquei de pé na chuva, sentindo pulsar a água nas minhas costas. Não sabia dizer se o coração batendo no meu peito era meu ou a lembrança dele; se as escolhas que Margot estava fazendo eram minhas ou dela; e eu não sabia, pela primeira vez na vida, sobre o que eu podia decidir. E isso me enfureceu.

Era meia-noite. Margot e Tom, de braços dados, saindo do Lenox Lounge. Eles ainda não tinham se dado conta de que se conheciam do Lar Santo Antônio. Só sabiam que queriam ser namorados, e logo.
Eles se abraçaram, depois se beijaram demoradamente.
– Algum lugar, amanhã à noite? – quis saber Tom.
– Claro.
Margot o beijou novamente. Eu me virei.
Tom avistou um táxi vindo na direção deles.
– Você pega esse – ele disse. – Prefiro ir andando para casa hoje.
O táxi diminuiu até parar. Margot pulou para dentro dele. Ficou olhando para Tom por um bom tempo e sorriu. Sem esboçar qualquer emoção, Tom sacou uma Magnum .44 invisível de dentro da carteira e atirou nela. Por um momento, uma lembrança do orfanato passou pela cabeça dela, mas tão rapidamente quanto desapareceu. Quando eu estava de pé ao lado dele, nós dois imer-

sos em nossas memórias, o táxi foi embora, formando um rastro de neon.

Sentei-me ao lado de Margot no banco de trás, assistindo a ela olhar de novo e de novo pela janela, rindo de si mesma enquanto pensava em Tom. Pude ver a luz em volta de seu coração ficar cada vez maior, inundando-se de desejos. Pensei no que Nan dissera. *Você acha que as coisas serão diferentes com Tom?* Sim, pensei. Sim, eu realmente acho.

Enquanto o carro desacelerava para parar no sinal vermelho, uma batida no vidro. O motorista do táxi baixou o vidro e olhou para a figura de pé na chuva. Um homem inclinou-se para frente, protegendo-se da chuva com um caderno de couro.

– Posso dividir o táxi com você? Estou indo para West Village.

Fiquei paralisada. Reconheceria essa voz mesmo que fosse enterrada em uma tumba egípcia e uma banda de música de instrumentos de metal marchasse em cima.

O motorista olhou pelo retrovisor para Margot.

– Claro – ela respondeu, chegando para o lado para dar lugar ao novo passageiro.

Não, falei, fechando os olhos.

O sinal ficou verde. Um jovem com um paletó de veludo cotelê verde-amarelado penteou seus longos cabelos para trás e estendeu a mão para Margot.

– Obrigado – ele disse. – Meu nome é Toby.

Eu berrei. Um grito longo e sofrido. O grito dos condenados.

– Margot – disse Margot, e eu chorei.

– Prazer em conhecê-la.

14

Três níveis de atração

Será que há alguma maneira de transmitir a você a cena naquele carro, a sensação que pairou sobre nós como um toldo cheio de água da chuva pronto para arrebentar? A chuva escorria pelo para-brisa ao som chiado do rádio. Os limpadores de para-brisa bombeavam como um eletrocardiograma, e o motorista do táxi chilreava "Cantando na chuva" em húngaro.

Havia três tipos, ou três *níveis* de atração naquele carro:

1. Margot olhou para Toby e sentiu-se curiosamente atraída pelos seus belos cabelos compridos, da cor das folhas do outono, pela delicadeza em seus olhos, pela sinceridade no seu "obrigado".
2. Toby olhou de lado para Margot e pensou "belas pernas". Apesar da minha frustração, isso mexeu alguma coisa dentro de mim. Ele assumiu de cara que Margot tinha namorado, que era aluna em Columbia (por conta da saia verde-musgo de tweed, muito comum entre as estudantes naquele verão), e que não havia a menor chance de ela ter reparado nele. Portanto, ele sorriu educadamente, pegou um caderninho do bolso e continuou a fazer anotações para o seu conto.
3. Quando me sentei entre eles, o que me atraiu em Toby foi a ligação profunda, leal e selvagem com o homem que foi o pai do meu filho, meu marido, meu cliente e, um

dia, meu melhor amigo. O cabo que um dia corria entre nós como uma linha férrea, desencaixou e bateu no meu rosto. E agora, sentada tão perto dele que podia ver a rede de sardas alaranjadas embaixo de seus olhos, a suavidade das bochechas nas quais ele rezava para que nascesse um pelo, provando que tinha – finalmente – mais de vinte e um, eu tremia de amor e desejo e ódio e mágoa.

Embora não tivesse respiração para prender, eu a prendi como um presente valioso, imóvel como uma estátua, até ele descer do carro, bater um "tchau" no vidro e desaparecer na escuridão. Abri os punhos e ri até que a tremedeira nervosa na minha voz estivesse convincentemente firme. Sabia que eles se encontrariam de novo, e a parte de mim que ainda o odiava rugiu para a outra parte de mim que queria que isso acontecesse.

No meio desse conflito angelical, um descuido: quando me virei e olhei para Margot, ela estava apanhando algo que tinha caído do bolso de Toby no chão enquanto ele saía do carro. Antes que eu pudesse fazer qualquer coisa, antes que tivesse tempo de me inserir novamente no presente, ela estava lendo.

Era um conto, talvez um ensaio, escrito com uma letra pequena, comprida e fina – a letra de um intelectual, com as vogais bem redondas, sugestiva do profundo senso de empatia de Toby. Estava escrito, estranhamente, em uma página do que um dia pertenceu a uma edição de virada de século de *Decameron* de Boccaccio, tão velha que a página estava amarelada e o texto quase totalmente apagado pelo tempo.

Toby era o que se poderia chamar de "o artista faminto definitivo". Ele era tão magro que seu paletó de veludo cotelê era uma espécie de saco de dormir feito sob medida, e suas mãos compridas e magras estavam sempre manchadas, sempre frias. Ele vivia de cheques trimestrais da Universidade de Nova York, o que significava que dependia das migalhas de um quiosque de cachorro-quente de um antigo amigo de colégio para a sua alimentação e do sótão do café 24 horas em Bleecker Street para deitar a cabeça. Ele nunca, jamais admitiria que era pobre. Devorava palavras, banqueteava-se de poesia, e se sentia um milionário quando lhe davam uma caneta cheia de tinta e folhas de papel em branco. Era um escritor; a pior coisa disso para Toby era que ele acreditava – mesmo vitorioso – que a pobreza absoluta fazia parte do pacote.

Portanto, se você consegue imaginar um frágil pedaço de papel com um manuscrito italiano desbotado espreitando por debaixo dos rabiscos artísticos borrados de tinta de uma caneta-tinteiro, pode ter uma ideia do que Margot pegou do chão, desdobrou e leu.

O homem de madeira
Por Toby E. Poslusny
O homem de madeira não era um fantoche; diferente de Pinóquio, o homem de madeira era um homem de verdade, mas todos ao redor dele não eram. Nessa terra de fantoches, o homem de madeira achava a vida muito difícil. Oportunidades de trabalho eram nulas, a não ser que você tivesse fios presos aos seus membros e conseguisse manter a boca completamente parada enquanto falava. Não havia casas nem prédios de escritório, e também havia uma escassez recente de igrejas; ao contrário, o planeta todo tinha se transformado em um palco gigante em cima do qual os fantoches empertigavam-se e lutavam, e o homem de madeira começou a ficar cada vez mais sozinho. Sabe, o homem de madeira não era feito de madeira, mas o seu coração sim; mais precisamente, o seu coração era uma árvore com muitos galhos, mas nem pêssego nem pera cresciam ali, e nenhum pássaro jamais foi até lá para cantar.

Embora Margot não soubesse nada sobre o homem que havia sentado ao lado dela por dezessete quadras, sentiu como se lhe tivesse sido aberta uma janela para o mundo dele, uma página do seu diário, uma carta de amor. A solidão indefesa que se curvava naquelas palavras encontrou um apoio na compaixão dela. Eu, é claro, li o texto como autoconsciente, besteiras intertextuais, arrogante, cheirando a reflexão pós-macarthismo. O jovem Toby Poslusny não era um especialista literário; foi muitos anos depois que ele se especializou em sua arte. Mas para um amante de literatura jovem e levemente saudosista que podia recitar passagens de *O morro dos ventos uivantes*, o palimpsesto de Toby era um campo minado de delicioso simbolismo confessional.

Então, o homem que afastou Tom dos pensamentos de Margot não foi Toby, mas um dos seus personagens. Tom ligou mais cinco vezes para a livraria. Toda vez que Margot saía para a rua, vasculhando outras livrarias em busca do tipo de material que Bob devia ter tido em suas prateleiras, ela pensava na história de Toby. Ficava cada vez mais frustrada com os grossos livros empoeirados de homens brancos falecidos ocupando lugar na livraria de Bob; embora ela tenha pintado a fachada de branco, substituído as lâmpadas tremeluzentes e gastado um fim de semana inteiro consertando o letreiro "Babbington Books", os clientes que se aventuravam a entrar simplesmente não queriam Hemingway ou Wells. Eles queriam as vozes novas e furiosas que surgiam dos guetos de Detroit, os invasores de Londres, Manchester, Glasgow, os projetos de Moscou. Depois de JFK, Vietnã, Watergate e um assassino em série na porta de suas casas, a nova geração de leitores de vinte e poucos anos queria literatura que desse voz à loucura.

Finalmente concordei que ficar com Tom era uma oportunidade perdida, e encorajei com vigor o próximo passo de Margot, embora, é claro, eu soubesse o custo: estudar Literatura na Universidade de Nova York. Ela ligou para Graham.

– Oi, pai! Sou eu! Como você está?

Um ronco abafado.

– Margot. Margot? É você?

Ela checou o relógio. Devia ter confundido o fuso horário de novo. Eram 4 horas da manhã lá em casa.

– Margot?

– Sim, papai. Desculpe, eu te acordei?
– Não, não. – Uma tossida como um revirar de cascalho e o som de cuspe. – De jeito nenhum, não. Só estava me arrumando para enfrentar o dia. Você parece empolgada. O que aconteceu?
E, então, ela explicou, com voz ofegante, o que queria. Ele riu da sua escolha de palavras: "a chance de evitar que eu fique como os filisteus que percorreram o nosso país". Ele perguntou quanto custaria. Em menos de um minuto, o desejo dela foi atendido. Ele pagaria as taxas e enviaria dinheiro para Bob para pagar a hospedagem de Margot por mais doze meses. Ele tinha um pedido: que ela lesse o seu último romance e desse um retorno. Negócio fechado.

Eu observava Midtown West com atenção, cutucando Margot para que, de vez em quando, ignorasse sua devastação apocalíptica e considerasse sua proximidade com a Time Square, ignorasse as gangues em guerra e invasões da polícia em favor de seu imaginável baixo preço de mercado. Quando o dinheiro de Graham caiu no seu banco, era suficiente para comprar 45.000 pés quadrados de terra. O banco com certeza pagaria o resto para deixá-la construir um hotel modesto. Fiz com que a ideia parecesse dela em seus sonhos, incluí algumas imagens de arejados quartos de hotel com lençóis de linho passados, peônias rosa na prateleira da cama, uma lareira na recepção... Senti-me como um diretor de filme, embora eu não precisasse de câmera, apenas da minha imaginação e da minha mão pressionando a testa de Margot. Quando ela acordou, teve um desejo repentino de ter uma cama mais macia, um chuveiro mais quente e serviço de quarto. Mas a ideia do hotel nunca se consolidou. A Universidade de Nova York a chamava. Ela já tinha sido batizada pela sua própria empolgação acadêmica.

Então, perambulei atrás dela como uma velha cabra cansada pelo Washington Square Park até a Universidade de Nova York, subi as escadas do antigo prédio vitoriano com telhado gotejante, hesitantemente pegando o seu lugar em uma sala gelada e de pé-direito alto com um quadro negro sobre a lareira de mármore. Os outros alunos na sala – quinze deles – estavam calados, preparados, prestes a vomitar suas opiniões sobre pós-estruturalismo em cima do professor que não tinha aparecido ainda. Uma garota, cabelo raspado e de descendência chinesa chamada Xiao Chen, equipou-se com polainas de cetim douradas sobre botas Doc Martin de quinze furos com uma jaqueta de motociclista de couro coberta por tachinhas, olhou para Margot e sorriu. Olhei para Xiao Chen e pensei imediatamente em doses de tequila e um assaltante caído quase morto em um beco. Ah, sim, Xiao Chen. Ela me apresentou a arte de roubar.

À medida que as árvores foram ficando vermelhas, depois brancas, depois nuas como forcados, Margot e Xiao Chen ficaram absortas em páginas que valiam várias florestas, e eu assistia, torturada, enquanto tijolos e mais tijolos de novos empreendimentos eram colocados nos terrenos devastados de Midtown West como grossas barras de ouro.

Descobri que Toby trabalhara na Universidade de Nova York na mesma época em que estudei lá, embora tenha sido muitos meses antes de Margot e ele se encontrarem. Ele fora contratado para dar alguns seminários quando a professora Godivala pegou uma licença para cuidar do filho. O curso de Toby, *Shakespeare freudiano*, teve as vagas preenchidas horas depois de ser publicado no quadro de avisos. Margot ficou de pé, com a caneta na mão, ansiosa para inscrever seu nome. Vi o nome do professor do curso – *Sr. Tobias Poslusny* – e cantei alto a Música das Almas, mais pela comoção dos outros anjos entre a multidão de alunos competindo pelo quadro. Margot hesitou, e então escreveu seu nome. Felizmente, Xiao Chen se aproximou e salvou o meu pescoço.

– Você não vai fazer essa aula.

– Não, Xiao Chen. É por isso que estou me inscrevendo. Peraí, você não vai fazer?

Xiao Chen balançou a cabeça.

— O seminário é segunda-feira de manhã, às oito e meia. De qualquer forma, você odeia Shakespeare. Venha fazer modernismo comigo.

Margot hesitou.

— O bar é por minha conta se você disser sim — disse Xiao Chen.

Ela pegou a caneta da mão de Margot, apagou o nome dela e a empurrou na direção do quadro de modernismo. Margot inscreveu seu nome e elas seguiram ligeiro para a união de estudantes.

Mas enquanto as seguia, reparando as sementes no chão duro do Washington Square Park amadurecendo como corações verdes, preparando-se para a grande jornada até a luz do sol, eu vi Toby, sozinho em um banco, escrevendo. Dois atletas toparam com Xiao Chen e a retiveram — e Margot junto — flertando e dando risadinhas enquanto eu me aproximava de Toby.

Nos galhos de um salgueiro atrás dele estava sentado um anjo com cabelos compridos prateados e um rosto comprido e sóbrio. Era tão brilhante que, a distância, a cena parecia uma cachoeira à luz do sol fluindo no meio dos galhos. Quando me aproximei, me dei conta de que era Gaia, anjo da guarda de Toby, e também sua mãe. Não nos conhecemos quando eu estava viva. Gaia olhou para mim e acenou com a cabeça, embora sua boca não tenha se aberto em um sorriso. Sentei-me ao lado de Toby. Ele estava escrevendo atentamente, uma perna cruzada em cima da outra, imerso em seus pensamentos.

— É bom ver você, Toby — eu disse.

— É bom ver você também — ele disse, distraído, embora tenha hesitado no "também" e olhado para cima, confuso.

Eu me levantei rapidamente. Toby olhou ao redor, coçou a cabeça e, em seguida, voltou a escrever. Enquanto escrevia, o manto de emoções e processos mentais — que normalmente aparecem como um muro pulsante, cheio de cores e texturas e pequenas fagulhas — encheu-se de rachaduras enquanto novas conexões eram feitas rapidamente entre todas as ideias que se expandiam a partir do manto, e eu vi minha oportunidade.

Eu tinha que perguntar.

Precisava saber, porque se ele fosse o homem que matou Margot, se a minha vida tinha acabado tão abruptamente por causa desse homem, eu precisava dar um jeito de mantê-la o mais longe dele possível.

– Você matou Margot, Toby?

Ele continuou escrevendo.

Falei mais alto.

– Você matou Margot?

Gaia olhou.

Eu me esforcei para ver imagens do passado e do futuro dele aparecendo ao seu lado como mundos paralelos, ansiosa por pistas. Mas tudo que apareceu foram os rostos de seus alunos, o personagem do homem de madeira dançando sozinho no mundo dos fantoches, um poema que ainda era um embrião de iambo.

E um flash de Margot no táxi.

Dei um passo mais para perto. Ele gracejou, como se estivesse se satisfazendo em lembranças nostálgicas particulares e, em seguida, voltou a escrever. E de novo. Acima de sua cabeça, o rosto de Margot, sorrindo de dentro do táxi: sementes brotando no inverno.

Olhei para Margot e Xiao Chen, prisioneiras consensuais dos atletas de olhos azuis, e me afundei no banco ao lado de Toby.

– Meu filho não é um assassino – Gaia ficou de frente para mim, prateada como uma lâmina nova.

– Então, quem matou Margot?

Ela deu de ombros.

– Desculpe, eu não sei. Mas não foi Toby.

Ela foi embora. Uma rajada de vento soprou pelo parque, levantando a saia de uma garota e criando aplausos dispersos. Soprou sobre Toby e eu, mas não dissipou seus pensamentos.

Permiti-me estudá-lo, entendendo a palheta de cores terrestre de sua aura, prendendo a respiração ao perceber que seus rins estavam em péssimo estado e como eram frágeis seus ossos. E examinei seu rosto calmo e feminino, os olhos dourados e penetrantes;

vi a luz branca da sua alma contrair-se e expandir enquanto ele se deparava com uma ideia que ressoava em seus desejos mais profundos, e vi esses desejos saindo do centro do seu ser como pequenas telas que produziam projeções de esperança: ser amado. Escrever livros que levavam o mundo a um estado de compaixão e mudança. Ter um cargo fixo na Universidade de Nova York. Ter um filho com a mulher certa.

Os atletas estavam indo embora, e Margot e Xiao Chen os seguiam. Isso fora muitos anos antes que Margot e Toby se conhecessem devidamente. Ele olhou direto para mim, e o que achou que fosse uma nuvem escura rompendo-se em chuva era o meu coração rasgando-se em milhares de pedaços de arrependimento.

Eu estava me apaixonando por ele de novo.

15

Um cachorro e uma delicatéssen

Nesse ínterim, Margot estava ocupada apaixonando-se pelo time de hóquei no gelo da Universidade de Nova York. Ela jogou o seu amor na direção do treinador, até que a mulher dele descobriu e, então, ela transferiu seu amor para um membro do clube de caratê. O amor dela era tão voraz que engoliu metade da faculdade. Depois, devorou Jason. Mas Jason era o namorado de Xiao Chen. Depois de roubar os devotos namorados atletas de treze loiras de Connecticut, Xiao Chen começara a levar suas coisas para o apartamento de Jason. Xiao Chen não tinha direito de ficar surpresa. Até onde Margot sabia, era simplesmente um caso do aluno superando o mestre. Suficiente dizer, a amizade entre elas terminou arrebatadoramente.

Da minha parte, eu estava começando a detestar Margot cada dia mais. Margot, eu contaria a ela. Como eu a odeio. Deixe-me dizer de que formas:

1. Odeio o seu falso sotaque americano.
2. Odeio o seu pseudocompromisso com o feminismo e sua religiosa devoção à promiscuidade.
3. Odeio as mentiras que conta ao papai. Quando ele souber que você vai ser reprovada, vai ficar arrasado.
4. Odeio as suas filosofias de farmácia e sua voz grave de fumante. Odeio porque você nunca ouve a minha.

5. Acima de tudo, Margot, odeio que eu tenha sido você um dia.

A época de provas chegou. Reuni um grupo de anjos, e trabalhamos duro para que nossos Seres Protegidos metessem as caras e alcançassem futuros melhores. Bob, todavia, estivera prestando atenção nas pequenas escapadas de Margot lá no segundo andar com qualquer Tom, Dick e Harry que cruzavam o seu caminho. Ele achou que podia se dar bem, também. Então, na noite anterior à primeira prova de Margot, prendeu para trás seu cabelo afro encrespado, enfiou a sua melhor camiseta dentro do seu jeans mais apertado e bateu na sua porta.
– Margot?
– Estou dormindo.
– Não, você não está, porque se estivesse, não estaria respondendo.
– Vá embora, Bob.
– Trouxe um vinho. É tinto. *Cha-bliss*.
A porta se abriu. Margot de camisola e com seu sorriso mais insincero.
– Alguém falou Chablis?
Bob analisou a garrafa e, em seguida, olhou para Margot.
– É. Isso.
– Pode entrar.

Consegui evitar que os desejos de Bob se tornassem realidade, mas ao custo de os dois desmaiarem na quitinete. Muito Cha-bliss deixa o homem branco com sono, como Bob diria.
　　Fui mais infeliz ainda em fazer com que Margot ouvisse minhas respostas para a sua prova. Ela sentou-se à sala de prova, atirou-se em cima da carteira, mentalmente escalando o muro da sua ressaca. Joguei minhas mãos para o alto e andei altivamente em direção à janela. Sentado à mesa do supervisor de prova na frente da sala, estava Toby. Sentei-me à mesa ao lado dele e o observei escrevendo.

Reconheci algumas das frases que ele estava escrevendo; elas apareceriam depois no seu primeiro romance, *Gelo negro*. Algumas vezes, ele ficava impaciente e rabiscava linhas intensas e devastadoras por cima de uma palavra ou frase, até que Gaia colocava a mão em seu ombro e o encorajava a continuar. Uma vez, eu a vi aproximar-se dele quando ele fez um longo risco em uma página inteira, mas ela não conseguiu tocá-lo. Minutos depois, ela conseguiu. Assisti de perto. À medida que seus pensamentos cruzavam a paisagem de ideias que nasciam em sua mente, sua aura se contraía de repente, e uma grossa barreira – parecida com gelo glacial – o enclausurava por alguns momentos. Uma ou duas vezes isso permaneceu por mais ou menos dez segundos. Gaia chamou o seu nome repetidamente até que a barreira se dissolvesse. E não se dissolveu no éter – se dissolveu em Toby.

– O que é aquilo? – perguntei a Gaia depois de um tempo.

Ela piscou os olhos para mim.

– É medo. Toby está com medo de não ser bom o suficiente. Você nunca se deparou com isso em Margot?

Balancei a cabeça. Não dessa forma.

– Acho que isso toma formas diferentes – deu de ombros. – Essa é a maneira de Toby. Isso o protege. Mas eu estou preocupada. Ultimamente, isso o tem protegido de coisas boas. E não consigo romper este escudo.

Balancei a cabeça.

– Talvez possamos trabalhar juntas nisso.

Ela sorriu.

– Talvez.

Gaia continuou tentando tirá-lo desse campo, mas o escudo crescia e, uma vez que seus medos eram despertados, só Toby poderia dissipá-los. Não havia luta. Tivesse ele conseguido se livrar disso, teria notado Margot catando suas coisas e saindo uma hora antes.

Fui atrás dela. Ela envolveu os braços ao seu redor e observou o rio Hudson. Em seguida, começou a andar, rapidamente, até que começou a correr, e não parou até que nós duas estávamos correndo em alta velocidade, suor fervendo no seu rosto, o cabelo correndo atrás dela como uma cauda de cometa.

Corremos e corremos até chegarmos à ponte do Brooklyn. Margot estava sem ar, ofegante e curvando-se sobre os joelhos, o coração galopando no peito. Examinou o trânsito adiante, encostou-se na cerca e olhou para o horizonte de Manhattan. O sol estava a pino, fazendo com que levantasse a mão para proteger os olhos.

Olhou como se estivesse procurando por alguém, dando uma olhada para as Torres Gêmeas, depois para o Píer 45, até que finalmente cambaleou em direção a um banco público e despencou.

Em volta dela, arrependimento e confusão piscavam como pequenos flashes de relâmpago. Quando se sentou e curvou sobre os joelhos, centenas de luzinhas cor-de-rosa lançaram-se do seu coração, rodeando o seu corpo e penetrando em sua aura. Seus olhos estavam bem fechados, e ela estava pensando na mamãe, o queixo tremendo. Tudo que pude fazer foi colocar a mão na sua cabeça. *Calma, calma, criança. Não é tão ruim assim.* Quando me sentei ao seu lado, ela enterrou os cotovelos nas coxas, a cabeça contra as palmas das mãos, e derramou um choro longo, inesgotável. Às vezes, a maior distância situa-se entre o desespero e a aceitação.

Ela estava lá no momento em que ciclistas passaram como vento, quando o sol foi levado pelas suas sombras douradas até que, finalmente, a cidade ardeu em bronze, e o Hudson incendiou.

Procurei esse momento na minha memória, mas não estava lá. Então, parei de procurar e comecei a falar.

— Você está pensando em pular dessa ponte, criança? Porque eu tenho que avisá-la, o esquadrão antissuicídio está logo ali na frente. Bati na cerca.

Ela começou a chorar de novo. Suavizei o meu tom. Não que ela pudesse me ouvir. Mas, talvez, pudesse me sentir.

— O que foi, Margot? Por que você ainda está aqui? Por que não está metendo a cara, estudando como prometeu, fazendo algo por você mesma?

Em seguida, me dei conta de que estava começando a usar frases como "o mundo é a sua ostra", e suspirei. Mudei de tática.

– Todos esses caras com quem você dorme, algum deles a faz feliz? Você ama algum deles?

Lentamente, ela balançou a cabeça.

– Não – murmurou.

Lágrimas escorreram dos seus olhos. Eu insisti.

– Então, por que isso? E se você ficar grávida? Ou pegar HIV?

Olhou para cima e secou o rosto, em seguida, deu uma risada.

– Falando sozinha. Eu realmente estou ficando louca.

Curvou-se sobre os braços dobrados, olhando para além do horizonte agora, olhando para o mais longe que conseguia.

– Nós realmente estamos sozinhos neste mundo, não estamos – ela disse, calmamente.

Não foi uma pergunta. E, então, eu me lembrei do desejo poderoso que a alma tem de ser resgatada. Lembro que caí daquela ponte como se estivesse a milhões de quilômetros de altura, presa a uma rocha no meio do espaço. E ninguém apareceu.

Exceto por mim, que estava lá. Coloquei meus braços ao redor dela, em seguida, senti outro par de braços em cima dos meus, depois outro par e, quando olhei, vi que Irina e Una estavam lá, espíritos vindos do outro lado, abraçando tanto eu quanto Margot, dizendo-lhe baixinho que estava tudo bem, que elas estavam aqui, que estavam esperando. Chorei e toquei suas mãos, querendo segurá-las por mais tempo, e elas me beijaram, me abraçaram e disseram que estariam sempre lá, que sentiam a minha falta. Chorei até meu coração quase explodir. O coração de Margot brilhou como uma vela no mar.

Finalmente ela se levantou, e estava determinada. Andou vagarosamente rampa abaixo e pegou um táxi até em casa, e as estrelas ocultaram seus segredos atrás da nuvem impenetrável.

A notícia ruim, é claro, foi que ela foi reprovada em todas as provas. Havia um pouco de sucesso em meio ao fracasso: ela foi reprovada em mais matérias que qualquer outro aluno no seu ano. Pode-se dizer que ela foi reprovada de forma admirável. Bob lhe deu um livro e uma festa de bebedeira, e os dois curtiram uma noite irritantemente ruidosa comemorando sua formidável catástrofe acadêmica.

A boa notícia era que podia fazer o seu primeiro ano novamente. Consegui chegar a ela e a encorajei a arquitetar um plano. Não tinha como contar a Graham que gastara milhares de libras em uma ressaca prolongada. Então, ela concluiu que podia pegar mais alguns trabalhos, economizar durante o verão, e pagar por conta própria a segunda rodada do seu primeiro ano.

Arranjou um emprego em um pub irlandês nas noites de fim de semana como garçonete, e outro emprego no qual passeava com cães para o povo rico de Upper East Side. Dei uma olhada no pompom que latia ao final da correia e resmunguei. Estávamos indo em direção a Sonya, sem dúvida.

Havia duas razões pelas quais não fiz questão de evitar um encontro com Sonya Hemingway.

Em primeiro lugar, porque ela era uma pessoa engraçada. Alta, curvilínea, com cabelo vermelho-paixão penteado até o bumbum, que passava a ferro durante meia hora toda manhã, Sonya gostava de alturas, drogas pesadas e meias-verdades. Definitivamente, não tinha metas a longo prazo. Também era parente distante de Ernest Hemingway, fato (ou não) que comentava com designers, traficantes e qualquer um que quisesse ouvir. Surtia efeito. Dentre os benefícios de suas histórias exageradas estavam a meteórica carreira de modelo e uma nevasca constante de pó branco alucinógeno.

Em segundo lugar, porque havia uma interrogação sobre aquilo tudo. Ela teve ou não teve um caso com Toby? Concluí que, como estou na posição de solucionar essa migalha existencial, também posso me aproveitar da situação.

Mas estávamos andando para longe dela. O cão – Paris – estava marchando obedientemente ao lado de Margot, sua correia intacta. Virei-me e mapeei a rua atrás de Sonya. Ela ainda estava do outro lado da Quinta Avenida. Talvez seja melhor eu interferir, pensei.

Curvei-me para baixo e despenteei as orelhas fofas de Paris, em seguida, pressionei minha mão contra a sua testa.
— Hora do almoço, não é, rapaz?
Paris babou com entusiasmo. Na mesma hora, enviei imagens de todos os tipos de comida para cachorro para a cabeça de Paris.
— O que atiça o seu paladar, hein? Peru? Bacon?
Peru assado e bacon apareceram em um espeto na cabeça de Paris. Ele latiu.
— Espere, já sei — falei. — Um milhão de toneladas de salame!
Naquele momento, Paris decolou. Um pouco mais rápido do que previ, e com força surpreendente. Ele arrastou Margot rua acima, forçando dois táxis e uma Chevy a pararem apenas a alguns centímetros de Margot. Ela gritou e soltou da coleira. Paris lançou-se para frente, seu pequeno rabo girando como uma hélice, levando outro carro a uma parada súbita e um ciclista a voar sobre o guidom e cair em cima de uma barraca de cachorro-quente. Ele não estava satisfeito.

Margot cruzou a rua sem graça, esperando o sinal de pedestre abrir com uma forma de se desculpar. Quando chegou ao outro lado, dirigiu-se à delicatéssen. Fiquei na porta e ri — a segunda vez era muito mais engraçada. Paris foi direto à recente entrega de carne de porco nos fundos da delicatéssen e, em sua ânsia canina para pegar o maior pedaço, derrubou o refrigerador de água, derramando o conteúdo sobre todo o chão da loja. O dono resmungou e indicou a saída da loja para Paris. Paris obedeceu rapidamente, suas mandíbulas envolvendo um bastão de carne. Margot pegou Paris, deu alguns tapas no seu focinho e o arrastou para dentro para se desculpar. Ela encarou o dono, que lutava para catar os restos de comida espalhados.
— Desculpe-me! Prometo que pagarei por tudo isso! Por favor, faça uma lista, porque darei um jeito de trazer as coisas o mais rápido possível.

O dono olhou furioso para ela e lhe disse — em italiano — para enfiar suas desculpas naquele lugar onde o sol não brilha. Margot desviou a atenção para a menina de cabelo ruivo e comprido no canto, encharcada com as sobras da traquinagem de Paris, examinando sua roupa molhada e rindo. Era Sonya.

– Ei, desculpe – disse Margot. – Ele não é meu cachorro...

Sonya espremeu o cabelo ruivo.

– Você é inglesa, né?

Margot deu de ombros.

– Quase isso.

– Você não fala como a rainha.

– Sinto muito mesmo pela sua blusa. Está destruída?

Sonya andou na sua direção. Tinha esse hábito de não respeitar as regras de espaço pessoal. Aproxima-se de verdadeiros estranhos – como Margot, nesse caso – e fica tão perto que quase bate no nariz deles. Ela aprendeu da maneira mais difícil, quando muito jovem, que as pessoas respondiam quando confrontadas. Às vezes bem, às vez mal – de qualquer forma, ela conseguia a atenção que queria.

– Ei, Quase Inglesa, você tem um programa para hoje à noite?

Margot deu um passo atrás. Ela podia ver o branco dos olhos de Sonya, o batom vermelho nos seus dentes.

Sonya deu outro passo à frente. Paris lambeu o braço dela.

– O seu cachorro gosta de mim, né?

Margot se acalmou.

– Peço desculpas pela sua blusa. Ela é linda.

Sonya olhou para a blusa violeta de seda amarrotada, que estava grudando no seu peito.

– Não tem importância, tenho muitas iguais a essa. Aqui.

Do nada, ela surgiu com um cartão de visitas preto e o colocou embaixo da coleira de Paris.

– Você pode me compensar indo a minha festa hoje à noite.

Deu a Margot um piscar de olhos maroto e, em seguida, saiu andando pela Quinta Avenida, ainda pingando.

* * *

Sem cachorro e sem saber de nada, Margot apareceu na casa de Sonya em Carnegie Hill naquela noite, olhando para o endereço no cartão de visitas, certa de que estava no lugar errado. Apertou a campainha. Imediatamente, a porta abriu para revelar uma Sonya radiante em um vestido justo de estampa de leopardo.

— Quase! — ela gritou, puxando Margot para dentro.

Eu ri. Quase. Que folga.

Sonya apresentou Margot aos seus convidados — ela teve que berrar o nome deles por cima do Bob Marley, que gritava através de dois alto-falantes enormes na frente da casa — até que finalmente chegou ao homem que apresentou como "Senhor Shakespeare, Que Gosta de Passar as Minhas Festas Enterrado em um Livro". Prendi a respiração. Era Toby.

— Olá — disse Margot, estendendo a mão para a figura protegida pelo livro na cadeira.

— Oi — ele falou por detrás do livro e, quando viu que era ela, disse um "oi" de novo, mas com um ponto de exclamação no final.

— Toby — disse Toby, levantando-se.

— Margot — disse Margot. — Acho que já nos conhecemos.

— Vou deixar vocês dois conversarem — disse Sonya, antes de sair flutuando.

Margot e Toby se encararam, depois desviaram o olhar meio sem jeito. Margot sentou-se e pegou o livro que ele estava lendo. Toby ficou mexendo no cinto em volta da cintura da sua calça antes de sentar-se ao lado dela. Olhou para Sonya enquanto ela flertava e ria do outro lado do cômodo, confirmando a minha suspeita: ele sempre a preferiu a mim, desde o início.

— Então — disse Margot. — Você é Toby.

— Sim. Eu sou sim.

Foi mesmo *assim* tão embaraçoso? Sempre me lembrei do nosso primeiro encontro como sendo muito mais dinâmico. E continuou.

— Sonya é sua namorada?

Toby piscou por alguns segundos, depois abriu e fechou a boca.

— É, como posso descrever nosso relacionamento... Ela costumava roubar minha chupeta quando eu era bebê. Acho que teve um episódio em que ela tirou a roupa e subiu no meu berço. A não ser por isso, nosso relacionamento tem sido bem platônico.

Margot balançou a cabeça e sorriu. Gaia deu um passo para frente e se inclinou sobre o ombro de Toby.

— Margot é a Mulher Certa, Toby.

Simples assim, ela falou. E tem mais: Toby a ouviu. Por um momento, ele se virou para Gaia, seu coração batendo com o repentino lampejo de conhecimento que fora transmitido à sua alma, e eu assisti a tudo, impressionada, maravilhada e humilhada. Gaia sabia que eu tinha sido Margot, e ela me vira acusar o seu filho de assassinato. Mesmo assim, lá estava ela, incentivando-o a ficar com ela.

Toby se virou para Margot, subitamente ansioso para conhecê-la um pouco melhor. Ela tinha ficado absorta no livro.

— Você gosta de livros, pelo que estou vendo.

Ela virou a página.

— Sim.

— Sabe, todo mundo é tão avesso a Shakespeare hoje em dia... Mas não tem como não amar *Romeu e Julieta*, não é?

Eu ri. Toby estava louco para jogar conversa fora.

Margot, no entanto, estava mais inclinada a conversas intimidadoras. Olhou por cima do livro, cruzou as pernas e o encarou, muito séria.

— *Romeu e Julieta* é uma fantasia chauvinista de romance. Acho que a Julieta tinha que ter derramado um barril de óleo fervendo daquela varanda.

O sorriso de Toby se acabou como uma samambaia em chamas. Desviou o olhar, procurando uma resposta na cabeça. Margot virou os olhos e ficou de pé para ir embora. Imediatamente, Gaia estava ao lado dele, sussurrando. Vi que Margot buscou na sala mais alguém com quem conversar, alguém bem mais inclinado a pegar pesado, e senti que estava indo em defesa de Toby.

Nenhum dos sussurros de Gaia estava chegando a Toby, pois suas emoções de desejo súbito eram tão caóticas que o impediram de fazer uma conexão com Margot. Ele estava nervoso e tenso, sem saber por que estava tão atraído por alguém que não fazia nada o seu tipo.

Finalmente, dei um passo para frente.

– Toby – disse com firmeza. – Diga a ela para dar um tempo. Falei de novo. E de novo. Gaia olhou para mim como se eu tivesse ficado maluca. Finalmente, Toby se levantou.

– Margot – falou alto enquanto ela ia embora. – Margot! – falou novamente, e ela se virou. Uma pausa na música. Várias cabeças viraram para olhar os dois. Toby apontou para ela.

– Você está errada, Margot. Essa peça fala de almas gêmeas superando todas as adversidades. É sobre *amor*, e não chauvinismo.

A música começou de novo: os primeiros acordes de "I Shot the Sheriff". Sonya expulsou todo mundo de suas cadeiras para curtir a música. Margot procurou Toby na multidão, encontrando o seu olhar. Por um momento, ela quis atirar de volta uma resposta improvisada. Mas algo naquele olhar a impediu. Então, foi embora pela porta da frente e voltou para o seu apartamento em cima da Babbington Books.

16
A onda de almas penadas

Nos meses que se seguiram, tive a minha cota de confrontos com demônios. O anjo de Sonya – seu pai, Ezekiel, que estivera amplamente ausente de sua vida – andava pacientemente pelo corredor da casa dela, sendo frequentemente expulso pela dependência que Sonya tinha por dois demônios: Luciana e Pui. Ao contrário de Grogor, era difícil diferenciá-los dos muitos humanos bonitos que cruzavam a porta da casa de Sonya. Sei que passavam muito tempo com ela, mas, na maioria das vezes, não conseguia vê-los. E foi aqui que aprendi uma ou duas coisas: demônios podem se esconder maravilhosamente bem. Como os milhões de insetos que rodopiam pelos buracos e brechas do piso da sua casa, os demônios também se enfiam em pequenos espaços da vida. Observei Sonya ao tirar um colar com um pesado pingente de madrepérola e, ao colocá-lo sobre a penteadeira, vi os rostos de Luciana e Pui olhando para cima, vindos de dentro dele. Às vezes, eles pegavam carona na sua bolsa de grife; outras vezes, envolviam seu antebraço como um amuleto. Como Sonya era, digamos assim, inconstante em termos de escolhas de estilo de vida – por exemplo, às segundas-feiras, você a encontrava fazendo ioga ou bebendo aloe vera, às terças, era provável que tropeçasse nela, inconsciente, com o corpo cheio de droga mergulhado em vômito – Luciana e Pui se espreguiçavam na enorme cama de Sonya em formas humanas completas ou reduzidas a manchas escuras em sua alma. Mas elas nunca a abandonaram.

Em poucas semanas, Sonya convidou Margot para morar com ela. Disse que sentia pena de Margot, levando em consideração que ela tinha três empregos e, pior, vivia no desprezível apartamento de Bob. Na verdade, Sonya sentia-se sozinha. Até a presença de Luciana e Pui estava associada à sua solidão. Nunca entendia por que, quando cedia às drogas, de repente se sentia menos solitária. Atribuía isso aos efeitos em seu cérebro. Errado. Era porque Luciana e Pui se entrelaçavam em volta dela como hera em volta de uma árvore, suas companheiras mais devotas e nefastas.

Ficou claro desde o início que eu não ficaria perambulando pelo corredor enquanto aquelas duas destruíam a alma de Sonya. Elas a tornavam uma má influência para Margot, que já estava experimentando um pouco de maconha aqui, um pouco de crack ali, e vi o que estava por vir como um farol de um trem a vapor esmagando-a, deitada nos trilhos. Luciana e Pui não aceitaram de bom grado a minha confrontação. Mudaram de forma, surgindo como duas colunas de fumaça vermelha em forma de cobra, cuspindo bolas de fogo na minha direção. E, como na vida real, encontrei-me em uma situação para a qual não tinha recebido treinamento nem aviso prévio. Como na vida real, agi por instinto: levantei as duas mãos e parei o fogo e, em seguida, fechei os olhos e imaginei a luz do meu corpo aumentando, o que aconteceu, e, quando abri os olhos de novo, a luz tinha se tornado tão forte que elas se encolheram em um canto, como sombras à meia-noite, e não apareceram mais para mim por um bom tempo.

Ezekiel voltou para a vida de Sonya com vitalidade. Ela se viu pensando em largar as drogas, voltar para uma vida saudável, talvez até mesmo ficar com um homem de bem. Para sempre.

– O que acha do Toby? – Sonya para Margot no café da manhã.

Margot deu de ombros.

– Ele parece legal. Calado.

– Estou pensando em namorá-lo.

Margot deu uma tossida exagerada.

– *Namorar?* Você também vai começar, sei lá, a cozinhar e fazer tricô? Sonya – e imagine essa garota, curvada em cima do seu *latté*, vestindo um robe de seda com estampa de leopardo e um sutiã de veludo vermelho com enchimento, o cabelo bagunçado e marcando o seu rosto pálido como uma ferida – sentiu-se afrontada. Ela estava mais afrontada com o fato de que não se sentia afrontada pela ideia de cozinhar e fazer tricô.

– Acho que estou ficando velha.

– Você e Toby já tiveram alguma coisa?

Sonya balançou a cabeça negativamente. Dessa vez, ela estava falando a verdade.

– Cursamos o jardim de infância juntos. Ele é como um irmão. Eca! No que eu estava pensando? Aliás, vocês dois não tiveram alguma *coisa* na minha festa uns meses atrás?

– Eu o ofendi.

– E?

– E nada. Não o vi mais desde então.

– Você gostaria de vê-lo?

Margot pensou a respeito. Finalmente, fez que sim com a cabeça.

E, então, Margot e Toby tornaram a se ver em um encontro não oficial.

Ele apareceu na livraria de Bob. Bob estava na posição de sempre, atrás do balcão em uma cadeira, fumando uma mistura de maconha com tabaco e lendo sobre o novo Cadillac Fleetwood Brougham. Olhou para Toby e deu uma batida no cigarro na direção dele.

– Vim ver Margot.

Uma tosse de trás do balcão. Toby deu uma olhada na prateleira de "recém-chegados".

– Há alguns livros bons aqui. Nunca ouvi falar desse lugar.

– É.

– Então, Margot está por aí?
– Você vai ter que perguntar a ela.
Sempre admirei a infinita paciência de Toby. Olhei para o anjo de Bob, Zenov, encostado no balcão, e fiz uma mímica de bater na parte de cima da cabeça de Bob. Zenov balançou a cabeça como se dissesse "Oquepossofazer?"
Toby entrelaçou as mãos atrás das costas e levou em conta a sugestão de Bob:
– Margot? – Toby, em voz bem alta. Bob caiu da cadeira e bateu com as costas no chão.
– Margot Delacroix, aqui é Toby Poslusny, vim para o nosso encontro não oficial. Você está aqui, Margot? – Urrou da sua postura calma e desconcertada, com volume e controle de um pregador evangélico, tudo sem tirar os olhos de Bob.
Bob ficou de pé enquanto Zenov ria com as mãos na boca.
– É, deixe-me ver se ela está aqui...
– Obrigado – Toby, ainda sorrindo, fez que sim com a cabeça para Bob.
Margot surgiu de uma das divisórias da sala poucos minutos depois, em um vestido de festa da década de 1950 de tule verde, dois tamanhos menores que o dela. Ainda estava enfiando grampos para prender o cabelo, ruborizada de tanta empolgação. Vi Toby ficar de queixo caído, admirando o seu vestido, o seu pescoço de bailarina. As suas pernas.
– Oi – disse ela. – Desculpe tê-lo feito esperar.
Toby acenou com a cabeça e deixou um braço dobrado no ar, indicando para que ela unisse seu braço ao dele.
Ela assim o fez, e eles saíram da loja.
– Estou fechando às onze – tossiu Bob, mas a porta bateu antes que pudesse terminar.

Dizem que as duas primeiras semanas de um relacionamento dão uma visão completa do todo. Eu digo que é menos que isso. Os primeiros encontros são um mapa do território.

Toby não fazia o comum. Ele não marcava encontros do tipo jantar e cinema. Marcou um passeio de barco a remo pelo rio Hudson. Margot achou tudo muito engraçado. Um importante marco do relacionamento. Então, Toby perdeu um remo e começou a recitar W. B. Yeats. Margot achou isso fascinante. E, em seguida – ela precisava mesmo fazer aquilo? – pegou a cocaína. E Toby achou aquilo desagradável.

– Tire isso daqui. Eu não uso essas coisas.

Margot olhou para ele como se ele tivesse uma segunda cabeça.

– Mas você é amigo da Son, não é?

– Sou, mas isso não quer dizer que sou um viciado...

– Não sou *viciada*, Toby, só quero um pouco de diversão, só isso...

Ele olhou para o outro lado. Eu também olhei para o outro lado, envergonhada. Eu me odiava. Detestei esse momento, uma das muitas pragas do que poderia ter sido um panorama decente de um relacionamento. E, como sempre, culpa minha.

Margot ficou ressentida.

– Bem, se você não quer, sobra mais pra mim!

Ela inspirou as duas carreiras.

Toby examinou os prédios do outro lado do rio. Lâmpadas de postes estavam começando a tremeluzir ao longo das margens da água, enviando feixes dourados e vermelhos que corriam em direção ao barco. Ele sorriu. Depois, baixou o remo. Tirou o casaco, os sapatos. Em seguida, a camisa.

– O que você está fazendo? – perguntou Margot.

Ele continuou tirando a roupa, até chegar na cueca. Em seguida, ficou de pé, empurrou os braços brancos e magros para fora, curvou o tronco ossudo até os joelhos em posição de mergulho e pulou no rio.

Margot largou a cocaína e inclinou-se sobre a lateral do barco, chocada. Ele ficou debaixo d'água durante muitos minutos terríveis. Ela esperou, com os braços inquietos. Nem sinal dele ainda. Ela se perguntou se devia gritar pedindo ajuda. Por fim, tirou o casaco e os sapatos e pulou atrás dele. Nisso, ele apareceu, se acabando de rir.

— Toby! — ela gritou, os dentes batendo. — Você me enganou!

Toby riu e jogou água nela.

— Não, minha querida Margot, é você que está se enganando.

Olhei para ele. *Como ele é sábio*, pensei. *Como ele é louco*, pensou Margot.

— O quê?

Ele foi de cachorrinho na direção dela.

— Você acha mesmo que cheirar cocaína faz de você uma pessoa divertida? Porque, se acha, é muito mais burra do que achei que fosse.

Pingava água do nariz dela, e o frio estava fazendo sua voz tremer. Margot o encarou, e na hora em que o pensamento de beijá-lo passou pela sua cabeça, ele se inclinou e a beijou. Foi — e eu podia comprovar — o beijo mais suave e sincero da vida dela.

Passei os meses seguintes no minúsculo sobrado de Toby em cima do café 24 horas, estudando cuidadosamente Margot e Toby enquanto eles caíam cada vez mais na mesma fenda espiritual que começou a se mostrar como amor. A princípio, me convenci de que os dois estavam se apaixonando pelo amor em si, que foram as circunstâncias e não o amor que os mantinham juntos, apesar de não terem dinheiro, futuro, nem muita coisa em comum. Mas vê-los enrolados em toalhas na varanda sacolejante do quinto andar, com uma visão panorâmica de West Village, bebendo café e lendo jornal como um casal de velhinhos, pensei, *peraí. O que foi que eu deixei passar? O que foi que eu deixei passar da primeira vez em que isso aconteceu?*

Se eu me senti segurando vela? Bem, digamos que era bom que Gaia estivesse ali. Pude parar para conhecê-la. Durante os momentos mais íntimos de Toby e Margot, momentos que eu queria respeitar e valorizar em termos de privacidade e inviolabilidade, Gaia e eu conversamos sobre a infância de Toby. Ela morrera de câncer na cervical quando ele tinha quatro anos. Até aquela idade, o anjo da guarda dele tinha sido sua tia Sarah.

– Oh – eu disse em tom de surpresa. – Pensei que anjos da guarda fossem exclusivamente designados a uma pessoa.

– Não – disse Gaia. – Só pelo período em que somos necessários, quando somos necessários. Uma pessoa pode ter vinte anjos da guarda diferentes durante a vida. E você provavelmente irá cuidar de mais de uma pessoa também.

Pensar nisso fez a minha cabeça girar.

Toby me contara que tinha apenas uma lembrança da mãe. Ela estava ensinando-o a andar de bicicleta. Ele estava com medo de cair e ficou parado na porta da casa deles, agarrando o guidom. Lembrou que ela disse para ele andar só até o fim do caminho do jardim e, se ele chegasse até lá, que podia tentar andar até o fim da rua, depois até o fim do quarteirão, e assim por diante. Quando chegou até o fim do caminho – todos os quatro metros – ela o aplaudiu com tanto entusiasmo que ele começou a pedalar por todo o caminho até o outro lado da cidade, até que ela o arrastou de volta para casa. Ele me contou que, desde então, usa uma tática similar ao escrever – escreve somente até o fim da página, depois até o fim do capítulo, e assim por diante, até que termine um romance por completo. E ele sempre manteve aquela imagem da sua mãe o aplaudindo em primeiro plano na sua mente.

Gaia sorriu.

– Sabe, eu me lembro disso, da aventura da bicicleta.

– Você lembra?

– Sim. Mas o que é engraçado é que Toby não tinha quatro anos quando isso aconteceu. Ele era um ano mais velho. E eu não estava viva. Eu era o seu anjo naquela época.

Fiquei olhando para ela.

– Você tem certeza?

Ela assentiu.

– Toby foi capaz de me ver e de não me ver a vida toda. Ele não sabe que sou sua mãe ou o seu anjo. Às vezes, acha que sou alguma conhecida da escola, ou talvez uma vizinha antiga, ou apenas uma mulher maluca na livraria que fica muito perto dele. É raro, mas acontece.

Fiquei analisando Toby e Margot, deitados no sofá de couro surrado de Toby, entrelaçando e desentrelaçando os dedos, e me perguntei, esperançosa: Será que Toby um dia me veria? E se visse? Será que um dia eu poderia desculpar-me com ele? Será que um dia, um dia eu conseguiria consertar o que fiz?

O casamento foi na Capela das Flores em Las Vegas, nove deliciosos meses depois daquele primeiro encontro desastroso. Tentei – e não consegui – convencer Margot a fazer um casamento na Inglaterra, um acontecimento mais suntuoso que proporcionaria a Graham a oportunidade de ver casar sua única filha. Passei a minha vida toda inventando histórias sobre aquele casamento, enfeitando-o um pouco para que ficasse da forma que eu gostaria em retrospecto. Mas, o fato é que Toby apareceu uma noite no pub irlandês onde Margot estava trabalhando. Ele se candidatara a um cargo fixo na Universidade de Nova York, e parecia que estava tudo certo para que ficasse com ele. Portanto, comprou um Chevy 1964 para si mesmo e um presente para Margot. Era um modesto diamante solitário.

Ela olhou para ele.
– Você está falando sério?
Ele piscou os olhos.
– É muito grande para o meu dedo anelar.
O sorriso dele murchou.
– É?
– Cabe no meu dedão. Estou supondo, portanto, que não seja um anel de noivado.
Dessa vez, ela piscou e respirou fundo. *É isso mesmo?* Pensou. *É*, eu lhe disse. *É isso mesmo*. Ela olhou para Toby.

– Você não devia me pedir alguma coisa?
Ele ajoelhou-se e pegou a mão dela.
– Margot Delacroix...
– Sim?
Ela mexeu as pálpebras com um jeitinho travesso. Fiquei ao lado dela, examinando-o atentamente. Queria que ela ficasse animada, séria e que absorvesse o momento. Queria estar no lugar dela, falar "sim" e dizer isso com todo o meu coração.
– Margot Delacroix – Toby repetiu. – Argumentadora, mimada – o sorriso dela murchou –, entusiasmada, corajosa, linda Julieta do meu coração – o sorriso dela alargou –, a mulher dos meus sonhos, por favor, por favor, evite de jogar um barril de óleo sobre a minha cabeça e, ao contrário, torne-se minha esposa.
Ela olhou para ele, seus olhos sorrindo, mastigando as bochechas. Finalmente, ela disse:
– Toby Poslusny. Romeu da minha alma, escravo introspectivo da literatura, sofredor da síndrome do martírio... – Ele concordou com a cabeça. Tudo verdade, para ser justa. Mas havia mais. Ela o fez esperar. – ... doce, amado e paciente Toby.
Um minuto se passou.
– Margot? – Toby tateou a mão dela. Seus joelhos estavam doendo.
– Eu não disse "sim" ainda?
Ele balançou a cabeça negativamente.
– Sim! – Ela pulou no ar. Ele deu um suspiro de alívio e esforçou-se para ficar de pé.
Ela admirou o anel e, em seguida, teve um momento criativo. Ou, sob minha nova perspectiva, um momento de insanidade. Está pronto? Aqui vai:
– Vamos nos casar em Vegas!
Juro para você, tentei convencê-la a desistir disso. Até cantei a Música das Almas. Ela não estava ouvindo nada.
Toby considerou a proposta. Tinha imaginado um casamento tradicional no ano seguinte em uma bela capela inglesa, repleta

de lírios e rosas, Graham entrando com ela na igreja. Balbuciei as palavras dela. *Chato*, ela falou. *Por que esperar?*

Toby se comprometeu. Para seu crédito eterno, fez a coisa digna. Encontrou o telefone público mais perto e ligou para Graham para pedir a mão de Margot em casamento. Não, Margot não estava grávida, garantiu a ele. Ele simplesmente a amava. E ela simplesmente não esperaria mais. Silêncio do outro lado da linha. Finalmente, Graham falou, engasgando com as lágrimas. É claro que eles receberam a sua bênção. Ele pagaria pela cerimônia inteira e por uma lua de mel na Inglaterra. Margot berrou "Obrigada!" e "Amo você, papai!" no fone – ela não podia nem esperar para ter uma conversa decente com ele, motivo pelo qual tive vontade de chutar o traseiro dela – antes de arrastar Toby para o carro. O fone ficou pendurado, e as felicitações de Graham não foram ouvidas.

Então, eles partiram para Vegas no carro de Toby. Uma mera viagem de três dias. Passaram na casa de Sonya e conseguiram um traje para as núpcias – um vestido emprestado de estampa de leopardo com sapatos vermelhos de salto alto de grife – e um brinco de ouro em formato de argola na caixa de joias de Margot que serviu como aliança para Toby. Comida? Estoque para a longa viagem? Não seja tolo. Eles estavam apaixonados – do que mais precisavam?

O sol estava começando a se esconder detrás dos montes distantes quando Nan apareceu atrás do carro de Toby.

– Por quê? Oi, Nan – falei. – Afinal de contas, você veio me dizer que devo evitar que eles se unam? – Eu ainda estava um pouco magoada com o nosso último encontro. Ela olhou fixamente para frente, com uma expressão de preocupação.

– O que houve?

Ela se inclinou na minha direção sem tirar os olhos da paisagem que escurecia do lado de fora.

– Margot e Toby estão dirigindo bem para o centro da Casa-Polo.

Pisquei.

– O que é uma Casa-Polo?
– É uma reunião de demônios. Essa Casa-Polo em particular é bem grande. Eles saberão que Toby e Margot estão viajando para se casar e tentarão evitar isso.
– Por quê?
Ela olhou para mim.
– Casamento é igual a amor e família. É ao que os demônios mais se opõem, além da própria vida.
Segui seu olhar fixo para fora da janela. Nada além do cintilar laranja de um sol fugidio, o brilho dos faróis passando do outro lado da estrada.
– Talvez já tenhamos passado por ela.
Nan balançou a cabeça negativamente e continuou fixando o olhar do lado de fora ansiosamente.
De repente, o carro chacoalhou de um lado a outro, derrapando de maneira brusca pela estrada. Agarrei as costas do assento de Toby, impulsionando-me para frente para proteger Margot.
– Ainda não – disse Nan calmamente.
O carro inclinou-se com força para a esquerda e, por um instante, pensei que fôssemos capotar completamente ou bater nos carros que vinham na direção contrária. Senti Nan agarrar a minha mão.
– O que fazemos? – berrei.
– Agora! – gritou Nan, agarrando meu braço e, logo depois, estávamos do lado de fora com Gaia, segurando-se no capô enquanto este trovejava estrada abaixo, puxando o carro com força para o lado certo da mão. Buzinas de carros soaram adiante. Vários carros desviaram na direção da vala. Toby lutou com o volante e arrastou o carro para fora do caminho dos faróis brilhantes de um caminhão.
O carro consertou seu curso, e Toby o guiou até um ponto de ônibus na estrada de terra perto de uma placa que dizia "Seja bem-vindo a Nevada". O motor pedia uma parada, e eu tentei recompor meus sentidos. Pude ouvir Margot e Toby rindo no carro.

– Nossa, isso foi assustador!
– Vou checar o capô.
Vozes do banco da frente. Empolgadas. Nervosas.
Nan começara a andar na direção da beira da campina amarela, emoldurada pelo sol. Mantive a mão levantada para proteger meus olhos e me estiquei para ver o que ela estava olhando.
– O que você vê?
Nenhuma resposta. Olhei ao redor. Atrás dos contornos dos morros cor de púrpura, pude ver vultos começando a andar na minha direção. Comecei a andar na direção deles com um braço levantado, pronta para enviar a minha luz mais brilhante. Então, eu os vi. No início, achei que fosse uma sucursal do Inferno. Tão brilhante que eu tive que desviar o olhar. Centenas ou mais de seres dourados e reluzentes, muito mais altos que eu, asas feitas de fogo. Fui me virar e chamar por Nan, mas ela já estava ao meu lado.
– Arcanjos – ela disse. – Apenas mostrando que estão aqui.
– Sim. Mas por que estão aqui?
– Você não sentiu? Olhe para as suas asas.
Dobrando-se a minha volta, de forma que a água cruzasse meu peito e fluísse em direção aos pés, minhas asas estavam cheias e escuras, como o transbordamento de um reservatório. Senti, então, tão intenso e amedrontador como chegar ao precipício do inferno: estávamos sendo caçados.
Toby largou o capô para fechá-lo e limpou as mãos em um pano.
– Não tema, jovem donzela, está tudo bem – recitou para Margot, que estava com a cabeça pendurada para fora da janela do passageiro, dando risadinhas. Ele pulou para dentro do carro e deu partida no motor.
Ameacei voltar para o carro, mas Nan me segurou.
– Veja. – Ela apontou para o carro.
Vi uma fumaça preta surgir, depois urrar debaixo do capô, e me perguntei por que Toby não desligava o motor para verificar o que estava acontecendo. Em vez disso, o carro partiu tranquilamente,

e a fumaça continuou enroscando-se a partir do capô para cima e sobre o teto, descendo para a mala, até que envolveu o carro por inteiro como uma pele, ou uma barreira – quase como a que vi em volta de Toby.

Então, um rosto no meio da fumaça.

Grogor.

Disparei atrás do carro e pulei sobre o capô, depois sobre o teto. Os últimos feixes de luz do sol se dissolveram no horizonte, deixando-me na sombra naquele momento, incapacitada de ver o volume de fumaça que crescia em volta dos meus pés. Longe, atrás de mim, Nan ergueu uma bola de luz em cima da cabeça. Começou a voar na minha direção, ficando mais brilhante conforme se aproximava. Olhei para baixo e vi a fumaça se dividindo em círculos ao meu redor, mas continuou a engrossar-se por todo lugar, erguendo-se firmemente como um banco de lama.

– Ruth! – Nan berrou a distância.

Imediatamente, um muro de fumaça preta ergueu-se sobre mim como um maremoto. Quando a bola de luz me atingiu e pairou bem em cima da minha cabeça, pude ver que não era fumaça – eram centenas de mãos pretas como carvão, tentando me alcançar.

– Nan! – gritei.

Minhas asas estavam pulsando. O maremoto explodiu em cima de mim com a força de uma avalanche.

Quando voltei a mim, estava caída no acostamento da autoestrada, incapaz de me mexer. Estiquei-me para procurar por Nan. Virei a cabeça e vi, bem ali entre carros e caminhões no meio da estrada, uma guerra. Centenas de demônios estavam atacando os arcanjos que tinha visto no deserto, atirando enormes pedras de fogo e flechas incandescentes, que os arcanjos faziam desviar com espadas. De vez em quando, via um arcanjo cair no chão e desaparecer. *Eles estão morrendo? Como isso pode acontecer?*

Pude ouvir alguém vindo atrás de mim. Tentei me levantar.

– Nan – gritei, mas assim que o fiz, soube que não era Nan. Era Grogor.
Os passos cessaram ao lado da minha cabeça. Girei-a e olhei para cima. Em cima de mim, não havia duas pernas feitas de fumaça, não havia um rosto com um buraco explodido por uma arma no lugar da boca, mas um ser humano de verdade. Um homem alto e maligno em um paletó preto. Deu um leve chute nas minhas pernas para verificar se eu estava imobilizada. Em seguida, agachou-se do lado da minha cabeça.
– Por que você não se junta ao time vencedor?
– Por que você não vira um padre? – retruquei. Ele deu um sorriso forçado.
– Você realmente quer terminar assim? – Ele olhou para o arcanjo que levou uma bola de fogo bem no peito. Assisti, impressionada e horrorizada, enquanto caía no chão e desaparecia em uma explosão de luz.
– Como se não fosse ruim o bastante vocês todos ficarem por aí, vendo os humanos bagunçarem tudo – ele continuou, em tom de desaprovação. – Mas eu já entendi qual é a de vocês, Ruth. Vocês prefeririam mudar as coisas, melhorá-las. E por que não?
De repente, senti minhas asas pulsando dentro de mim, a corrente fluindo de fora para dentro. E na corrente, uma mensagem, uma voz na minha cabeça: *Levante-se*.
Assim que consegui ficar de pé, uma explosão de luz vermelha e um tremor forte vibrando no chão embaixo de mim, como se uma bomba tivesse explodido dentro da terra. Olhei para cima e vi os arcanjos cercando os demônios, suas espadas uniformemente apontadas para o céu. Em seguida, caindo das nuvens, uma enorme explosão de fogo estilhaçando todos os demônios em uma grossa nuvem de pó. Quando olhei novamente, Grogor havia sumido.
Através da bola de fogo, Nan correu em minha direção. Segurou a minha mão e veio em meu socorro.
– Você está bem? – perguntou.
– Achei que eles não pudessem nos machucar.

Ela olhou atentamente para mim.

– Claro que podem nos machucar, Ruth. Por que você acha que temos que nos defender?

– Achei que você tivesse dito que eu não tinha nada a temer. Tirou a poeira do meu vestido.

– O que Grogor disse a você?

Balancei a cabeça. Não queria repetir, admitir que o que ele dissera era verdade. Nan levantou uma sobrancelha.

– Você não pode se permitir sentir culpa, dúvida, medo ou qualquer uma das emoções impeditivas que sentia quando humana. Você é um *anjo*. Você tem Deus atrás de você e o paraíso à sua frente.

– É o que você sempre diz.

O amanhecer despontava sobre as colinas. Os outros anjos olharam para ela e começaram a desaparecer no céu rosado.

– O pior já passou – disse Nan. – Encontre Margot. Irei visitá-la muito em breve.

Ela se virou em direção às colinas.

– Espere – falei. Ela se virou.

– Estou apaixonada por Toby – eu disse. – E se não encontrar uma forma de mudar as coisas, nunca mais o verei. Por favor, me ajude, Nan.

Eu estava implorando agora. Desesperada.

– Sinto muito, Ruth. Mas é como eu lhe falei. Você já teve uma vida para fazer todas as suas escolhas. Esta vida não é para refazê-las. É para ajudar Margot a fazê-las.

– Então é isso? – gritei. – Eu só fico com uma chance? Pensei que Deus costumasse dar segundas chances!

Mas ela já fora embora, e eu estava sozinha no meio da Route 76, olhando para o céu, olhando para Deus.

– Quer dizer que você me ama, né? – berrei. – É assim que demonstra?

Nada, mas de repente, a chuva caindo vagarosamente, o som do vento que soou como um *shhhhhh*.

17

Uma semente

Cheguei a Vegas não muito depois. Gaia tentou me deixar a par dos detalhes do casamento, mas – com muita raiva, admito – disse para ela não se incomodar. Eu me lembrava nitidamente. O letreiro de neon quebrado da capela em forma de coração rachado, como um mau presságio. As flores de plástico cafonas e a música de elevador gorjeando de um órgão elétrico no saguão, a peruca do escrivão ondulando com o ar-condicionado como uma asa de pássaro morto, Toby rindo enquanto falava os seus votos. Eu hesitando ao dizer "sim", querendo, na verdade, perguntar como funcionava o casamento, como você sabia se esta era a pessoa certa ou não. Como era se sentir apaixonada de verdade por alguém em vez de, como eu estive tantas vezes, mergulhada até o pescoço em uma necessidade profunda de ser atestada como inútil. E me lembrei de que talvez aquela não fosse a melhor hora para este tipo de discussão, que talvez eu devesse ater-me ao simples "sim", e nós viveríamos felizes para sempre. É claro.

A lua de mel aconteceu uma semana depois. Usando todas as suas economias, eles compraram dois bilhetes de ida e volta para Newcastle upon Tyne, no Nordeste da Inglaterra. Margot correu pelo pequeno terminal, arrastando Toby atrás de si, ansiosa para ver Graham pela primeira vez em três anos.

Foram até as portas de saída, mas nenhum sinal de Graham.

– Você acha que ele pode ter se esquecido? – Toby perguntou.

– Talvez seja melhor pegarmos um táxi ali.

Margot balançou a cabeça e explorou o aeroporto ansiosamente.

— É claro que ele não se esqueceu. Ele não tem cinquenta filhas, sabe?

Toby concordou e sentou em cima da mala.

Quando vi a figura escura surgir no outro lado do terminal, inclinei-me na direção de Margot e falei, penosamente:

— Ele está aqui.

Ela se virou e olhou para a figura perto da porta.

— É ele? — perguntou Toby, seguindo o olhar dela.

— Não. Aquele cara é muito magro. E ele está com uma bengala. Papai estaria correndo para cá agora.

A figura ficou parada por um momento, observando-a. Em seguida, muito devagar, um homem surgiu das sombras para revelar-se, a cada passo manco, como um Graham muito esquelético e velho.

Por um momento, Margot tentou conciliar a imagem do homem que andava vagarosamente na sua direção com o retrato de papai na sua mente. Lembrei-me desse momento de forma tão clara e dolorosa que não aguentei ficar olhando, já que o que surgia diante de Margot era uma série de substituições assustadoras — a barriga de Papai Noel, os ombros largos e as mãos gorduchas de açougueiro tinham sido substituídas enquanto ela estava fora por uma versão de Graham que dava a entender que ele acabara de cruzar o deserto do Saara. O monte de cabelo preto era agora um punhado de grama, suas bochechas redondas e vermelhas estavam afundadas nos ossos do rosto, e seus olhos — o mais chocante de tudo — estavam sem vida ou defesa.

— Papai? — sussurrou Margot, ainda parada no mesmo lugar.

Toby leu o pânico em sua voz. Olhou de Margot para o homem arrastando os pés na direção deles com os braços imprecisamente para frente, e se adiantou.

— Graham, suponho? — falou animado, alcançando a mão mole de Graham, conseguindo pegá-lo bem no instante em que errou um passo e cambaleou na direção dos braços de Toby.

Margot ergueu as duas mãos sobre o rosto. *Calma*, falei. *Recomponha-se, querida. A última coisa que o papai precisa agora é que você comece com as lágrimas.* E sim, essas foram palavras valentes, porque eu também estava horrorizada com a visão dele, não por sua forma física, mas por sua aura: a luz em volta do seu coração estava estilhaçada em dúzias de fios de luz que se curvavam e pulsavam debilmente, como pequenos sangramentos de um ferimento não curado. Acima da sua cabeça, a explosão enérgica da sua inteligência e criatividade eram fusíveis úmidos, espreguiçando-se devagar como que em meio a um nevoeiro.

Conforme o esperado, Graham deu um tapinha nas costas de Toby como um ato de aprovação antes de tirá-lo do caminho para chegar a Margot. Lágrimas umedecendo-lhe o rosto, ela apertou o rosto contra o ombro dele e lhe deu um abraço apertado.

– Papai – ela sussurrou, sentindo o cheiro dele.

Graham não respondeu. Ele estava chorando no cabelo dela.

Na casa de Graham, Margot foi direto tirar o atraso do fuso horário enquanto Toby analisava os romances estendendo-se pelas prateleiras com o nome Lewis Sharpe e a foto de Graham. Gaia, eu, Bonnie e os dois homens sentados em volta da lareira flamejante. Por um momento, silêncio. Depois, Graham:

– Então, como você fez com que ela dissesse "sim"?

Toby tossiu com as mãos na boca.

– Ah, o pedido. Eu apareci com a aliança, como uma forma de convencimento, é claro, e fiz a pergunta das perguntas...

Graham deu um pequeno sorriso. Inclinou-se para frente, descansando os cotovelos nos joelhos. Percebi que sua boca caía um pouco para a direita.

– Não, o que quero dizer é, trata-se de Margot. Mais fácil laçar um beija-flor do que tornar Margot uma senhora, é o que a minha esposa costumava dizer. Margot sempre foi um pônei selvagem. O que mudou?

Levou alguns momentos para Toby levar em conta o que Graham estava dizendo. Olhei para as fotos de Margot e Irina na lareira e fiquei triste. Não sabia que era assim que meu pai me via.

– Bem, senhor – Toby disse, coçando a barba. – Sei que Margot pode ser compreendida assim. Você acertou em cheio. Mas, lá no fundo, acho que ela quer isso mais do que tudo no mundo. Ela parece ser leviana e descompromissada porque sua vida lhe ensinou que compromisso significa dor.

Graham assentiu. Vagarosamente, ele inclinou-se na direção da garrafa de uísque sobre a mesa de centro na frente dele e serviu um drinque para os dois.

– Você precisa saber uma coisa – falou calmamente.

Alerta para o tom de voz de Graham, Toby sentou-se em frente a ele e assentiu.

Graham secou os óculos, colocou-os na mesa do centro com muito barulho e olhou para Toby.

– Estou morrendo – disse.

Uma pausa longa enquanto a gravidade daquelas palavras calava fundo.

– Estou... isso... Sinto muito mesmo, senhor.

Graham balançou as mãos devagar de um lado para o outro como bandeiras de rendição.

– Não é isso que você precisa saber. Isso é só o prelúdio.

Limpou a garganta.

– Estou morrendo, e está tudo bem por mim. Tenho uma esposa em algum lugar por aí. Estou ansioso para vê-la novamente. Mas, sabe...

Foi para a ponta da cadeira, na direção de Toby, tão perto que Toby pôde ver o fogo da lareira dançar nos olhos do velho.

– Não posso morrer até que saiba que cuidará de Margot para mim.

Toby inclinou-se para trás e leu a angústia no rosto de Graham. Agora, tudo estava muito claro. Coçou a barba e sorriu. Por um momento, o peso da notícia de Graham foi levantado por uma impressionante sensação de felicidade. Ele estava feliz por Graham se preocupar tanto. Ele estava feliz por perceber que Graham confiava a ele algo tão precioso como a sua única filha.

Finalmente, deu a única resposta que podia garantir.

– Nunca a deixarei, eu prometo.

O fogo estava apagando. Sorrindo com a escolha de palavras de Toby, Graham recostou na cadeira e imediatamente pegou no sono.

Mais tarde, enquanto Toby estava deitado na cama ao lado de Margot, ainda no horário de Nova York, ele ficou vendo-a dormir e pensou no pedido de Graham. Esfregou o rosto, já construindo uma forma de contar a ela. Então, pensou no que Graham dissera sobre ela. *Mais fácil laçar um beija-flor do que tornar Margot uma senhora.* Deu risadinhas para si mesmo. Em seguida, do nada, a barreira de gelo se formou ao redor dele. Gaia e eu nos entreolhamos. A barreira era mais espessa do que já tínhamos visto, dura e opaca. Continuamos observando enquanto Toby olhava fixamente para Margot, e eu me dei conta: ele assumira um grande risco casando-se comigo. O medo grande e paralisador de Toby estava me perdendo, não só por causa da promessa que fizera a Graham. Eu sempre soube que ele perdera a mãe muito jovem, mas agora via que essa perda preenchia cada canto da sua vida. Estava escrita em todas as suas crenças, suas visões de mundo. E se Margot o deixasse? E se tudo acabasse? Como seria?

O meu foco a partir daquele momento era fazer isso dar certo. Cantaria a Música das Almas a cada minuto de cada dia, se precisasse. Sussurraria todos os pontos bons de Toby no ouvido dela, lhe ensinaria o que precisava fazer para transformar o seu casamento em um paraíso em vez de um purgatório.

Mas quem eu estava enganando? Como eu sabia o que fazer para dar certo?

* * *

Uma semana depois, era hora de partir. Margot relutante e chorosamente despediu-se de papai não no aeroporto, mas na porta da casa dele. Aqui, ele não parecia diminuído pelo tumulto e barulho do mundo lá fora; em casa, ele parecia menos acabado, vivificado pelo ambiente imutável da lareira, fotos da mamãe, a presença letárgica de Gin encolhido no canto.

Quando Margot e Toby chegaram de volta a Nova York, no entanto, foram pegos por algumas surpresas:

A candidatura de Toby a um cargo fixo na Universidade de Nova York fora negada, e suas aulas, canceladas. Ele não era mais necessário.

O seu apartamento na cafeteria 24 horas estava sendo transformado em uma extensão da cafeteria. O que tinha sido uma sala de estar, agora estava cheio de mesas de jantar e cardápios. Os pertences de Toby tinham sido jogados em caixas de papelão e guardados na cozinha ao lado do congelador de carnes, de forma que todos os seus livros e cadernos fediam a vaca morta.

Eles tinham duas opções: ir morar com Bob ou ir morar com Sonya. Esta oferecera o andar de cima da sua casa até que Toby encontrasse trabalho. Eles passaram todas as coisas de Toby para a casa de Sonya e, nas primeiras poucas noites, o lugar foi bastante aconchegante. Sonya ficou fora do caminho deles. Margot continuou como garçonete no pub irlandês, guardando dinheiro secretamente para outra viagem a Londres. Toby ficava acordado até madrugada, bebendo na varanda, assistindo às pessoas das casas da frente, lutando com o pior de todos os acontecimentos recentes: estava com bloqueio para escrever.

O jovem pegou Margot quando ela voltava para casa. Ela havia largado a Universidade de Nova York recentemente – estava tirando um ano de "folga", dizia a todo mundo, inclusive a si mesma – e estava trabalhando sete dias por semana para dar uma entrada em um apartamento. Mas estava se sentindo sozinha, com saudades de casa e depressiva. Toby estava tentando terminar o seu romance – uma obra literária sobre um herói trágico que ironicamente fracassa em superar o seu medo do fracasso, escrito como uma série de cartas – enquanto procurava trabalho. Ele até tentou um estaleiro. Os caras de macacões sujos deram uma olhada nele e o mandaram meter o pé. Eles não precisavam de um cara que soubesse escrever um ensaio. Precisavam de alguém que pudesse carregar quarenta quilos de carvão de um lado para o outro umas cem vezes ao dia.

Foi por isso que a chegada do jovem pareceu – não, *era* – bem apropriada a Luciana e Pui. Ah, sim, elas ainda estavam por lá, apesar de Sonya ter se convertido recentemente à religião e à vida saudável. Ela agora era budista e vegetariana. Apesar de sua irritante compulsão para converter todos ao seu redor (você sabia que leite realmente causa câncer?), ela estava mais saudável, feliz, e era mais agradável conviver com ela. Também era uma influência muito melhor para Margot. Quase me esqueci do rancor que tive dela por muitos e muitos anos. O rancor que estava começando a se enraizar em Margot.

A semente do rancor estava no bolso do jovem. Uma amostra, ele disse, da coisa que costumava vender a Sonya. Se Margot gostasse daquilo, se funcionasse para ela, ele poderia voltar na semana seguinte e vender-lhe mais com desconto. Margot olhou para ele de cima a baixo. Ele não tinha mais que dezessete anos. Não havia sinal de malícia nele – uma história bem diferente de onde eu estava, pode acreditar – e, de fato, ele era bem agradável.

– Como se chama? – ela perguntou. – A coisa.

Ele sorriu.

– Dietilamida de ácido lisérgico – respondeu –, normalmente chamada de pílula da felicidade.

Com isso, disse adeus a ela.

Espremi as mãos e me esforcei para lembrar desse momento. O problema das drogas é que elas tendem a congelar a mente. Finalmente, fiz uma prece e falei com ela muito seriamente.

– Margot – falei. – Essa coisa é *tóxica*. Você não quer colocar isso no seu corpo. Irá arruinar a sua vida.

A sabedoria é manchada pelos seus clichês necessários.

Ela não me ouviu. Então, quando o rapaz apareceu na semana seguinte, e na semana depois, e na outra, Margot comprou mais e mais de suas sementes, e elas se enraizaram, e floresceram como flores horrorosas.

O livro de Toby estava quase terminado. O seu bloqueio para escrever estava tão curado que praticamente o aprisionou no pequeno cômodo ao lado do seu quarto e de Margot por dias e noites, datilografando na máquina de escrever de Graham. Até agora, ele não tinha percebido nenhuma mudança em Margot. Escreveu a palavra "Fim" – uma tradição dele, embora o seu editor sempre a retirasse –, em seguida, levantou-se da cadeira e socou o ar. Destrancou as portas e anunciou:

– Margot? Margot, meu amor! Terminei! Vamos comer!

Ele a encontrou andando pela sala de estar, puxando os livros da estante e deixando-os cair no chão, tirando almofadas do sofá, pegando sapatos e os virando de cabeça para baixo como se houvesse algo guardado dentro deles. Ao redor dela, uma nevasca de penas brancas do colchão que ela havia retalhado.

– Margot?

Ela o ignorou e continuou procurando.

– Margot, o que houve? Margot! – Ele a agarrou pelos ombros e a olhou nos olhos. – Querida, o que você perdeu?

A sua mente, eu queria dizer, mas essa não era hora para piadas. Toby não podia entender – ele nunca tinha passado de um cigarro de maconha – mas ela estava com abstinência de um vício que eu sabia, muito bem, que levaria anos para acabar. E era assim que parecia. Parecido com o fio do destino que vi tecer-se com Una e Ben, o vício de Margot enroscava-se apertado em volta do seu coração, depois ia para fora até que cada um de seus órgãos, artérias e hemácias estivessem envolvidos pela necessidade.

Margot encarou Toby sem qualquer expressão.

— Tire as mãos de mim.
Ele a largou e olhou para ela, intrigado e magoado.
— Olhe, me diga o que perdeu que encontraremos juntos.
— Não, você não pode. Ele está vindo.
Uma pausa.
— Quem está vindo?
— Não sei o seu nome.
— Por que essa pessoa está vindo? Ele está vindo para cá?
Margot?
Tentou agarrá-la novamente, mas ela o empurrou e correu escada a baixo. Toby, Gaia e eu a seguimos.
Sonya estava na cozinha, bebendo sopa de missô e lendo. Margot caminhou na direção dela, sua mão estendida.
— Preciso de cem dólares. — Uma boa quantia na década de 1980.
Sonya a encarou. Passou pela sua cabeça que aquilo pudesse ser algum tipo de brincadeira. Então, viu os olhos de Margot, o suor escorrendo do seu rosto, a mão trêmula. Colocou a sopa de lado e ficou de pé.
— Margie, o que você tomou, querida? Você não é assim...
Toby interrompeu.
— Acho que ela está doente. Não está tendo um andaço de febre amarela?
Sonya levantou uma mão para calá-lo.
— Não é febre amarela, queridos.
— Queridos? — Margot.
Paranoia estava batendo com força. Ela olhou de Toby para Sonya. Eles a estavam impedindo de ter o que queria. Eles estavam agindo juntos. Eles a queriam fora. Não, espere. Eles eram amantes.
— Você dormiu com ela? — Margot para Toby.
— Precisamos levá-la a um médico, e rápido. — Sonya para Toby.
— Alguém pode me dizer o que está acontecendo aqui? — Toby para o ar.

Uma batida na porta. Ah, o senhor traficante de dezesseis anos. Pode entrar.

Sonya cruzou a sala de estar e abriu a porta. Reconheceu-o imediatamente.

– Patrick?

– Ei. – Olhou de Sonya para Margot.

– Falei para vocês que eu não... você veio aqui para falar com Margot?

Patrick pensou a respeito.

– Hum, não?

Toby largou Margot e se aproximou de Sonya.

– Quem é esse cara? O que ele quer com Margot?

Patrick estava com algo na mão.

– Deixe-me ver isso! – Sonya gritou e, antes que ele pudesse enfiar o objeto de volta no bolso, Toby avançou e arrancou-o da mão dele.

Um medalhão dourado.

– Isso é para Margot? – Toby perguntou calmamente.

Olhou para trás na direção de Margot, sua respiração acelerando, a barreira de gelo se formando ao seu redor.

– Não, é meu – disse Sonya, pegando o medalhão dele. – Veja.

Ela o abriu para mostrar duas fotos miniaturas de seus pais.

– Por que você está com isso, Patrick? Você roubou de mim?

Patrick gaguejou.

– Vale menos do que ela disse – falou, apontando para Margot. E, em seguida, fugiu.

Ah sim, o meu melhor momento. É claro, não tinha nenhuma lembrança disso. Eu estava no outro extremo da realidade. Margot estava fazendo um círculo exato com seus passos em volta do tapete de pele de urso que ficava em frente à lareira, batendo as mãos e chorando. Toby se aproximou dela.

– Querida? Margot?

Ela parou de andar e olhou para ele.

– Desculpe, meu bem. Eu sou a causa disso. Tenho passado muito tempo no meu livro estúpido...
Gentilmente, levantou as mãos e segurou o rosto dela, seus olhos enchendo-se de lágrimas.
– Vou consertar isso, prometo.
Inclinou-se para beijá-la. Ela empurrou o rosto dele para longe rudemente e andou em direção a Sonya.
– Você não pode sair por aí dormindo com o marido dos outros! – berrou, levantando a mão no ar e atingindo o rosto de Sonya com força.
Sonya cambaleou para trás, com a mão no rosto. Examinou seus lábios: sangue fresco onde o anel de casamento de Margot tinha batido.
– Quero você e suas coisas fora daqui.
Deu uma olhada para Toby. Ele assentiu.
– Deixe-me levá-la a um médico antes.
E, em seguida, Luciana e Pui, surgindo dos cantos do cômodo e envolvendo Margot como lobos. Sussurraram para ela, suaves como gatinhos:
– Ele sempre preferiu Sonya a você. Não foi essa a única razão pela qual ele se casou com você? Para ficar perto de Sonya. Linda e divertida Sonya. Nenhum pouco parecida com você.
Por um momento, considerei lutar com os dois, mas, então, uma sensação familiar nas minhas asas, uma voz carregada nas suas correntes para dentro da minha cabeça: *ponha as mãos na cabeça dela e pense em Toby*. E, assim, fiquei bem em frente a Margot, pus minha mão na sua testa e enchi-a com cada boa lembrança dela e de Toby, da noite em que eles remaram Hudson acima, da viagem de carro para Vegas, das promessas que ele sempre seria fiel a ela, do sentimento, bem no fundo do seu coração, de que ele sempre o seria.
Ela mergulhou de joelhos no chão, enxugando lágrimas vazias e secas.
Sonya vasculhou a cozinha e voltou momentos depois com um copo de água e um Xanax.

— Dê isso a ela — ela disse a Toby.
— Não — ele berrou. — Nada de drogas.
Entregou na mão dele.
— Irei colocá-la para dormir enquanto tenta resolver isso. Parece que ela não dorme há dias.
Ela estava certa. Margot não havia dormido. E Toby não tinha percebido.
Relutantemente, deu a pílula a Margot.
É a pílula da felicidade, Toby? É, Margot, é a pílula da felicidade. OK, Toby. Beba a água também, Margot. OK.

Logo depois, ela estava enroscada no sofá, dormindo.
Sonya veio da cozinha e entregou a Toby uma xícara de café.
— Desculpe, Tobes, mas não vou deixá-la pegar as minhas coisas de jeito nenhum. Isso era da minha mãe.
Mostrou o medalhão.
Toby afundou-se ao lado de Margot e chorou em silêncio enquanto Sonya explicava os efeitos da droga, o que ele precisava fazer a partir desse ponto, como eles podiam ajudá-la a se livrar dessa coisa. E pensei, pela primeira vez em décadas: ela era uma amiga de verdade. A mais verdadeira de todas as minhas amigas.
E não a culpo por ter mantido sua palavra e insistido para que Toby e Margot se mudassem, uma vez que Margot passou duas semanas na cama, duas semanas sem drogas. Prometeu continuar amiga. Ela até os ajudou a mudar todas as coisas para a casa nova na Décima Avenida.

O retorno dessa triste queda foi como escalar sem corda uma face íngreme de um penhasco. Margot se recusou a procurar ajuda. Em vez disso, retomou hábitos antigos: na cama, com a porta trancada, cercada de livros, água e travesseiros, nos quais ela berrava quando a mão do vício apertava. Serenamente, Toby iniciou a rotina de refis regulares de café e atualizações rápidas e rasteiras sobre o mundo lá fora. *Pat Tabler acabara de ser negociado, saindo do Yankees e indo para os Cubs. Reagan indicou a primeira mulher para a Corte Suprema de Justiça hoje. Simon and Garfunkel acabaram de dar um concerto de graça no Central Park. Não, eu não fui.* Quis me certificar de que tinha café suficiente para você.

À medida que ela começou a se aventurar fora do quarto e fora do seu vício, Toby encontrou um emprego na escola de ensino médio local. A pedido de Gaia, colocou Margot para trabalhar na edição de seu novo livro antes que enviasse para os editores, e ela foi bem-sucedida nessa chance de mergulhar nos livros novamente. Assim como eu. Ver o rascunho do primeiro livro de Toby – que, posso lhe contar, vendeu a sua primeira tiragem em dois meses – era um verdadeiro banquete. Li junto com ela, fazendo sugestões, aguçando seu olho editorial, fazendo com que questionasse cada cena, cada personagem. Pela primeira vez em muito tempo, ela escutou.

E, então, uma manhã que reconheci. Estudantes correndo pela rua com cabeças de abóbora e máscaras de fantasma. A leve mudança para o outono recolhendo a escadaria externa. *Você está grávida,* falei a Margot. *Não, não estou,* ela pensou. *Bem, então faça um teste,* falei. *Você vai ver. Você vai ver.*

18

Mensagens na água

Acho que é como dizem: a maternidade é melhor na segunda vez.

Ou talvez eu só estivesse pronta para ela desta vez. Não sei. Mas à medida que assisti àquele pequeno grão de luz bem dentro dela, queria que seu coração começasse a produzir o seu código Morse, seu ritmo ansioso de ser. Assisti, meu próprio coração na boca, quando várias vezes o corpo de Margot ameaçou afogar a suave melodia dessa nova vida com vírus, toxinas, ondas hormonais. Mas a luz se agarrava lá dentro, como uma pessoa agarrada a um mastro submerso balançando durante uma tempestade vermelha.

Ela contou para Toby. Gaia gritou e pulou no ar – não contei a ela só para ver essa reação – e Toby deu um passo para trás, lendo a decepção no rosto de Margot, lutando para conter a sua empolgação.

– Um bebê? Nossa, é pesado. É... quero dizer, é maravilhoso. Não é?

Margot deu de ombros e cruzou os braços. Toby a pegou pelos ombros e a puxou para perto.

– Querida, está tudo bem. Não temos que ficar com o bebê se você não quiser...

Ela o empurrou.

– Sabia que você nunca ia querer um filho meu...

Projeções dos seus próprios sentimentos. Fiquei longe da claridade do sol, escondendo-me na sombra.

– Já tentei me livrar dele – ela suspirou, seus olhos cheios d'água. Mentira. Ela o estava testando.

O rosto de Toby murchou. Uma longa pausa. Um olhar fixo e sério. Foi aqui que começou o desmoronamento, pensei.

– Você tentou?

– Ã há. Eu... tentei me jogar da escada. Não funcionou.

Mais mentira. Ela colocou as mãos em torno do corpo.

Alívio e raiva passaram pelo rosto de Toby. Ele fechou os olhos. Gaia colocou as mãos ao redor dele e falou: ela precisa saber que você não irá abandoná-la.

Ele a deixou caminhar até a janela, seus braços caindo soltos na lateral do corpo.

– Não a deixarei, Margot. Este é o nosso bebê.

E, então, com menos convicção:

– Este é o nosso casamento.

Muito hesitante, se aproximou dela. Como ela não fugiu, abraçou-a por trás, pressionando a palma das mãos contra o estômago dela.

– Este é o nosso bebê – falou suavemente, e ela sorriu e se virou vagarosamente, recebendo o seu abraço.

Passei a gravidez de Margot me lembrando com dolorosa clareza de todas as coisas que eu fizera para tentar fugir da realidade, oscilando entre vergonha e empolgação. Vergonha da maconha que ela fumou na casa de Sonya enquanto Toby estava trabalhando, vergonha das mentiras que ela contaria ("isso não é ruim para o bebê, Margie?" "De jeito nenhum. Se eu estou relaxada, o bebê absorve mais vitaminas" etc.). Vergonha dos efeitos das drogas que assistiria descer dentro dela até a luz vacilante. Vergonha dos pensamentos que ela teria ("talvez eu deva tentar cair da escada, talvez eu tenha sorte e o perca" etc.). E, então, aos poucos, ela foi ficando empolgada, assim como eu. Compartilhamos empolgação com as sombras do rosto de Theo esculpindo a luz no útero de Margot, empolgação com a surpresa de Margot ao ver um pé apoiar-se na parede do seu útero, sua repentina e completa conscientização de que um bebê de verdade estava dentro dela, de que isso era real.

Luciana e Pui tinham passado a morar no peitoril da janela do apartamento de Toby e Margot.

– Querem arranjar encrenca, é?

Gritei para eles, e eles olharam de cara feia e chamaram Margot, seduzindo-a a passar na casa de Sonya, a dar um pouco mais de vitamina para o bebê. E, então, fiz Theo chutar, e Margot decidiu que não queria visitar Sonya. Ela decidiu que queria caminhar pelo Inwood Hill Park para pegar ar fresco e ver uma vista diferente. E foi o que fez, todos os dias.

Reconheci a velha porta marrom do apartamento à frente, longas faixas de tinta velha encaracolando-se da base. Margot notou jornais e garrafas de leite se acumulando do lado de fora. Tinha quase certeza de que alguém vivia ali. Às vezes, a luz da sala de estar acendia de madrugada, mas, pela manhã, tinha sido apagada. As cortinas estavam sempre puxadas. Em um bairro como esse, os vizinhos eram reservados. Margot hesitou. Será que ela devia ir verificar? *Sim*, falei para ela. Ela olhou para baixo, para a sua barriga de grávida. *Está tudo bem*, criança, falei. *Nada vai machucar você. Continue, vá.*

A porta da frente estava levemente aberta. Mesmo assim, ela tomou a precaução de dar uma batida. Nenhuma resposta.

– Olá? – chamou. – Abriu a porta um pouco mais, as pontas dos dedos encontrando poeira. – Tem alguém em casa?

O cheiro a atingiu como um pano jogado. Lixo, mofo e excremento. Respirou fundo e levantou a mão para cobrir o nariz e a boca. Sim, eu sabia quem vivia aqui, mas não estava mais tão certa de que devia incentivar esse encontro. E, em seguida, mensagens na água fluindo nas minhas costas: *ela é necessária aqui. Mande-a entrar.*

Antes que Margot se convencesse a ir embora, uma voz áspera:

– Quem está aí?

Uma voz de mulher. Uma voz de mulher muito velha e muito doente. Rose Workman. Corri para dentro na frente de Margot pelo quarto escuro e esquecido até a figura no sofá, ansiosa para ver o rosto de Rose, enrugado como uma folha de papel que foi amassado, jogado no lixo e depois esticado de novo, os anéis pesados nos seus dedos longos e compridos como moedas balançando nas articulações dos dedos, cada um com uma história. Histórias que nunca me abandonaram.

A figura no sofá não era Rose Workman. Um homem branco e gordo, nu até a cintura, jogou uma manta e rosnou para mim. Ele era um demônio. Dei um pulo para trás, assustada e confusa.

– Olá? Quem está aí?

A voz de Rose da cozinha, a batidinha da sua bengala, guiando seus pés arrastados pela escuridão. Margot se aproximou muito devagar.

– Oi – ela disse, aliviada e com repulsa. – Sou a vizinha da frente. Só queria dizer um "oi".

Rose levantou os óculos e olhou para Margot. Deu um largo sorriso, mais acolhedor do que voltar ao lar, seus olhos se transformando em fendas negras nas dobras profundas do rosto.

– Entre, criança. Não vem muita gente aqui não, sabe?

Margot a seguiu pela cozinha, notando as paredes vazias e mofadas, a camada de poeira na mesa de jantar podre, o eco do seu salto na tábua oca do assoalho. Quando passou pelo velho no sofá, estremeceu. Queria ir embora. E eu também.

O demônio levantou-se de repente e começou a me seguir. Mais de cem quilos de carne branca despelada com olhos pontudos e olhar sisudo, nu até a cintura. Agigantou-se sobre mim e rosnou, em seguida, me deu um empurrão para trás.

– Você não tem nada para fazer aqui – grunhiu.

Plantei meu pé firme no chão, ficando de olho em Margot e Rose na cozinha, à procura do anjo de Rose. Ele se lançou na minha direção uma segunda vez, mas levantei a mão e dela surgiu uma bola de fogo.

— Encoste em mim de novo e você se transformará em carne de hambúrguer — falei com firmeza.

Ele ergueu uma sobrancelha e deu uma risada debochada. Claramente, respostas inteligentes não eram o seu forte. Torceu a cara e colocou o dedo na minha.

— Não se meta — rugiu.

Em seguida, desmoronou com as costas no sofá e se cobriu com um cobertor. Cambaleei pelo cômodo, aturdida com o encontro, me esforçando para entender por que havia um demônio aqui e nenhum anjo.

Algum tempo depois, Margot voltou da cozinha carregando um prato cheio de biscoitos embalados em papel alumínio. Rose colocou o braço em volta dos seus ombros, contando-lhe a história por trás do anel do seu dedo indicador esquerdo. Tinha a ver com o seu filho mais velho, morto na guerra. Elas se dirigiram para a porta da frente.

— Desculpe, mas preciso correr — disse Margot. — Falei para o meu marido que o encontraria no parque. Mas virei aqui novamente.

— Podes crer — disse Rose, e a dispensou.

E eu fui atrás, desconcertada. Sem anjo? Nan não tinha dito que Deus não deixa nenhum filho sozinho?

Margot visitou Rose no dia seguinte, e no outro dia, e no outro dia, até que estivesse indo e vindo três vezes ao dia. Como um dia eu adorei essas visitas, regozijando-me alegremente do apoio de uma mulher que dera à luz treze vezes, o que, para meu deleite, fez o nascimento e a maternidade soarem mais como um presente do que como um purgatório que eu acreditava que seria, agora eu temia a visão da porta que descamava, as ameaças e insultos vindos do sofá, os ataques constantes.

Finalmente, chamei por Nan. Ela não havia vindo me visitar desde a batalha em Nevada, e entendi que havíamos nos desentendido. Mas eu sentia falta dela. E, acima de tudo, precisava dela.

Poucos minutos depois, ela apareceu ao meu lado. Eu iniciei um discurso de penitência.

— Nan, eu sinto muito — ofeguei. — Sinto muito, sinto muito mesmo.

Ela espantou as minhas desculpas pelo ar, sempre tão seletiva sobre o que queria e não queria ouvir.

— Está tudo bem — ela disse, me puxando para um abraço. — É a sua primeira vez como anjo, ainda tem muito que aprender.

Expliquei a ela a situação com o demônio de Rose.

— Por que não há anjo designado para Rose? — perguntei. — E *quem* é esse morsa vivendo no sofá de Rose?

Ela lançou um olhar de surpresa. Muito sincero.

— Mas... você não... *Margot* é o anjo de Rose.

Como é que é?

Ela riu, então viu a minha cara e ficou séria.

— Você sabe que um ser humano pode ter mais de um anjo da guarda?

Ah, há.

— E você sabe que o anjo da guarda de Rose foi transferido recentemente?

Não. Mas continue.

Ela suspirou.

— Minha querida, você realmente tem que começar a usar isso. — Deu um tapinha nas minhas asas. — Agora mesmo, Margot está sendo um anjo para Rose.

Fiquei olhando para ela. Parecia haver algumas falhas nos detalhes. Como o fato de que Margot era mortal.

Nan deu de ombros.

— E daí? — ela falou. — Não são apenas os mortos que são anjos, querida. Se não, qual seria o objetivo de se ter pais? Ou amigos, irmãos, enfermeiras, médicos...

— ... Entendi — falei, embora não tivesse entendido.

— O seu trabalho agora é protegê-la de Ram.

— O demônio?

– Sim. Você provavelmente já deve ter percebido que ele tem quase o controle de Rose.

Fiquei avaliando. Eu tinha percebido, por algum motivo, que ele conseguira tomar conta da vida de Rose como um marido que ela não conseguia deixar. Mas, pelo que pude ver, ele não a tentava muito. Rose ia à igreja. Não tinha vícios. Não tinha matado ninguém. Ela também não conseguia pisar nas baratas que escapavam com rapidez pelo chão da sua cozinha.

– Olhe com atenção – aconselhou Nan. – Você verá o propósito dele, e a força do seu domínio sobre Rose.

Foi no dia em que Rose contou a Margot a história por trás do anel de ouro absoluto no seu dedo anelar.

– Este anel – ela disse, dando tapinhas nele, pensativa – apareceu na minha vida em uma tarde, quando eu era jovem, não mais que doze anos. Estava na fazenda do meu pai, sabe, colhendo maçãs do pomar perto do celeiro. Estava tão quente que se podia assar uma carne ali mesmo na grama. Até as vacas estavam deitadas de lado, seus barris de água secando como dunas antes que pudessem se arrastar para o outro lado do campo. Sei que não devia, mas não pude evitar. Fui até o rio, tirei a roupa até ficar nua, rezei e deslizei para dentro daquele líquido preto e gelado. Até molhei a cabeça. Ainda posso sentir a água correndo deliciosamente pelo meu cabelo, por entre minhas pernas peladas... Podia ter ficado lá a tarde toda se pudesse segurar o fôlego por mais tempo. Acabou que eu tive que prender o fôlego por mais tempo do que imaginei. No início, achei que o puxão era da correnteza, sabe, puxando-me rio abaixo. Em seguida, senti um calor ao redor do tornozelo, um calor que se transformou em queimação, uma queimação que me fez berrar como um porco no Natal. Quando abri os olhos, o sangue parecia fogo. Além das bolhas e do sangue, pude ver uma cauda comprida. Um crocodilo, comprido como a caçamba de um caminhão. Lembrei do meu pai me contando que seus globos oculares eram vulneráveis, portanto, me inclinei para o focinho dele e enfiei o dedão bem onde ficavam os olhos. Por um segundo, o bicho me largou, e, naquele segundo, balancei as pernas e cheguei à superfície, tempo suficiente para pegar um ar. Mas, em seguida, o crocodilo foi atacar minha outra perna e, dessa vez, me jogou para debaixo d'água. Parecia que eu ia ficar tanto tempo embaixo d'água que concluí que um segundo a mais e eu encontraria Jesus. Mas, bem ali, um homem me puxou para fora d'água e para dentro do calor do dia, para o calor de uma vida nova. Foi ele que me deu esse anel.

Quem sabe se essas histórias eram mesmo verdadeiras? Mas cada vez que Rose as contava, a luz em volta dela brilhava com tanto fulgor que Ram saía do sofá e ia rosnando até a porta dos fundos, como um urso com dor de cabeça.

— Meu primeiro marido, ele me deu isso — disse Rose, sorrindo para uma foto de um homem bonito pendurada na parede e cheia de teia de aranha. — Ele falou: "Nunca pare de contar as suas histórias, conte-as para o *mundo inteiro*." Ele saiu e comprou uma boa caneta e cadernos de couro para mim, e me fez escrevê-las. E eu nunca parei.

— Esses cadernos — disse Margot. — Onde eles estão?

Rose balançou uma mão.

— Ah, não, eu não vou desenterrar isso. São muitos!

Margot levantou um caderno novo de capa dura do chão.

— Esse é o seu último?

Rose mostrou seus dedos tortos.

— É, mas minha mão dói muito. Não consigo mais escrever.

Margot começou a ler em voz alta. Enquanto lia, os pequenos mundos paralelos que apareciam e desapareciam da aura de Rose foram soprados para fora até que preencheram o cômodo por completo. Assisti a uma montagem de imagens passar diante de mim, uma montagem de Rose quando criança, sendo chamada pelos pais para contar histórias para o cara que estava na casa de hóspedes em Louisiana, depois de uma mãe, rabiscando contos ao lado de um berço, e em seguida, de Rose, com a idade que estava agora, porém mais magra, em forma, sentada a uma mesa debaixo das janelas entrecortadas da Low Library na Universidade de Columbia, cercada de homens e mulheres em ternos e vestidos, sorrindo como se posasse para uma foto e, então, de alguém entregando-lhe um certificado. Ao me esticar para lê-lo, fiquei surpresa: o Prêmio Pulitzer para Ficção.

E, em seguida, a visão cortou para um close no mesmo certificado, emoldurado e pendurado na parede da sala de estar de Rose, mas não era a sala em que ela estava sentada: a da visão era três vezes maior, com uma lareira de mármore, carpetes de fora a fora do cômodo e janelas emoldurando a baía com cortinas de seda cor de marfim. Uma criada se ocupava espanando as infinitas fotografias com molduras de ouro dos amados filhos e netos de Rose e – isso foi o que me fez chorar – as imagens nas fotografias mostravam as graduações de seus filhos, suas fotos no trabalho, um deles apertando as mãos do presidente Reagan. Até onde eu sabia, nenhum dos seus filhos tinha se formado no ensino médio.

A visão se encerrou, e fiquei ali, estupefata e desalentada, até que reparei que Ram voltara.

Margot estava folheando o caderno de Rose.

– Isso é incrível – falou. – Por que não publicou isso?

Então Ram, sentado ao lado de Rose, pegou gentilmente em sua mão:

– Você não é boa o suficiente, Rose.

Rose repetiu, balançando negativamente a cabeça.

– Eu não sou boa o suficiente, criança.

– Livros são para pessoas ricas, não para você.

Rose, como um robô:

– Livros são para pessoas ricas, não para pessoas como eu.

– Isso é besteira – criticou Margot. Ram lançou um olhar para ela. – Isso é lindo. Você escreve como um sonho.

Ram falou mais alto.

– Você não quer saber de dinheiro. Dinheiro transforma pessoas boas em más.

Uma sombra caiu sobre o rosto de Rose. Ela repetiu as palavras de Ram.

Margot parecia confusa.

– É uma pena que pense assim – disse suavemente. Então, uma ideia. Não tive nada a ver com isso.

– Posso levar os seus cadernos para o meu marido ver? Ele é escritor também.

Ram ficou de pé. Abriu sua boca imunda e urrou para Margot. Rose segurou as orelhas como se estivesse tendo um ataque. Margot estendeu a mão para ela.

– Rose, o que houve?

Rose choramingou.

– Vá embora. Por favor.

Margot tentou segurar sua mão, mas Rose rejeitou e cobriu o rosto, chorando.

Margot deu um passo em direção à porta. Ram olhou para o velho ventilador de madeira pendurado em cima dela. Adiantei-me.

– Não ouse – falei.

Ele deu um sorriso falso, em seguida, balançou o ventilador e deu um puxão nele.

– Rápido! – gritei para Margot, antes de me lançar em direção ao peito de Ram e jogá-lo no chão. Pó de gesso empoeirou o piso. Rose uivou. Margot se lançou para pegar o caderno que estava nos joelhos de Rose e correu para fora. Ram se levantou e olhou para mim, suas narinas alargadas. Dobrou os joelhos e ameaçou revidar, mas bem naquele momento, sem avisar, a água nas minhas costas transformou-se em chama. Ram ficou de queixo caído e intimidado, antes de se esconder, como uma barata, na moldura da foto do primeiro marido de Rose.

Em seguida, algo que não entendi. Rose ficou de frente para mim, serena, sorrindo. Estava olhando diretamente para mim.

– Estou pronta – falou. – Faça com que o homem não me aborreça mais. Leve-me para casa.

Estendeu a mão, e eu a peguei. Senti-a andar para dentro do meu corpo e pelas minhas asas e, em seguida, ela tinha partido.

Passei a noite no apartamento de Rose, andando para cima e para baixo, olhando para as fotografias que ela estimava, chorando por conta dos armários vazios da cozinha, dos ratos vivendo docilmente sob a cama dela, a sujeira da água que engasgava na torneira antiga. Tentei entender por que ela escolhera este lugar, porque se permitira ficar encolhida na mão cerrada de um demônio em vez de viver a vida que era para ter vivido. Mas não encontrei resposta.

Em vez disso, fiz o que era preciso. Quando Margot veio no dia seguinte e encontrou o corpo de Rose contorcido no sofá, quando suspirou e chorou no chão, eu a abracei, sussurrando em seu ouvido para que fosse corajosa, acalmando-a, lembrando-a dos cadernos. Depois de chamar a ambulância, se aventurou escada acima até o guarda-roupa perto da cama de Rose. Dentro, nenhuma roupa, mas vários cadernos preenchidos com a letra de Rose. Encheu várias malas com os cadernos e chamou Toby para ajudá-la a arrastá-las até o apartamento do outro lado antes que a ambulância chegasse.

Pouco tempo depois, uma ligação do editor de Toby. Ele estava interessado nos cadernos de Rose, mas eles precisariam de uma bela edição, e ele não tinha tempo. Margot estava disponível no dia seguinte? Ela olhou para o pequeno planeta entrando em erupção em seu abdômen e rezou para que o bebê ficasse ali por mais um tempo. Sim, ela falou. Estou disponível.

Tenho que mencionar: isso era a realização de um sonho. Ele veio crescendo dentro de mim como um segredo que eu tivesse prometido não contar, como o bebê, acho, por muito tempo. Nunca tive uma noção do que eu queria *ser* quando crescesse – acho que nunca tive certeza de quando de fato eu cresceria – mas agora, tendo me debruçado sobre os livros de Graham e Irina, tendo passado horas dissecando os romances de Toby para encontrar a verdade na ficção, a flor no botão, sabia exatamente o que queria *fazer*.

E não é engraçado isso? Tropecei bem no meu trabalho perfeito. E nem percebi. Pelo menos, não naquela época. Andei ao lado de Margot naquela manhã com segurança e objetivo. *Florzinha* – falei a ela – *se eu pudesse fazer tudo de novo, isso seria a única coisa que não mudaria.* Finalmente, pensei, as coisas estavam indo como deviam ser.

O escritório do editor ficava em cima da famosa delicatéssen da Quinta Avenida, aquela que Margot profanara tão memoravelmente muitos anos antes. Escondeu o rosto quando passou pelo dono, e subimos até o terceiro andar.

Hugo Benet, o diretor gerente da Benet Books e um homem com os dentes mais brancos, certos e grandes no qual já coloquei os olhos, era um veterano do mundo editorial. Apesar dos seus esforços, ele foi incapaz de encontrar uma assistente decente em todo o período em que estivera alocado fora da sua Toronto nativa. Os cadernos eram verdadeiros achados, disse a Margot. Eles publicariam uma primeira coleção, depois que tivesse passado pelo processo de edição. Ela estava interessada em assumir aquela tarefa?

Ela não tinha certeza.

Claro que tem, disse-lhe eu.

Claro que estou, ela disse, sentindo gotas de água caindo devagarzinho contra sua coxa, uma faísca de dor pelo estômago, resistindo à súbita vontade de gritar.

19

O ônibus

Dez horas em trabalho de parto, Margot decidiu que não queria mais dar à luz. Resolvera que maternidade não era a sua praia, ela não queria de fato um bebê, e que podia ir embora para casa agora, por favor. Outra contração veio antes que pudesse terminar o seu apelo à enfermeira Mae. *Não, senhora Poslusny*, disse a enfermeira Mae com firmeza. *Só mais um empurrão e chegamos lá. Se puder reservar a sua voz para empurrar em vez de gritar, talvez consigamos retirar essa criança mais rapidamente. Obrigada.*

Margot berrou por um longo tempo. Toby ficou andando para lá e para cá no corredor do lado de fora, se dando conta de que estava cantando o Shemá pela primeira vez em anos.

A enfermeira Mae estendeu o braço entre as pernas de Margot e sentiu a posição do bebê. Ainda bem em cima, no colo do útero. Mas, no lugar da cabeça, uma perna. Ela olhou para Margot.

– Já volto – ela disse, e correu para encontrar um médico.

Outra contração rolou como um tanque de guerra pelo corpo de Margot. Cara, eu me lembro da sensação. Dizem que você esquece, mas não esquece, não. E, é claro, assistir a tudo de novo certamente refresca a memória. Vi as malditas mandíbulas da contração mordê-la, com força, e fechei os olhos e coloquei a mão sobre a sua pélvis. E então, ao meu lado, outro anjo. Um jovem, vinte e poucos, com cabelo de cor de cappuccino e certa intensidade no olhar. Havia algo nele que me parecia familiar. Dei uma olhada de esguelha para ele.

– Eu conheço você?

Ele olhou para a cena na cama do hospital e encolheu-se. – James – falou rapidamente, sem tirar os olhos de Margot. – Sou anjo da guarda de Theo.

Margot berrou de novo. Tentou sair da cama.

– Espere – eu disse a ela. – Estou tentando virar o Theo.

– Theo? – ela gemeu. Olhei para cima. Ela me ouvira. Outro choque: ela estava olhando para mim como se pudesse me ver.

– Enfermeira – implorou, esticando a mão para me alcançar. – Me dê algum remédio. Me dê *qualquer coisa*. Não consigo mais aguentar isso.

Meus olhos, atrevo-me a dizer, estavam arregalados. Fazia bem mais de uma década que ela não me via. Perguntei-me por um momento qual seria a minha aparência aos olhos ela. Então, ela gritou novamente e voltei a mim.

– O bebê está saindo ao contrário – falei calmamente. – Vou tentar virá-lo. Mas você precisa ficar o mais imóvel que conseguir.

– Lancei um olhar para a porta. Pude ouvir vozes do outro lado do corredor: a enfermeira e o médico.

– Como você sabe que é um menino? – ela ofegou.

Ignorei-a e posicionei minha mão em cima do seu estômago. Olhei para James, que parecia um pouco amedrontado.

– Venha até aqui – eu disse. – Você é o anjo da guarda de Theo, certo?

James concordou com a cabeça.

– Então fala para esse garoto virar e ficar na posição em que deveria estar.

James posicionou as mãos em cima das minhas, fechou os olhos e, imediatamente, uma luz dourada fluiu pelo corpo de Margot. Tentei absorver um pouco da dor como fizera tantas outras vezes antes. Apertei bem os olhos, quando a próxima contração veio, a agarrei, empurrei-a como uma barra de metal e a puxei com força na minha direção. Assim como Rose andara dentro de mim, a barra de metal fez a mesma jornada pelo meu corpo todo até as minhas asas, viajando através delas para alguma outra parte do universo. Margot suspirou aliviada.

Eu podia ver o bebê agora, o pequeno Theo, amedrontado e confuso, começando a gravitar de cabeça para baixo. Margot estava berrando de novo, as contrações desmoronando sobre ela como arranha-céus em ruínas. Cheguei perto da sua cabeça e coloquei a mão no seu coração.

– Você precisa tentar ficar o mais calma que conseguir – eu disse. – Theo precisa que você respire devagar, devagar, *devagar*.

Ela respirou o mais devagar e o mais profundamente que conseguiu e, assim que James virou o bebê para a sua posição final, baixando-o até a entrada gelada do mundo, o médico e a enfermeira entraram.

– Meu Deus! – disse a enfermeira, já que a cabeça do bebê estava bem ali, e ela chegou bem no momento em que Margot deu o último e incrível empurrão, sentindo a criança inteira sair dela, a cabeça primeiro.

– Senhora Poslusny – a enfermeira disse, ofegando –, acaba de ganhar um menininho.

Margot tentou levantar a cabeça.

– Theo – ela disse. – Acho que o nome dele é Theo.

Theo Graham Poslusny, todos os seus quatro quilos, enroscou-se no peito de Margot e não parou de mamar até o anoitecer.

Margot apresentou problemas na placenta, portanto, eles a mantiveram internada por algumas semanas, levando o bebê para a unidade infantil à noite para que ela pudesse dormir. Acho que eu devia deixar James fazer o seu trabalho enquanto eu tomava conta de Margot, mas eu não conseguia evitar. Fiquei caída pelo bolinho rosa que choramingava no berço de plástico, seu chumaço de cabelo vermelho-fogo coberto pela touca de lã que Rose tricotara havia muitos meses. Ele era tão faminto que passava a noite toda procurando por um peito invisível, mas as enfermeiras o calavam com uma chupeta, e eu acariciava seu lindo rosto.

Finalmente, James se aproximou de mim. Percebi que ele era muito corajoso.

— Olhe — disse, depois de ficar muito tempo ao meu lado em silêncio, perto do berço de Theo. — É meu trabalho ficar tomando conta de Theo. O seu é com Margot.

Olhei dele para Margot, que eu podia ver através da cortina fechada do cubículo do hospital. Ela estava em sono profundo.

— Você acha que não estou tomando conta dela? Eu consigo vê-la muito bem. Ou você se esqueceu de que sou um anjo? Podemos fazer essas coisas, sabe?

Ele ergueu a cabeça e franziu as sobrancelhas.

— Talvez eu deva explicar o meu relacionamento com Theo.

— Não me importa o seu relacionamento com Theo. O que me importa é que você se certifique de que ele não acabe cumprindo prisão perpétua por assassinato.

Do canto do meu olho, vi que ele recuou. Talvez eu tenha sido um pouco dura, pensei. Ele provavelmente era algum parente distante de Toby. Um tio ou algo do tipo. De qualquer forma, eu não precisava arrancar a sua cabeça. Mas a verdade era que eu queria Theo só para mim. Tive uma oportunidade que nunca imaginei que teria — e que nunca acreditei que queria — de viver o milagre do meu primeiro filho de novo. Senti-me como uma loba, rugindo para os predadores. Queria que James fosse o coadjuvante. Mas, claramente, ele era um pouco mais dedicado que isso.

Virei-me para encará-lo.

— Peço desculpas, tá? — eu disse, as mãos levantadas em um gesto de sinceridade.

Ele sustentou meu olhar e não respondeu. Por algum tempo, ficamos olhando um para o outro, eu me afundando no eco das minhas palavras negligentes, James silenciosamente recusando minhas desculpas. Finalmente, quando Theo começou a choramingar, ele se levantou. Fui acariciar a bochecha do bebê, mas James chegou primeiro. Posicionou a mão na cabeça de Theo, e este imediatamente voltou a dormir.

— Você não tem que gostar de mim — James murmurou sem olhar para mim. — Mas peço que *confie* em mim.

Concordei com a cabeça. Um segundo pedido de desculpas formou-se em silêncio dentro da minha boca. James virou as costas para mim, e eu voltei calmamente para Margot.

Muito dias depois, Margot voltou para um apartamento que brilhava de tão limpo, com um quarto de bebê recém-pintado, equipado com cada um dos itens com que ela se empolgara na loja de bebê. Toby, bem à frente de seu tempo, insistiu para que o chefe lhe concedesse uma licença paternidade de uma semana. Quando o seu pedido foi negado, ele tirou a licença mesmo assim, e foi demitido prontamente. Mas a presença de um recém-nascido não enche o mundo de esperança? Sem emprego, sem dinheiro e com as sirenes dos carros de polícia por todos os lados, Toby sentia que sua pequena família era invencível.

O melhor ainda estava por vir: ele informou a Margot que, com o resto das suas economias, pagara uma passagem de avião para Graham, que chegaria na noite seguinte para conhecer o neto. E foi aí que cantei a Música das Almas pela primeira vez depois de um bom tempo. *Ligue para o papai*, eu disse a Margot, e no início a ideia afundou como uma rocha no meio da sua empolgação. *Ligar para ele? Ela pensou. Mas não tenho tempo... Tenho muito a fazer antes que ele chegue...* Eu a encorajei novamente, e ela finalmente cedeu.

Fiquei escutando, chorando lágrimas de alegria e de tristeza com a ligação que eu nunca tinha feito, aliviada porque, de alguma forma, alguém me permitiu rearrumar as peças só um pouquinho, o suficiente para que eu dissesse as coisas que nunca dissera.

— Papai!

Os sons graves de tosse seca. Como sempre, ela se confundira com a diferença do fuso horário. Mas não importava.

— Papai, Toby acabou de me contar! Quanto tempo você vai ficar aqui? Vai pegar o primeiro voo amanhã de manhã?

Uma pausa.

— Sim, claro, Margot, meu amor. O voo sai às sete, portanto, um táxi está vindo me buscar lá pelas quatro...

Theo começou a chorar.
– É o meu neto que estou ouvindo?
Toby entregou Theo para Margot, que segurou o fone perto do bebê, permitindo que ele choramingasse até a Inglaterra. Finalmente, ela o devolveu ao pai. Theo agarrou imediatamente o dedo mindinho de Toby e começou a chupar.
– Acho que ele está com fome – disse Toby, baixinho. Margot concordou.
– Papai, preciso ir. Mal posso esperar para vê-lo amanhã. Faça uma boa viagem, tá?
Silêncio.
– Papai?
– Amo você, minha filhinha.
– Amo você também, papai. Te vejo em breve.
– Te vejo em breve.

E a noite toda, enquanto Margot se virava na cama, incapaz de dormir de tanta empolgação, fiquei andando de lá para cá no quarto, aliviada por ter conseguido encaixar a peça que sempre esteve faltando e arrasada pelo que estava por vir. Porque eu sabia que não podia mudar muita coisa. Mesmo agora, ainda havia muitas coisas além do meu controle.

O telefonema veio no fim da manhã pela senhora Bieber, vizinha de porta de Graham, para informar doce e relutantemente, que um motorista de táxi batera em sua porta havia uma hora após ter encontrado Graham sentado no degrau da porta de casa, mala na mão, gelado e imóvel. Ele se fora serenamente, ela disse, e sem dor.

Margot estava inconsolável. Sentei-me ao lado dela, trancada no pequeno banheiro, e chorei as mesmas lágrimas que pingavam sem parar na palma das suas mãos.

Tentei me convencer de que o sentimento que se instalou dentro de mim logo após o nascimento de Theo era invenção minha. Agora, vendo os hormônios dando nó na cabeça de Margot, testemunhando células nervosas acelerando até colidirem, vi o retrato fisiológico de depressão pós-parto em primeira mão. Cada vez que Theo urrava – o que fazia com frequência horas a fio –, uma onda vermelha viajava pelo corpo dela, e suas células nervosas viajavam ainda mais rapidamente até que seu corpo todo tremesse de dentro para fora. Parecia que o alimentava durante o dia inteiro, todos os dias. Ela estava anêmica – embora os médicos garantissem que não – e uma infecção na cervical passou despercebida. Descobriu repentinamente que odiava Toby. Ela o odiava porque ele tinha o dom mágico de dormir profundamente enquanto o bebê berrava no berço bem ao lado da sua cabeça. Ela o odiava porque ele não tinha que se transformar em uma máquina de leite que vazava. Ela o odiava porque estava exausta, confusa e ficando maluca só de pensar em enfrentar o caos por mais um dia.

Vi Toby lutando para agradá-la. Então, uma agradável surpresa. O livro de Toby, *Gelo negro*, alcançou a posição de bestseller nacional. Disso eu sabia. Mas eu desconhecia o fato até meses depois de acontecer. Toby atendeu o telefonema e agradeceu seu editor, assistindo Margot enquanto tentava amamentar Theo pela sétima vez em uma hora, seu rosto vermelho de tanto chorar. Eu podia ver agora o que não entendia naquela época – Theo não estava conseguindo mamar. Os barulhos de engolir que fazia eram de ar. Enquanto a barriguinha dele doía de fome, os seios de Margot ardiam em chamas com o excesso de leite.

– Faça alguma coisa! – sibilei para James.

Ele piscou os olhos para mim.

– Estou tentando.

Gaia interveio.

– Deixe-me tentar. – Ela soprou algo para Toby.

Ele desligou o telefone e se aproximou de Margot.

– Querida?

Ela o ignorou. Ele colocou um braço ao redor dos ombros dela.

– Margot?

– O que é, Toby?
– Por que você não sai um pouco? Eu fico cuidando do bebê.
Ela olhou para ele.
– Você não tem seios, Toby. Ele precisará ser alimentado de novo em dez minutos.
Toby sorriu.
– Não, mas posso dar leite em pó para ele. Vá lá, vá para o salão, sei lá. Vá se cuidar um pouco.
Ela olhou para ele.
– Você está falando sério?
– Estou.
– Não temos dinheiro.
Ele desviou o olhar. Ele era um péssimo mentiroso, mesmo quando por uma boa causa.
– Digamos que eu tenha guardado um pouco para momentos como esse.
– Sério?
– Sério.
– Quanto?
– Pare de fazer perguntas! Pegue o talão de cheques e vá. Faça uma limpeza de pele, vá à pedicure, vá fazer o que quer que vocês fazem nas unhas, mas vá, vá embora daqui.
Margot saiu mais rápido do que um furacão.

Eu a segui escada abaixo, pela rua, em direção ao ponto de ônibus. Minhas asas estavam pulsando com mensagens: *Incentive-a a ir andando. Não a deixe pegar o ônibus.*
Por quê? Pensei. Olhei para o ônibus que se aproximava. *Por quê?* Perguntei de novo, mas nenhuma resposta. *Tudo bem*, pensei. *Você não vai me contar, eu não vou escutar.*
Sentamo-nos ao fundo. Margot pressionou uma toalha contra a testa, a dor no seu peito melhorando com a brisa fria que entrava pela janela aberta. O ônibus parou na Eleventh Avenue. Outra leva

de passageiros embarcou. Um deles veio caminhando em nossa direção e sentou-se no banco em frente, olhando para Margot. E meu estômago revirou.

A mulher era idêntica a Hilda Marx. O cabelo laranja e brilhante preso no topo da cabeça com uma rede prateada, o constante nariz vermelho enfeiando-lhe o rosto, a sua arcada inferior de buldogue. Notei a respiração mais forte de Margot, encarando a mulher que despia um casaco – um casacão preto, muito parecido com o que Hilda usava ao ar livre – e fazia um ruído com o maxilar, da mesma forma que Hilda fazia. Depois de alguns minutos, estava claro que a mulher não era Hilda. Alguém ao longe no ônibus a reconheceu como Karen e, quando ela sorriu e conversou, seu rosto assumiu uma aparência diferente. A voz dela identificava-a como nascida e criada em New Jersey.

É claro, eu devia ter me lembrado disso. Observava passivamente enquanto os pensamentos de Margot se voltavam para o Lar Santo Antônio. Teve calafrios com as lembranças da Tumba; o medo, a humilhação e a desesperança que infundiram suas lembranças daquele lugar escavadas na frente da sua mente como um navio afundado surgindo na superfície, todos aqueles corpos inchados e mortos exibindo seus rostos desprezíveis para o sol. Ela ficou de pé e respirou fundo. Pressionei minhas mãos no seu ombro e a tranquilizei. *Você está aqui agora. Tudo isso ficou para trás. Você está segura.* Ela respirou lenta e profundamente e tentou ignorar as imagens que inundavam sua imaginação: Hilda batendo nela com o saco de carvão. Hilda arrastando-a para fora da Tumba, só para arrastá-la de volta para dentro de novo. Hilda dizendo que ela não era nada.

Margot desceu do ônibus na parada seguinte e caminhou depressa, embora não tivesse certeza de onde estava nem para onde estava indo. A ideia de uma massagem desaparecera havia muito tempo. No seu lugar, um desejo incontrolável de ficar doidona. Desejou por um momento ligar para Xiao Chen e ir para o bar da Universidade de Nova York. Em um segundo, decidiu que ia sozinha mesmo.

OK, eu disse bem alto. Para Deus, acho. *Sou toda ouvidos. Mande uma mensagem, alguma pista do que tenho que fazer aqui. Sabe, eu sei o que acontece. Sei que ela gasta cinquenta dólares em doses de bebida, que ela transa com um cara cujo nome não me vem à cabeça agora, e sei que ela sai de lá meia-noite, esquecendo-se de que tem um marido e uma casa. Ah, e um filho.*
E sabe de uma coisa? Nada. Nem um sussurro. Nenhuma mensagem nas minhas asas, nenhuma intuição. É claro, falei com Margot, gritei o mais alto que pude, cantei a Música das Almas... Mas ela me ignorou. O pior disso era, quando chegamos ao bar, ali estava Grogor, esperando na entrada. Quando Margot entrou, colocou o braço em torno da cintura dela e a acompanhou. E eu não pude fazer nada.

O motivo pelo qual Toby não contou a Margot sobre o sucesso do seu livro *Gelo negro* foi que, durante semanas depois daquilo, eles não se falaram. Um antigo colega da Universidade de Nova York ligou para ele do bar onde vira Margot acariciando drinques e beijando um estudante. A ligação procedeu da seguinte forma:

O telefone toca na cozinha de Toby e Margot às onze da noite. Toby está sem leite em pó e todas as lojas estão fechadas. Theo está berrando.

– Alô?

Ele imediatamente segura o fone longe do ouvido. Havia uma música muito alta do outro lado.

– Oi, cara. É o Jed. Me diga uma coisa, Tobes, você não acabou de ter um filho?

Um barulho.

– Isso.

– E... você não casou com uma loira chamada Margot?

– Isso.

– E onde ela está agora?

Toby olhou ao redor. Estivera dormindo até pouco. Verifica o quarto.

– Não sei. Por quê?

— Cara, não sei como te contar isso. Acho que ela está aqui.
— Onde?
Então, Toby pega o bebê, o enrola, e ambos vão de carro até onde Margot está de mãos dadas com outro cara enquanto vomita debaixo de um poste.

Assisti, impotente e arrependida – mais arrependida do que pode imaginar – quando Toby estacionou o carro ao lado de Margot, verificando Theo antes de sair do carro. Gaia e James ficaram no carro. Desviei o olhar. Toby aproximou-se de Margot, e ela sabia que ele estava ali, mas se recusou a responder, até que ele disse:
— Theo precisa de você.
E algum traço daquela responsabilidade, daquele amor, calou fundo, e ela cambaleou até o carro, quase caindo em cima de Theo no banco da frente.

Não há palavras.
Não há palavras para descrever o que aconteceu comigo naquela noite.
Tudo que sei é que:
Queria mudar tudo aquilo. Queria rasgar a cortina que separava Margot e eu, e queria me transportar para dentro do corpo dela e implorar que Toby me perdoasse. Queria pegar Theo e fugir com ele, queria levá-lo para longe, bem longe dessa mulher terrível e arruinada. Ao mesmo tempo, queria curar suas feridas, queria voltar no tempo e encontrar com Deus e gritar com Ele por tudo que havia acontecido para deixá-la assim.

A partir daquela noite, um casamento, fatalmente esfaqueado antes mesmo de começar, agora sangrava no silêncio entre Toby e Margot. Toby passava os dias escrevendo, Margot editou os livros de Rose, e Theo olhava de um rosto triste para outro, e para mim. Eu disse a ele que o amava, que amava o seu pai. Que eu sentia muito.
E rezei para que alguém, em algum lugar, pudesse me ouvir.

20

A chance de mudar

Quando o horror absoluto daquela noite se reduziu ao tamanho de uma lembrança ruim, quando Toby finalmente escutou os conselhos de Gaia para que perdoasse Margot, eles decidiram tentar novamente.

Foi o dia mais feliz da minha vida, tanto antes quanto depois da minha morte.

Margot vira um pôster do livro de Toby no ponto de ônibus. Ela voltou para casa, inclinou-se para apoiar o saco de compras e deu de cara com as costas dele.

Era uma saudação familiar. Mas dessa vez, ela estava com raiva. E magoada.

– Como você nunca me contou sobre o seu livro?

Um barulho.

– Como? – ele não se virou.

Ela derrubou as compras no chão.

– O seu livro – ela disse novamente. – O seu "bestseller internacional". Por que sou a última a saber? Todo o mundo em Port Authority sabe. Eu sou sua *esposa*.

Finalmente, ele se virou. Ela de repente se deu conta de que fazia mais de uma semana que não olhava nos olhos dele.

– Minha esposa – ele suspirou, testando a palavra como se fosse de outro idioma. – Minha esposa.

O rosto dela se acalmou. De repente, sem saber por quê, ela caiu no choro.

— Minha esposa — disse Toby novamente, levantando-se da cadeira, indo em direção a ela bem devagar.

— Desculpe-me — ela disse em meio às lágrimas.

— Desculpe-me também — disse Toby, abraçando-a. Ela não o afastou.

Posso lhe contar que, toda vez que uma daquelas mensagens vinha pelas minhas asas, eu ouvia e agia conforme instruído. Não questionava quem, o quê, onde e por que de novo. Simplesmente não importava se era Deus, outro anjo ou a minha própria consciência enviando aquelas mensagens. O fato era que, se eu tivesse escutado, se tivesse incentivado Margot a não entrar naquele ônibus, o iceberg que quase afundou o casamento deles talvez pudesse ter sido evitado.

E vi que não foi só o casamento deles que tinha sido ferido. Toby era uma pessoa diferente. Seus olhos estavam repletos de uma tristeza que não existia antes. Começou a adicionar uísque ao café. Primeiro uma gota, depois um copo inteiro. Olhava para outra mulher e pensava: *E se? E se eu tiver me casado com a mulher errada?*

Era insuportável. As lembranças do nosso rompimento vieram rápida e intensamente, com toda a animosidade e traição que o acompanharam. E pensei: *fui eu que fiz isso. Fui eu que fiz ele me enganar.*

Mesmo assim, uma interrogação continuava pendurada sobre aquele assunto como a espada de Dâmocles. Na verdade, eu nunca o peguei no flagra. Na verdade, grande parte do motivo pelo qual acreditava que ele me traíra desaparecera no éter. Deixando a evidência real de lado, sempre fora inquestionável. Ele dormira com Sonya. E eu o desprezei por isso.

Pouco depois do primeiro aniversário de Theo, quando a alegria de Toby e Margot em ver os primeiros esforços do filho para andar foi estragada pela consciência de que o seu garoto barrigudinho podia agora pular da janela da sala de estar que se abria sobre o concreto quatro andares abaixo, eles se mudaram para West Village, perto do antigo apartamento de Toby, embora cinco vezes maior que aquele. Um gordo cheque pelos direitos do livro de Toby pagou o tipo de decoração que satisfazia os ideais de Margot de conforto e segurança: uma cama de ferro fundido, muitos sofás, sua primeira TV e, com o tempo, um telefone. Era como se uma rede gigante tivesse aparecido de repente sob o mundo de Margot. Finalmente, ela se sentia segura. E estava feliz.

Então, o resto da família estava feliz. Até James e eu conseguimos deixar a nossa sutil luta pelo poder para trás. Eu, James e Gaia, formando nossa própria família de anjos, assistíamos ao outro trio – Margot, Toby e Theo –, que vagarosa mas certamente se deslocavam do ferro-velho de seus passados para um futuro mais promissor e menos destrutivo. Toby passava noites escrevendo o seu novo livro, enquanto Margot avaliava e editava seus rascunhos. Havia dias em que levavam Theo ao parque, ensinavam-lhe os nomes de todos os animais no zoológico, e lhe davam abraços apertados quando chorava por causa dos sons das sirenes, dos tiros e das discussões do vizinho da frente.

Com o tempo, Toby conseguiu convencer Margot a retomar a submersa amizade com Sonya.

– De jeito nenhum – ela argumentou. – Você está louco? Depois de ela ter nos expulsado da casa dela sem que tivéssemos lugar para ir?

Toby pensou em mencionar o medalhão roubado de Sonya, mas achou melhor não.

– Está bem – ele disse. – É que eu detesto vê-la sozinha, sabe? A mamãe precisa de uma rede de comunicação em que se apoiar.

Ele voltou a assistir a Oprah. Suspirou.

– Acho que seria saudável para você ter uma companhia feminina. E você e Son costumavam ser...

– Ser o quê?

— ... irmãs, pô. Vocês eram *assim*. — Cruzou o dedo médio sobre o indicador. — Coladas, sabe?

Sim, pensei. Éramos. Há muito tempo.

Margot insistiu para que fosse Toby a ligar. Feliz porque Sonya não a rejeitara, pegou o fone dele. Finalmente, com Toby articulando as palavras mudamente do outro lado do cômodo, ela conseguiu dizer:

— Por que você não aparece para jantar?

Ela o disse como uma afirmação, não como uma pergunta. Odiava ter que implorar.

Eu ainda não tinha comprado a ideia. Minhas suspeitas não haviam diminuído, nem um pouco. Mas não fiz nada. Assisti aos três terem uma noite perfeitamente agradável esparramados nos novos sofás de couro, brindando o sucesso de Toby, enquanto Theo, agora com quatro anos, dormia como um cachorro. E esperei.

Sonya morou em Paris nos últimos anos. Mais magra, erguendo-se nos seus sapatos plataforma de seis polegadas, temperava seu discurso com palavras francesas, nomes de celebridades e fotógrafos famosos. Margot se mexia em sua poltrona. Olhou para o seu suéter de brechó com furos debaixo das axilas, o jeans começando a rasgar nos joelhos. Em seguida, observou Sonya, vestido de alta-costura francesa, suas pernas de maiô longas. *Ela é tão bonita*, Margot pensou. *Esqueça isso*, disse-lhe. Ela é bulímica e solitária. *Por que não pude ser como ela? Talvez Toby estivesse melhor com ela do que comigo.* E pela primeira vez, eu vi: como uma pessoa anoréxica que finalmente olha para as fotos do seu eu esquelético e diz, sim, eu não era gorda, pensei, sim. Agora entendo. Não era Toby que não me amava. Era *eu* que não me amava.

Eu continuei com a cantilena. *Toby ama você*, eu disse. Mas enquanto observava Sonya direcionar a Toby sua chata descrição da comunidade artística de Montmartre, estendendo o braço com bastante frequência para espanar um ponto de poeira invisível da perna da calça dele, Margot desceu até as trevas da sua autossabotagem. Finalmente, Sonya agarrou a mão de Toby e a balançou para cima e para baixo.

– Prometa que vai me visitar em Paris, Tobes, por favor!

Gaia conseguiu fazer com que Toby prestasse atenção na expressão de Margot. Fazia tempo que ele não tomava quatro doses de gim-tônica, uma atrás da outra. Como resultado, ele se inclinava cada vez mais para perto de Sonya, concordando em ir a Paris e então, para aumentar ainda mais o estrago, fazia piada sobre um passado do qual Margot não fizera parte. Finalmente, Gaia quebrou a película que cercava a lucidez de Toby e incitou a sua consciência. Ele deu uma olhada para Margot e retirou sua mão das de Sonya.

– Você está bem, querida? – ele disse, suavemente.

Ela desviou o olhar, enojada. Bem na hora, um grito do quarto de Theo.

– Deixa que eu pego – disse Margot, e saiu da sala.

Toby não estava tão bêbado para não atentar ao humor de Margot. Voltou-se para Sonya e deu o grande passo de verificar o relógio, mantendo-o perto do nariz.

– Ei, Son, foi ótimo vê-la, mas está ficando um pouco tarde...

Sonya lançou um olhar para ele antes de sugar o conteúdo do copo. Avançou para frente, olhando-o fixamente.

– Você contou para Margot sobre a nossa conversa no jantar?

Margot, no corredor, ouviu seu nome ser mencionado dentro da sala aos sussurros. Ficou imóvel do lado de fora da porta, ouvidos atentos.

Bem devagar, Sonya tirou suas pernas compridas do sofá e aproximou-se de Toby.

– Não – respondeu Toby. – Por quê?

Sonya encolheu os ombros e sorriu.

– Ei, você é um cara casado, não tenho que lhe dizer o que fazer. É só que... – Ela olhou para a porta.

– O quê?

Um sorriso largo.

— Estava me perguntando de quem foi a ideia de me chamar para jantar. Sua ou dela?

Lembrei-me dessa declaração como se fosse inerente às minhas neuroses. Margot, ouvindo do lado de fora, deixou as perguntas contidas nessas palavras se cravarem às suas suspeitas.

Toby deu um olhar vacilante para Sonya, sem saber a que ela estava se referindo.

— Minha, eu acho.

Sonya balançou a cabeça positivamente.

— E que outras ideias você tem, posso perguntar?

Eu a vi deslizar uma mão pela perna de Toby, parando logo embaixo da virilha e, em seguida, dar um sorriso amarelo. Toby colocou a mão em cima da dela e a apertou.

— Son — ele disse. — O que você está fazendo?

Na porta, Margot podia ouvir o tom de flerte na voz de Sonya. Colocou uma mão na maçaneta.

Sonya inclinou-se para trás.

— O que acha que estou fazendo, Toby? Não é isso que você quer?

Eu estava respirando tão fundo que me senti fraca. Gaia chegou perto de mim e disse: *Veja, veja*, e eu disse que não podia. Na porta, Margot sentiu o mesmo. Metade dela queria irromper na sala e a outra metade queria sair correndo.

Então, eu vi. Toby, sempre sagaz com as palavras, gaguejou incoerentemente.

— Isso foi um "sim"? — Sonya colocando palavras em sua boca. Ela puxou a mão dele na direção de sua coxa. Ele a retirou.

De repente, ele recuperou a lucidez bem a tempo.

— Son, não faça isso.

Sentou-se ereto, balançando a cabeça. Gaia olhou para mim, muito seriamente. Ele não dormiu com ela? Pensei. *Não dormiu?*

Sonya encostou-se desleixadamente no encosto do sofá, cruzando as pernas compridas e brincando com as franjas do vestido.

— Só me responda uma coisa — ela disse, muito séria. Toby olhou para ela. — Naquela vez em que disse que me amava, você realmente sentia aquilo?

Vi Margot colocar a mão na boca no corredor. Observei com atenção.

— Isso foi há tanto tempo... — Toby murmurou olhando para os pés.

— Você sentia?

Sonya, insistente. Desesperada até. Ezekiel veio do seu lugar no canto e colocou a mão no ombro dela. Havia uma vulnerabilidade, uma dor, na sua pergunta, enraizada em algo muito além de Toby.

Toby olhou para ela.

— Sim.

Ela se lançou para frente, cruzando a perna direita em cima dele, sentando-se em cima dele, e inclinou-se para beijá-lo.

E sim, esse foi o momento em que Margot voltou para a sala.

Esse foi o momento em que o inferno se instalou.

Esse foi o momento em que meu casamento acabou.

Margot o fez fazer as malas na manhã seguinte. Suas emoções construíram uma fortaleza contra os meus apelos, contra as desculpas de Toby. Então, ele pegou uma muda de roupas e acampou na casa de um amigo. Depois de um mês, assumiu o aluguel quando o amigo se mudou para o norte do estado. Margot estava entorpecida. Eu estava arrasada. Depois de seis meses, Margot deu entrada na separação legal. Na manhã em que recebeu a carta, Toby tirou um espelho da parede e o jogou no chão, um mosaico de frustração. Em cada caco, o meu rosto aparecia só por um instante, antes de ficar borrado no esquecimento pelas lágrimas dele.

Meu coração partido com a separação deles logo se transformou em puro desespero quando refleti sobre as lembranças da minha vida imediatamente antes da minha morte. As circunstâncias da minha morte ainda continuavam sem resolução: um dia, eu estava viva, no outro, estava olhando para o meu corpo morto e, em um instante, estava conversando com Nan no outro mundo. Mas o período antes disso estava claro na minha memória como água de geleira: Theo fora preso. Prisão perpétua. E a minha intuição estava começando a apontar o dedo da culpa na minha direção.

Pouco depois, Grogor apareceu. Resolveu aparecer no quarto de Theo – uma ameaça implícita, pensei – o que fez com que Theo gritasse alto enquanto dormia. Isso distraiu Margot por tempo suficiente para que ele pudesse conversar comigo.

Não sei por que nem quero saber como, mas Grogor não era mais o monstro de rosto asqueroso e chamejante que conheci da primeira vez. Era excessivamente humano. Alto, maxilar quadrado, cabelo bem preto penteado em cima das orelhas – o tipo de homem que me atrairia um tempo atrás. Tinha até sombra de barba crescendo e um dente da frente lascado. Tão humano que me pegou de surpresa.

– Venho em paz – disse, levantando as mãos e sorrindo.

– Saia daqui, Grogor – eu disse, levantando a mão cheia de luz. Não tinha esquecido a nossa última dança.

– Por favor, não faça isso – ele disse, apertando as mãos em penitência. – Vim aqui pedir desculpas. Sinceramente.

Lancei um feixe de luz nele, forte como uma batida de carro, e o derrubei do outro lado do quarto. Aterrissou no baú de gavetas e tossiu nas mãos e joelhos.

– Se você não sair daqui, vou matar você – eu disse.

– Me matar? – deu uma risadinha, tentando ficar de pé. – Eu quero ver *isso*.

– Está bem – eu disse, dando de ombros. – Fico feliz por poder explodir você em pedacinhos.

Levantei outra bola de luz menor e mirei nas pernas dele.

– Não! – ele disse, agachando-se um pouco.

Ergui o pescoço. Ele levantou a mão.

– Tenho uma oferta muito generosa a fazer. Escute-me até o fim.

– Você tem dez segundos.

Ficou de pé e ajeitou o paletó, recompondo-se.

– Sei que quer mudar as coisas. Sei que Margot está ocupada estragando uma vida que podia ser maravilhosa, uma vida da qual você gostaria ao menos de ter boas lembranças, uma vida na qual gostaria de ter construído um futuro melhor para Theo...

Virei-me e o encarei. Minhas asas estavam enviando mensagens, rápidas e tempestuosas. *Mande-o ir embora. Ele está escondendo mentiras na verdade. Mande-o ir embora.*

– Vá embora, Grogor, antes que eu mostre meu lado mau.

Ele sorriu.

– Entendido. – Andou em direção à janela, em seguida, se virou. – Se mudar de ideia, juro que há uma maneira. *Você pode evitar o destino de Theo.*

Depois disso, foi embora.

Imediatamente, Theo ficou calmo. Margot acariciou-lhe o rosto, e ele voltou a dormir, seu rosto ainda como a névoa da manhã. Margot sentou-se ao lado dele e empurrou os pensamentos sobre Toby para o fundo da mente. Olhei para ela e pensei, ainda posso mudar as coisas, ainda posso consertá-las.

E, é claro, sabemos o que o pensamento fez.

21

Os suspeitos de sempre

Na próxima vez em que Nan veio me visitar, fiz a ela a pergunta que estava incendiando a minha cabeça desde a visita de Grogor.

— O que aconteceria se eu mudasse o resultado da vida de Margot?

Estávamos no telhado do apartamento de Margot, olhando para as praças e a luz laranja lá embaixo que pulsava das janelas das casas da cidade inteira, silhuetas que às vezes bloqueavam a luz – abraçando-se, discutindo, sozinhas – como insetos no âmbar.

Ela ficou sem responder por um longo tempo. E, então, uma bronca:

— Você sabe muito bem que não estamos aqui para reorquestrar a sinfonia. Estamos aqui para assegurar que a sinfonia seja tocada da forma que o compositor a criou.

Sempre me atrapalhei com as suas metáforas.

— Mas você já tinha me falado que posso rearrumar um pouco as peças do quebra-cabeça, não foi? E se eu mudasse a figura toda? E se eu a deixasse melhor?

— Quem veio ver você? — Sempre tão sábia.

— Grogor — confessei.

Ela fez uma expressão de desagrado.

— O demônio que matou a sua mãe?

— Você falou que a *culpa* tinha matado a minha mãe.

— Grogor mencionou o preço de mudar a figura, hein?

— Não.

Levantou os braços.

– Sempre, *sempre* tem um preço. É por isso que não *mudamos* as coisas além do que nos é orientado: o piloto conduz o avião, não as pessoas dentro dele. Mas você já sabe disso. Não sabe?
Concordei com a cabeça apressadamente.
– Claro, claro. Só estava perguntando.
– Temos quatro objetivos aqui. Observar, proteger, gravar...
– ... e amar – terminei a frase para ela. Sim, eu sabia tudo isso. – Só por curiosidade – disse, depois de uma pausa respeitável. – Qual é o preço?
Ela espremeu os olhos.
– Por que você quer saber?
Expliquei – o melhor que pude para alguém que, na verdade, não estava na enlouquecedora posição de ser o seu próprio anjo da guarda, de ter que sofrer o arrependimento que esmagava a alma quase sempre – que, simplesmente, havia algumas coisas do meu passado que eu gostaria de ter feito um pouco melhor. E que eu queria muito mais para Theo. Muito mais do que ser preso por assassinato.
– O preço é esse – ela disse, estendendo a palma da mão vazia. – Agora, você tem a chance de ir para o Céu, bem na palma da sua mão. Anjos não são apenas servos, sabe. É-nos dado trabalho para que provemos que somos dignos de entrar no Céu, porque a maioria de nós não faz muito desse tipo de trabalho em vida. O preço é esse. – Bateu a outra mão em cima da palma aberta. – Quando deixar de ser um anjo, você não verá o Céu.
Comecei a chorar. Contei-lhe que estava apaixonada por Toby, que Margot estava ocupada dando entrada no divórcio. O que colocava um encontro com Toby do lado errado da possibilidade.
Ela suspirou.
– Eu já estive no seu lugar. Fazendo perguntas, sentindo remorso, sentindo *perdas*. Você verá Deus. Você verá o Céu. E no Céu, há apenas alegria. Lembre-se disso.
Mas toda vez que via a expressão de saudade e dor no rosto de Toby quando ia buscar Theo, toda vez que via os sonhos de Margot, da vida que teria com Toby, toda vez que a via chorar e aprofundar o ódio pela traição de Toby, as palavras de Grogor

ressoavam nos meus ouvidos, até que as mentiras espreitando por detrás delas reduziram-se à insignificância.

Sempre identificamos os momentos de cortar biscoito, os momentos que pressionam a massa das nossas vidas e criam uma forma eterna? Será que alguma vez poderíamos apontar momentos como esses, mesmo se pudéssemos voltar no tempo e reviver nossas vidas, mesmo se pudéssemos colocar os momentos mais ofensivos da nossa vida lado a lado, como os suspeitos de um crime – poderíamos apontá-los? *Sim, policial, é o suspeito que faz observações sarcásticas. Sim, senhor, é ele – aquele que lembra o meu pai. Ah, sim, eu reconheço aquele ali – aquele que jogou a minha vida no ralo.*

Tinha desistido de reconhecer os meus momentos decisivos. Margot era quem era, e tudo que eu podia fazer era aquilo a que tinha sido originalmente designada a fazer. Estava lutando com a última, porém mais importante parte do meu trabalho: amá-la. Ela com certeza dificultou as coisas. Considere o seguinte momento:

Margot está se arrumando para ir trabalhar. Ela também está querendo muito uma bebida. Encontra a garrafa atrás da lareira e a atira contra a parede. Está vazia. O vidro se estilhaça por toda parte. Theo acorda. Ele já está atrasado para a escola. Tem sete anos. Tem os olhos calmos e o cabelo ruivo do pai. Tem o temperamento de Margot: rápido como um lebréu para a raiva, embora tão rápido para o amor também. Ele ama o pai. Tenta escrever histórias como o pai, mas briga com a dislexia. Suas letras espelhadas e ortografia estranha o deixam nervoso.

Margot está gritando com Theo para que se levante da cama. Foi ela que se esqueceu de acordá-lo, mas ela esquece isso, e é ele que se embaralha para se livrar dos lençóis e vai para o banheiro. Ele tenta urinar, mas enquanto está lá, Margot o empurra para sair do caminho para procurar atrás da cisterna. Ele berra. Ela berra de volta. Ela está com uma enorme dor de cabeça e ele a está piorando. Ele piora tudo, ela lhe diz. Sempre piorou. O que você quer dizer? ele berra. É você que tem problema com álcool e está bêbada o tempo inteiro. Ela responde à pergunta dele. O que eu quero dizer? Quero dizer que a minha vida podia ter sido melhor sem você. *Minha vida podia ter sido melhor se você não tivesse nascido.* Está bem, ele diz. Vou morar com o papai. E ele coloca a roupa da escola e bate a porta, e na hora de voltar para casa, volta para casa e ninguém fala nada.

O momento decisivo de Theo não foi o momento em que Margot declarou que queria que ele não tivesse nascido. Ele vinha ouvindo esse tipo de coisa por um bom tempo. Não. O momento decisivo de Theo estava um pouco mais adiante na linha, mas no início dessa linha estava a visão de Margot procurando freneticamente por vodka. Apesar de ter chegado à conclusão de que sua mãe era uma bêbada, que era muito louca e no que seu pai estava pensando quando se casou com ela – apesar de tudo isso, uma pergunta: *o que aquilo tinha de tão bom que a fazia procurar como se fosse o elixir da juventude?*

E, por trás dessa pergunta, uma resposta, apresentada em uma garrafa aberta de Jack Daniels quando ele tinha dez anos:

Claro.

E no fundo dessa resposta, uma consequência. Embriaguez cega. E entre a embriaguez, uma briga com uma criança menor de idade. Uma criança menor que carregava uma faca. Uma faca que caiu na mão de Theo. Uma faca que foi parar na barriga da criança menor.

Então, o Departamento de Justiça de Menores da Cidade de Nova York decidiu que Theo precisava passar um mês em um centro de detenção para menores infratores. Menores infratores que tinham um histórico de estupro e lesões corporais graves, que continuaram a praticar em seus companheiros reclusos. Theo era um deles.

Aprendi isso com James. Ele voltou com Theo um mês depois, seu rosto duro como uma madeira, suas asas jorrando sangue. E quando vi Theo, chorei com James. Em volta da aura cor de bronze e brilhante de Theo havia uma armadura recortada de dor, tão densa e tão pesada que ele parecia se envergar com o peso. Quando olhei mais atentamente, pude ver tentáculos estranhos estendendo-se da sua armadura para dentro, cortando sua aura e viajando por todo o seu corpo até o coração. Era como um paraquedas duro e que não se abria em volta dele, amarrado à sua alma. Esse era o pior tipo de fortaleza emocional que qualquer um de nós tinha visto – Theo estava se aprisionando dentro da sua própria dor.

Ele não falou com Toby durante dias. Colocou as mochilas no quarto, depois catou as facas de cortar carne do fundo da gaveta da cozinha e as escondeu debaixo da sua cama. Quando o conselheiro ligou, Theo ameaçou jogar-se da janela caso tentasse falar com ele.

Naquela noite, vi os pesadelos de Theo preencherem o quarto. Memórias recentes de seus agressores no centro de detenção. Dois garotos batendo no estômago dele com um soco-inglês levado por um visitante. Outro garoto mais velho segurando sua cabeça debaixo d'água até que ficasse inconsciente. O mesmo garoto segurando um travesseiro sobre o seu rosto de noite. O mesmo garoto o estuprando.

Como se isso não fosse suficiente, mundos paralelos giravam entre os pesadelos que se agrupavam, lampejando imagens de Theo mais velho, seu corpo coberto de tatuagens, ambos os pulsos mostrando sinais de repetidas tentativas de suicídio. A princípio, fiquei aliviada de ver que ele não estava mais na prisão. Mas, em seguida, o vi enfiar uma arma nas calças, abrir o porta-malas do seu carro e ajudar um outro homem a arrastar um saco com um corpo pesado para fora. Quando o saco com o corpo se debateu, Theo sacou sua arma, apontou para o saco e soltou quatro tiros.

A armadura que ele tinha cultivado não era mais uma segunda pele: ela o transformara em uma arma viva.

O que você teria feito? Importaria o quanto custasse?

Caminhei noite adentro, dirigi-me para a ponta do quarteirão e chamei por Grogor.

Na mesma hora, um par de pés apareceu nas sombras. Deu um passo à frente, o rosto solene, os dois olhos penetrantes como lâminas.

– Diga-me por quê.

– Por que o quê?
– Por que mudou de ideia?
Fiquei olhando para ele.
– Preciso ser Margot de novo, apenas o tempo suficiente para consertar as coisas. Diga-me seu preço.
– Meu preço? Eu virei um vendedor?
– Você entendeu.
Ele chegou mais perto, tão perto que pude ver as veias no seu pescoço, as linhas da sua gargalhada desdobrando-se das maçãs de seu rosto. Muito parecido com um homem.
– Acho que a palavra pela qual procura é "oportunidade". Para se tornar mortal tempo suficiente para fazer o que precisa ser feito, você precisará colocar um plugue nessas duas coisas. Ele apontou para as minhas asas.
– E como faço isso?
Apertou a mão contra o peito e curvou-se para baixo.
– Ficaria *profundamente* honrado. Elas precisam ser seladas ou, melhor dizendo, têm que ser banidas do rio da eternidade que corre diante do trono de Deus, de forma que Deus não possa mais ver o que você está aprontando. E é assim que você tem a chance de mudar o que precisa ser mudado. Entendeu?
– Corta essa, Grogor. O que mais?
Ele dissimulou perplexidade. Fiquei olhando. Desviou o olhar e deu de ombros.
– Dependendo da sua posição, há um risco.
– Que risco é esse?
Fez uma pausa.
– O que acha que Deus pensará de um dos seus anjos que foi contra as regras?
– Talvez eu nunca veja o Céu.
Ele aplaudiu bem devagar.
– Talvez você nunca veja o Céu.
Talvez nem Theo.
Você acha que eu hesitei?

22

Sete dias

Então, assim como a Cinderela saiu de seus farrapos e entrou em um vestido de gala, eu saí do meu vestido azul e entrei no tempo. Deixei Grogor aplicar grandes doses quentes de piche vindas do centro do inferno às minhas asas e, quando a água parou, quando comecei a sentir, gritei quando a sensação de dor do piche atingiu a minha pele, tremi quando o frio molhado do azulejo do banheiro se espalhou pelos meus pés descalços. Então, cambaleei, surpresa com o peso do meu próprio corpo, como se um elefante tivesse sido jogado em cima de mim de um lugar bem alto.

Nem tão graciosa como a Cinderela. Mas eu deixei um sapato de cristal para trás.

Ou, pelo menos, assim que me despi, meu vestido azul se reduziu a uma pequena joia azul. Escondi-a no cofre de joias de Margot. Eu já era uma espiã no mundo humano. Tinha que esconder qualquer vestígio do que fazia até que realizasse o que tinha que realizar: reconectar com Theo, curando as suas feridas. Talvez fosse arrogância da minha parte. Mas acreditava que, apesar de ter falhado feio na primeira vez, talvez um segundo esforço em ser sua mãe poderia me capacitar a passar o bálsamo do amor maternal sobre a sua dor. E que, de alguma forma, eu poderia montar um plano de longo prazo no processo, ao alertar a consciência de Margot para a necessidade que ele tinha dela, suficiente para que ficasse ciente da vulnerabilidade e do sofrimento do filho.

Escolhi minha hora com cuidado. Vi o advogado do divórcio de Margot aconselhá-la a passar quatro semanas em reabilitação para provar para o juiz que podia ser uma boa mãe. Para provar que ela merecia a guarda total ou, no pior caso, guarda parcial. Sem problema, ela disse, embora não estivesse certa se queria uma das duas opções. Ela só sabia que queria ganhar alguma coisa, qualquer coisa, para provar que não tinha perdido absolutamente tudo.

Então, quando Margot fez o check-in em Riverstone, uma clínica de recuperação para dependentes de classe alta perto de Hamptons, encontrei-me sozinha no seu apartamento, escolhendo suas roupas no armário, bebendo seu leite, ocupando seu espaço no mundo. Theo estava na casa de Toby ali perto. Passei o primeiro dia fascinada pela sensação de pele e cabelo, de calor e frio, do som da minha mão quando eu batia na mesa, de comer pizza. Enquanto cortava aquela pizza de oito pedaços com casquinha de queijo, massa grossa, dupla de pepperoni e mussarela extra, cortei a ponta do meu dedão com a faca de pão. Por um momento, fiquei olhando para o dedo, muda, depois o sangue gotejou da lâmina branca, escorrendo de repente pelo meu braço como tinta vermelha, e eu quase esqueci o que fazer com aquilo até que avistei o vaso de flores na mesa de jantar e mergulhei meu braço inteiro nele, e minha mão toda pulsou e queimou.

Tudo era tão sólido. Quando olhei para a mesa, não vi o outro cômodo através dela, não vi os vestígios das pessoas que tinham sentado lá ou os veios da madeira embaixo do verniz. Não via o tempo dançar como uma tempestade de poeira de ondas e partículas. Qualquer um que me observasse naquela noite teria chamado um médico, com certeza. Passei muito tempo movimentando-me vagarosamente pelas paredes, bochecha colada no gesso, impressionada com a repentina e familiar materialidade desse mundo, batendo no tijolo, relembrando a ilusão dos limites que permeavam a mortalidade, a aceitação profunda e persistente que vem com um corpo repleto de sangue.

Talvez o meu maior crime tenha sido abandonar Margot, deixando-a desprotegida no momento em que mais precisava. Relutantemente, chamei por Nan, sabendo o que me esperava. Finalmente, uma voz que soava bem longe, embora o emissor estivesse no fim de um longo corredor.

— Você entende o que fez?

Olhei ao redor.

— Onde você está?

— Perto da mesa.

Olhei.

— Por que não consigo ver você?

— Porque você fez um trato com um demônio. Um trato que pode lhe custar tudo e fazer você ganhar nada.

Sua voz ficou estremecida, rasgada de emoção. Fui até a mesa. Finalmente, a vi. Ela estava atrás do vaso de flores, surgindo como um raio de luar.

— Sabia que não ia entender, Nan — suspirei. — Isso não é permanente. Tenho sete dias para encontrar uma forma de desfazer o que fiz.

— Você pode não ter nem sete *horas* — ela replicou.

— O quê?

A luz ao redor dela oscilou quando deu um longo suspiro.

— Você está tão vulnerável quanto um barquinho de papel em um tsunami. Você tem noção de como é alvo de demônios agora? Você não tem a capacidade de anjo para lutar contra eles, nem uma defesa humana dada por Deus para se defender deles, porque agora, você não é nenhum dos dois. Pelo contrário, você é o fantoche de Grogor. Ele não vai esperar se Deus vai ou não mandá-la para o Inferno. Ele vai tentar levá-la até lá por conta própria.

Absorvi o impacto de suas palavras. A verdade delas fez os meus joelhos fraquejarem.

— Ajude-me — sussurrei.

Ela estendeu a mão e pegou a minha. Sua pele, sempre escura e enrugada, brilhava ao redor da minha em uma névoa bonita.

– Farei tudo que puder.
E ela me deixou sozinha novamente, olhando desprotegida para a cidade, desejando a presença dos arcanjos.

Dormi até tarde, levantei-me da cama e pisei no chão de madeira, em seguida, me queimei no banho porque esqueci que vermelho significa quente e que azul significa frio. Enfiei-me nos jeans e em uma blusa preta de Margot e procurei por restos de maquiagem. Olhei-me no espelho: parecia mais nova do que Margot era agora, um pouco mais magra, um pouco mais saudável. Meu cabelo era mais comprido, mais escuro, minhas sobrancelhas mais claras e lamentavelmente mais grossas que as dela. Encontrei batom, pinça e blush, então derramei uma garrafa de descolorante na cabeça e fiquei torcendo. Depois, tesouras. Quando terminei, tinha esquecido todas as ameaças de demônios, determinada a cumprir o meu plano.

Saí caminhando pela manhã gelada de Manhattan, decidida a pegar o ônibus para a escola de Theo, mas descobri que estava gostando tanto da sensação do vento no rosto que caminhei as trinta quadras. Uma mulher que passou por mim disse:
– Bom-dia.
E eu respondi:
– É um ótimo dia mesmo, não é?
Depois, um morador de rua querendo esmola, e eu parei para lhe dizer como ele era sortudo por estar vivo, e ele ficou me olhando quando fui embora, rindo, deleitando-me com a minha capacidade de falar com as pessoas, de ser ouvida e de me responderem.

Diminuí o ritmo conforme fui me aproximando dos portões da escola de Theo. Tinha que analisar meus próximos passos com muito cuidado. Isso não era mais um sonho, não era uma carta que eu podia reescrever, não era uma performance que podia reencenar. Parecia que cada palavra, cada ação estavam agora sendo esculpidas em pedra. Não, parecia ser mais forte do que isso, mais complicado. Parecia que eu estava cavando a pedra que já tinha sido esculpida. E se eu não tomasse cuidado, a pedra poderia se partir em duas.

Decidi que esperaria o sino da escola tocar, encontraria Theo nos portões da frente e o convidaria para dar uma volta. Mas e se Toby estivesse lá? E se Theo me visse e fugisse? Resolvi entrar na escola, tirá-lo da aula. Se os professores dissessem que ele tinha que ir comigo, provavelmente iria. Embora reclamasse.

Apresentei-me na recepção. Reconheci Cassie, a recepcionista da escola com bolsões nos olhos, e abri um sorriso. Ela não o retribuiu; lembro-me de ter cruzado com ela muitas vezes. Ela me olhou de cima a baixo, franziu os lábios e disse:

— Posso ajudá-la?

Dei risadinhas, não consegui evitar. Ainda estava impressionada com o fato de que as pessoas estavam falando comigo. Ela provavelmente pensou que eu estivesse chapada.

— Ei, como vai? É... Eu sou Ruth... não, desculpe. Não é isso. Eu sou Margot. Margot Delacroix.

Ela olhou para mim, olhos arregalados. Eu me confundi toda. *Sou Margot, Margot, Margot*, disse para mim mesma. Então, percebi que falei em voz alta, o que fez com que Cassie ficasse boquiaberta.

— Sou a mãe de Theo Poslusny — continuei, bem devagar, como se o inglês não fosse a minha primeira língua. — Vou ter que tirá-lo um pouco da aula. Surgiu uma emergência de família.

Apertei os lábios. Muito perigoso falar, pensei. Cassie tirou o telefone do gancho e discou. O número era cinquenta, cinquenta, quer ela estivesse ligando para a psiquiatria ou para o professor de Theo.

— Sim, aqui é da recepção, a mãe de Theo Poslusny está aqui. Ela quer falar com ele. Ah, tá. Tá bom.

Desligou o telefone, piscou para mim e disse:

— Ele está vindo.

Agradeci e me virei. Juro, era como se eu tivesse Síndrome de Tourette. Olhei em volta, avistei uma cadeira e corri até ela, cruzando os calcanhares e os braços.

Então, Theo. Theo com a mochila pendurada no ombro, metade da camisa azul para fora da calça, os cabelos vermelhos espetados com creme de cabelo e enrolados na nuca como pétalas. Theo com as pequeninas sardas do pai, o nariz ainda engraçadinho e em forma de cogumelo, seus tênis sujos e caindo aos pedaços, seu rosto franzido de confusão, suspeita e dureza.

E sim, caí no choro. Resisti à vontade de ficar de joelhos e pedir perdão por tudo, até pelas coisas que ele ainda não tinha vivido. Empurrei de volta a onda de culpa que quis cuspir aos pés dele, e lutei para dizer somente: "Oi, Theo", como se as palavras não coubessem na minha boca, como se tivessem aumentado demais com a saudade e os anos de espera, causando essa dor repentina e cega que o meu coração sentia ao querer abraçá-lo.

Ele ficou me olhando. Cassie, para a minha salvação.

– Oi, Theo – ela disse, sorrindo. – Sua mãe disse que houve uma emergência familiar. Leve o tempo que quiser para resolver as coisas, está bem? Sem pressão. Sabe que eu te dou cobertura, não é, cara?

Ela deu uma piscadela. Fiquei agradecida pelo interlúdio. Recompus-me e engoli o choro. Theo, ainda confuso, permitiu que eu colocasse a mão no seu ombro e caminhou comigo na direção da luz do sol.

Passaram-se alguns quarteirões até que ele falou.

– Papai morreu?

Esqueci completamente da minha desculpa de "emergência familiar". Parei.

– Não, não, Toby está bem. Só queria... passar um tempo com você, sabe? Divertir-nos um pouco.

Theo balançou a cabeça e começou a andar para longe. Corri atrás dele.

– Theo? O que houve?

– Você *sempre* faz isso.

Fiz?

– O quê? Faço o quê?

– Me abandona – ele disse, e começou a andar mais rápido.

– Sabia que você estava mentindo. O que você quer dessa vez, hein? Vai me sequestrar só para sacanear o meu pai? Você quer me envenenar contra ele, é isso? Bom, isso *não vai* acontecer.

 Ele continuou andando. Cada palavra era como um chute no peito. Fiquei parada e o observei por um momento, então, voltei a mim e me atirei pela rua atrás dele.

 – Theo, me escute.

 Ele parou e ficou respirando fundo, recusando-se a olhar no meu rosto.

 – E se eu te dissesse que podemos fazer qualquer coisa, hein? Qual é o seu sonho? O que você gostaria de fazer *mais do que tudo no mundo*?

 – Gostaria de ter cem dólares.

Pensei sobre isso.

 – Combinado. O que mais?

 – Um Nintendo. Com dez jogos.

 – Está bem. O que mais?

 – Quero uma fantasia de Luke Skywalker, com capa, botas, espada e tudo!

 – Ótima escolha! O que mais?

 Ele pensou. Tentei direcioná-lo para a direção certa.

 – Não há nada que queira *fazer*, eu e você? Como um passeio pelo zoológico? Jantar e cinema? Vamos lá, por minha conta.

 Ele deu de ombros.

 – Nada.

 E começou a andar. Mais uma vez, fui atrás dele. Então, lembrei que James provavelmente estivesse com ele.

 – James – sussurrei. – Me ajuda aqui.

Uma voz.

 – Ele quer jogar cartas com você e com Toby.

 Cartas? Era só isso? Então, uma lembrança de nós três relampejou na minha mente. Uma época em que tentamos fazer as coisas darem certo. Theo não tinha mais que cinco anos. Toby começara a usar cartas para ensinar Theo como multiplicar por dois, e logo depois, estávamos sentados no chão da sala de estar, ensinando a Theo as regras básicas do pôquer, rindo enquanto nós três esfregávamos o chão em menos de uma hora.

Foi apenas uma noite, uma única vez. Mesmo assim, de repente o garoto queria jogar cartas mais do que viajar para a Disneylândia ou Sea World. Vá entender.

– O que acha de jogar cartas? – gritei para ele. Ele parou. Andei na sua direção bem depressa. – Sabe, você, eu, papai. Como nos velhos tempos.

– Você e o papai – disse, me fitando. – Mas você o odeia.

Recuei. Se você soubesse, pensei.

– Não o odeio – foi a melhor coisa que me veio. – Eu amo o seu pai.

Ele viu a verdade nos meus olhos.

– Sem chance, você não ama, não.

Repeti e ele acreditou em mim. Acho que isso o sacudiu um pouco, lançou possibilidades na sua cabeça como bolinhas de gude, acendeu uma vela lá dentro.

– Não quero as outras coisas – disse. – Só quero jogar cartas.

Ufa, pensei. Não fazia ideia de como ia arrumar cem dólares.

Fomos para casa e liguei para Toby. Vi que Nan estava lá quando pendurei meu casaco – novamente, ela apareceu como uma névoa brilhante, de pé ao lado da escada – e dei um longo suspiro de alívio. Ela estava me dando cobertura. Mesmo assim, eu tinha outras coisas com que me preocupar. Não tinha planejado ter que lidar com Toby nessa viagem. Tratava-se de tudo que podia fazer por Theo, como poderia mudá-lo, como poderia dizer e fazer coisas que curariam as feridas que infligi na sua juventude.

Mais que ninguém, no entanto, eu devia ter imaginado. Às vezes, a pedra quebra séculos depois do golpe.

Liguei para o apartamento de Toby. Sabia que ele estaria trabalhando em casa, juntando os artigos sobre o seu novo livro. Ouviu o tom da minha voz e disse imediatamente:

– O que houve? – Sua voz, firme e desconfiada.

— É, nada, nada mesmo. Theo e eu estávamos nos perguntando se você se importaria em se juntar a nós nessa noite para jogarmos pôquer.

Uma pausa.

— Isso é algum tipo de piada?

Pisquei. Theo estava sorrindo, o que era animador, fazendo gestos de comer para mim enquanto eu segurava o fone no ouvido.

— E eu acho que Theo quer que peçamos comida. — Theo deu um golpe de kung-fu. — Chinesa.

— Margot — a voz de Toby, severa e impaciente. — Pensei que tivéssemos combinado que iria para a reabilitação por um mês. Hein? Ou você também quebrou essa promessa?

A raiva na voz dele me amedrontou. Hesitei. *Gaia*, pensei. *Por favor, faça-o me dar uma chance. Só uma. Só dessa vez.*

— Toby — falei suavemente. — Desculpe. Desculpe.

Vi o rosto de Theo desmontar, não, *derreter* com uma alegria atordoada. E, quando ouvi Toby respirar do outro lado da linha, cada vez mais devagar, imaginei sua mente viajando em conclusões — *será que ela está drogada? Grávida? Em estado terminal?* — antes de chegar à hipótese de que eu estava sendo sincera.

— Olhe, Margot — ele disse e, antes que continuasse, eu interrompi.

— Agendei o início da reabilitação para a semana que vem. Você tem a minha palavra, Toby. Prometo. Semana que vem estou fora para me desintoxicar. — Eu ri. — Agora, venha até aqui antes que Theo e eu cortemos o baralho sem você.

Então, pela primeira vez em trinta anos, sentei-me com meu filho e meu marido e joguei pôquer, o que não fazia havia tantos anos que os dois ficaram a maior parte do tempo me ensinando as regras todas de novo, explicando o objetivo do jogo para mim como se eu fosse uma criança de dois anos, achando graça por eu ter ficado tão lerda. E comi comida chinesa — com garfo em vez de pauzinho, o que deixou o ato ainda mais engraçado — e, então, fiz tudo o que fizesse Theo rir, qualquer coisa que fizesse sua voz se elevar como uma pluma, satisfeita pela noite. Iniciei conversas que sabia que o provocariam, a veia na sua testa pulsando de empolgação com o novo filme de Spielberg, com o fato de que ele também seria ator, e Toby olhava de um para o outro, segurando suas cartas como uma cauda de pavão, sorrindo e pensando.

Quando deram dez horas, e o corpo de Theo estava prestes a estourar como um saco de pipoca de tanta empolgação, Toby o levou para a cama. Poucos minutos depois, ele desceu as escadas. Pegou o casaco da poltrona, pendurou nos ombros magros e disse:

– Bem, boa-noite.

– Espere – eu disse.

Ele girou a maçaneta da porta e esperou.

– Você tem mesmo que ir assim tão rápido? – Forcei uma risada. Soou forçada. Ele se virou.

– O que você quer, Margot?

Apertei minhas mãos.

– Quero que saiba que eu sinto muito.

Ele trincou o maxilar.

– Pelo quê? Por ficar bêbada na frente do nosso filho, o dia inteiro, todos os dias, por... por semanas? Por dormir com o professor dele e fazê-lo ser motivo de chacota na escola toda? Por deixá-lo sair com roupas sujas, por não levá-lo a um médico quando ele teve apendicite, pelo quê?

Abri a boca. Nenhuma palavra saía. Ele continuou.

– Ou pelo jeito que me tratou, Margot? É, poderíamos ficar a noite toda compilando *aquela* lista de pecados, não é? Vou te falar uma coisa. Desculpe. O que acha?

– Desculpar pelo quê?

– Desculpe por não poder aceitar o seu pedido de desculpas. Não acredito nele. Não consigo.

Sem olhar para mim, saiu da sala e fechou a porta atrás de si.

* * *

Levei Theo para a escola no dia seguinte. Acordara em uma poça de água, e me dei conta: minhas asas estavam voltando. Não tinha muito tempo.

Enquanto ele andava – não, saltitava – do meu lado, falando sobre quando o pai e eu faríamos o segundo round de pôquer, sobre como foi legal ele ter tirado três ases e um valete, e eu apenas alguns três e noves, como poderíamos ir todos ao zoológico no seu aniversário, eu pensei em Margot. Esse plano devia ser para a vida toda. Precisaria confrontá-la, de alguma forma, garantir que ela não desfizesse o que quer que eu tivesse feito durante a minha curta visita. Estava apavorada, não, enlouquecida com o horror impensável da possibilidade de que, depois de tudo que eu tinha feito, depois de tudo que tinha sacrificado, Margot destruísse tudo com um ato tão simples quanto questionar quem tinha pegado Theo na escola naquele dia. E se tudo que eu fiz tivesse colocado a expectativa de Theo e Toby em uma altura maior do que Margot os jogaria, irreparavelmente, até o chão?

Encontrei o lugar – Riverstone –, um prédio branco irregular, em forma de OVNI, com cegonhas de plástico em tamanho real no gramado e Budas de bronze sentados placidamente entre os pilares brancos. Um laguinho de patos brilhou atrás dos arbustos que cercavam o prédio redondo. Segui as placas até a recepção.

Minhas lembranças de Riverstone eram muito vagas, para dizer o mínimo. Como um lago na chuva, recordava-me apenas de lampejos de cenas curtas e nítidas: uma arrogante terapeuta em uma sala que cheirava a piscina; olhar para as minhas mãos em uma manhã e perceber que havia crescido dois dedos extras em cada mão – os efeitos do tranquilizante, sem dúvida, já que os dedos extras logo caíram – e uma mulher que sorriu, pegou na minha mão e falou comigo sobre cangurus.

Encontrei a recepcionista sentada a um cubículo com aspecto da era espacial, coberto por uma redoma de vidro. Apresentei-me como Ruth, aliviada de que, finalmente, pudesse usar meu próprio nome.

– Você é a senhora Delacroix... a irmã dela? – a recepcionista. Esforcei-me para disfarçar a semelhança física. Óculos. Boina. Maquiagem pesada. Pelo jeito, não funcionou muito bem.

– Prima – respondi.

– Dá para perceber – ela sorriu e franziu o nariz. – Nós normalmente não aceitamos visitas...

– ... é uma emergência – insisti. Era verdade. Era mesmo. – Um membro da família está morrendo, e prefiro que ela saiba disso agora, não um mês depois.

O rosto da recepcionista desarmou.

– Ah, tá, tudo bem. Ligarei para a terapeuta dela. Mas não estou prometendo nada.

Fui levada à área comum, onde Margot e os outros "hóspedes" estavam aparentemente tendo um "momento de tranquilidade". Parecia tremendamente entediante. Margot estava enlouquecendo, provavelmente. Pelo menos eu estaria. As paredes estavam cobertas por quadros grandes de moldura dourada com as palavras "Aceitação" e afirmações como "Atitude é altitude" na parte inferior. Revirei os olhos e visualizei as palavras sendo substituídas por "Cinismo" e afirmações como "O fracasso é inevitável". Nada como um senso de realidade aguçado para ajudar na recuperação. Do jeito que era, quem quer que tenha projetado o lugar claramente resumia recuperação a muitos sofás brancos aveludados e mesinhas de centro de vidro espalhadas por todos os lados com luzes e tulipas de chá. Música clássica gotejava delicadamente de um alto-falante invisível. Olhei para o grande relógio estilo Big Ben em cima da porta e senti meu coração acelerar. Se falassem para eu voltar amanhã, eu estava frita.

Nas portas brancas de passagem para a sala comunal, a terapeuta – uma canadense baixa e ossuda com franjas pretas e pesadas chamada doutora Gale – pegou no meu braço e olhou por debaixo dos óculos para os meus olhos.

– Acho que não poderei deixá-la ver Margot – ela disse. – É contra a política da empresa. Mas posso transmitir-lhe qualquer mensagem que desejar.

Pensei rápido.

– Tenho que vê-la. Você não entende? Ela nunca se recuperará se descobrir que... Nan morreu enquanto ela estava aqui dentro. Na verdade, isso provavelmente a fará sair do trilho...

– ... Sinto muito – disse a doutora Gale enfaticamente. – Margot já assinou uma lista de termos e condições que inclui tragédia na família. É importante para a recuperação dela. Espero que entenda.

Um sorriso, breve como uma piscadela. Em seguida, se virou e foi embora.

Fechei os olhos e respirei. Não esperava esse contratempo. Pensei melhor: como contornar essa situação sem atear fogo no lugar? Está bem, pensei. Aqui vai. E rezei. *Faça com que o anjo da guarda desta senhora dê um empurrãozinho na direção correta.*

– Doutora Gale?

Meio que gritei pela sala na direção dela. Algumas cabeças intrigadas se viraram no sofá e olharam para mim.

A doutora Gale parou.

– Por favor, baixe essa voz – repreendeu-me.

– Eu realmente preciso ver Margot. Prometo que não vou interferir no seu tratamento. Ela só precisa saber de uma coisa. Sou eu que não estarei aqui quando ela sair. Preciso vê-la uma última vez.

A doutora Gale deu uma olhada ao redor de si. Alguns de seus colegas a encaravam. O seu pé direito virou-se para a porta, mas, então, ela começou a se dirigir vagarosamente para a minha direção.

Ficou parada na minha frente e me analisou.

– Está bem. Você tem dez minutos com ela. – Fez uma pausa, depois disse baixinho. – Margot teve que ser sedada inúmeras vezes desde sua entrada, portanto, pode ser que esteja um pouco apática. É normal. Tente apenas não falar muito alto nem muito rápido.

Concordei e acompanhei a doutora Gale por um longo corredor até uma pequena sala. Ela abriu a porta e chamou por Margot. Uma figura surgiu de uma cadeira perto da janela, depois andou lentamente na nossa direção.

– Margot – disse a doutora Gale calmamente. – Sua prima está aqui. Acho que ela tem más notícias.

– Minha... prima? – Margot. Ainda não tinha chegado ali, nessa hora. Piscou bem devagar e olhou para mim.

A doutora Gale balançou a cabeça.

– Vocês têm dez minutos.

Assim que a porta fechou, sentei na cadeira em frente a Margot, inclinei-me e tentei pegar sua mão. Ela se afastou e ficou olhando para o colo. Vê-la assim em carne e osso me tirou o fôlego. A noção da minha própria fisicalidade, da dela, fez com que eu quisesse chorar. Ela parecia tão frágil, tão anestesiada pelos medicamentos e pelo desespero. E eu também senti vergonha por não tê-la protegido mais. Por não torná-la uma pessoa plena.

Finalmente, peguei na mão dela. Estava frouxa e mole como uma folha na palma da minha mão.

– Margot, quero que você preste atenção – eu disse com firmeza. Ela levantou a cabeça e olhou para mim. Tomei fôlego e continuei. – Tenho algo muito, muito importante para lhe contar, e quero que me escute de verdade agora. Está bem?

Ela me olhou meio de lado, a cabeça instável.

– Eu a conheço?

– Quase.

Uma pulsação. Ela deu um riso abafado. Lembrei-me dela no primeiro encontro com Sonya.

– Você tem um sotaque engraçado. É de onde?

Percebi que minha voz ainda escorregava de vez em quando para um agudo australiano dos anos em que morei lá. Anos que Margot ainda não tinha vivido.

– Sydney – eu disse.

– Na Austrália?

– É.
Uma pausa longa.
– Lá tem cangus, tem?
– Cantus?
Tirou suas mãos das minhas e ficou com as duas mãos no rosto como patas.
– Ah – eu disse. – Cangurus.
Balançou a cabeça positivamente.
– Sim, lá tem cangurus, sim.
Pensei cuidadosamente no que deveria dizer. Passou pela minha cabeça contar que eu era *ela*, visitando do futuro. Rapidamente recuperei o juízo. Definitivamente, definitivamente não poderia pedir que ela confiasse em mim. Jamais confiei em alguém na minha vida adulta. Nem mesmo no meu próprio marido. Nem mesmo em mim.

Então, fui com o que tinha funcionado comigo.

Contei-lhe sobre o que havia acontecido com Theo no centro de detenção. Não hesitei. Contei-lhe com detalhes vívidos e gráficos, até o ponto em que chorei, e Margot ficou olhando, olhando cada vez mais para longe, para fora da janela, balançando a cabeça eventualmente quando eu fazia alguma pergunta, tocando o seu rosto quando expliquei o que Theo tinha sofrido, e que ele precisava dela para que tudo ficasse bem.

Por fim, cheguei ao ponto. O motivo real por que eu estava ali.
– Preciso que perdoe Toby – eu disse.

Ela virou o olhar para mim, a cabeça instável. O que quer que tenham dado a ela, a drogou e a fez viajar para o espaço.
– Ele me traiu. Com a minha melhor amiga.
– Não, ele não a traiu, Margot. Juro, ele não a traiu.

Ela ficou me olhando. Eu queria sacudi-la. Ela permaneceu imóvel. Procurei algo em minha mente para dizer-lhe que pudesse romper as barreiras dos medicamentos, algo que pudesse passar pelos anos de suspeita e descrença, pelas camadas de autoproteção e dor.

Antes que eu pudesse falar, ela disse:
— Sabe, eu costumava ver anjos quando era criança. Há muito tempo. Você acredita em anjos?

Depois de alguns momentos, concordei, perplexa.

Ela ficou calada por um bom tempo, apenas ficou olhando pela janela, imersa em uma lembrança.

Inclinei-me para frente e peguei a mão dela.

— Toby ainda é apaixonado por você. Você tem uma chance — *somente uma* — de reivindicar esse amor. Mas se perdê-la, nunca mais terá outra.

Liguei para Theo na escola, correndo a maior parte do caminho porque perdi o ônibus, sentindo a umidade das minhas asas nas costas. Cada segundo agora era precioso, portanto, dei atenção especial ao nosso tempo juntos. Jantamos no IHOP e fomos ao cinema na Union Square assistir a *Hook — A volta do capitão Gancho*. Comprei um armário inteiro de roupas novas para ele — tudo no cartão de crédito de Margot — e ficamos até a madrugada acordados arrumando o quarto dele, colando alguns pôsteres do Batman nas paredes, limpando o tapete, trocando a sua roupa de cama e aparafusando os painéis soltos do seu armário de forma que não parecesse que ia desmoronar em cima dele durante a noite. Finalmente, consertei a persiana e dobrei suas roupas. Disse-lhe que fosse para a cama que eu levaria um copo de água para ele, mas quando voltei, ele já tinha dormido.

Fui em direção ao quarto de Margot. Do outro lado do corredor, uma luz. Nan, pensei. Caminhei na sua direção. Nesse momento, a voz de Nan, vindo do quarto à minha esquerda.

— Ruth!

Um segundo depois, caí no chão, meu rosto sangrando e queimando do que quer que tenha me atingido, meus pulmões tão comprimidos que mal podia respirar. Respirei fundo e cambaleei. Bem na minha frente estavam Ram, Luciana e Pui. Eles se amontoaram, aparecendo primeiramente como três pilares de sombra. Ram estava segurando um mangual cheio de esporões ao final de uma corrente.

Só havia uma coisa a fazer. Correr.

Ram recuou, pronto para fazer uma nova investida contra mim com o mangual. Fugi para a sala de estar, e quando ele me alcançou, levei as mãos às têmporas, pronta para a explosão contra a minha cabeça. Vi Nan pelo canto dos olhos, estendendo a mão e desviando o golpe. Quando ela fez isso, senti dois braços enrolarem-se por debaixo das minhas axilas, me imobilizando no ar: Luciana me segurava, enquanto Pui comprimia a mão bem no meu peito. Foi como se tivesse me aberto, e gritei. Ouvi Theo gritar no quarto dele. James apareceu ao meu lado e dirigiu-se ao quarto de Theo. Mas Luciana e Pui o viram.

– Não ousem! – berrei, e Pui riu na minha cara, inclinou-se para frente e mergulhou dentro de mim com a mesma facilidade com que se entra num armário.

Naquele momento, acho que vi o Inferno. Pui estava me levando para lá, arrastando-me para fora do meu corpo e descendo uma rampa escura, para dentro de um mundo tão aterrorizante que pude sentir a sua crueldade nos ossos.

Então, escuridão.

Ouvi pancadas, urros e gritos – mas longe, como se eu estivesse sendo arrastada para outro lugar, outra época.

Quando acordei, estava estendida no chão de um quarto branco, nua. Apavorada. Era isso? Eu estava no Inferno?

Dobrei os joelhos na direção do peito e estremeci.

– Nan? – chamei. Depois – Theo? Toby? – Passos atrás de mim.

Virei-me. Levei um momento para perceber que a figura brilhante a minha frente era Nan. Seu rosto brilhava intensamente, como o sol do meio-dia, as asas esticadas dos dois lados dos ombros, grandes faixas de luz vermelha. Seu vestido não era branco como antes, e não era material; era como se ela tivesse levantado a superfície de um lago parado refletindo a luz do sol e a deslizasse sobre a cabeça.

— Diga-me — eu disse, tremendo tanto que as palavras pareciam chocalhar ao sair da minha boca. — Vou para o Inferno, agora?

— Acho difícil — disse Nan calmamente. — Acabei de impedir que fosse sua mais nova moradora.

— Mas eu vou para o Inferno, certo? No futuro?

— Somente Deus decidirá quais serão as consequências das suas escolhas.

Isso era um pouco tranquilizante. Sabia que ela não mentiria para mim. Mas eu tinha que encarar o fato. Nan não me salvara do Inferno, não indefinidamente. Ela apenas atrasara a minha chegada.

Fiquei de pé. Estendi os braços e toquei o vestido dela.

— Por que você mudou?

— Todos nós mudamos — disse, depois de um bom tempo. — Assim como você mudou de um bebê para um adulto quando era mortal. Quando a salvei, me tornei um arcanjo.

— Por quê?

— Cada tipo de anjo tem um papel específico a serviço de Deus. Alguns de nós nos transformaremos em Potestades, outros, em Virtudes. Poucos de nós nos tornaremos Querubins, que protegem e ajudam os humanos a tomarem consciência de Deus. E muito poucos se tornarão Serafins.

— E alguns vão parar no Inferno, não é?

Um sorriso fugaz.

— Tome — ela disse, e levantei a mão para proteger meus olhos quando olhei para a sua mão esticada. Ela estava segurando um vestido branco.

— E o azul?

— Não pode ser usado novamente. Isso foi tudo que restou.

E ela me entregou uma pequena joia azul ao final de uma corrente dourada. Vesti o vestido branco, e amarrei a joia no pescoço.

— E agora? — perguntei. — Mudei a vida de Theo?

Ela levantou a mão. Nela, um mundo paralelo apareceu, do tamanho de um globo de neve, então se expandiu até ficar do tamanho de um melão. Cheguei mais perto e espreitei. Lá dentro, como reflexos na água da piscina, uma imagem de Theo no final da sua adolescência. Bruto, carrancudo. A princípio, achei que estivesse sentado atrás de uma mesa de madeira em um escritório; então, me dei conta de que estava sentado no tribunal, vestido com o traje laranja padrão de presidiário, baixando a cabeça quando o veredicto foi anunciado. Uma voz de mulher disse:
– Culpado!
Theo foi forçado a ficar de pé e arrastado para fora.
– É isso? – chorei. – Depois de tudo aquilo, Theo pega prisão perpétua e eu vou para o Inferno? – Olhei para Nan, aguardando uma resposta. Ela não me deu nenhuma.
Fiquei de joelhos.
Por bastante tempo, chorei de quatro, deixando minhas lágrimas cair no chão branco. Aquilo tudo foi em vão. Não consigo nem explicar como me sentia.
Finalmente, limpei o rosto e fiquei de pé para encarar Nan.
– O que faço agora? – perguntei. – Eu mudei alguma coisa?
– Sim – respondeu Nan. – E nem tudo que mudou irá agradá-la. Você verá Margot fazendo escolhas que frustrarão todos os seus planos.
– Não tenho mais planos, Nan. Eu vou para o Inferno, se lembra?
– Foi como eu lhe disse antes – disse ela, muito séria. – Nada é certo.
Sequei os olhos. Ela estava me dando esperança. Mas, dessa vez, parecia um ato de crueldade.
– O que faço agora? – perguntei.
Pela primeira vez em muito tempo, Nan sorriu.
– Você tem um trabalho a fazer. Vá fazê-lo.

23

A palavra mais dura

Eu estava lá quando Margot voltou de Riverstone, para casa, despida de seus vícios, mas, por sua vez, despida da noção de quem era, de onde viera, por que estava aqui. Largou suas bolsas, tirou o cabelo do rosto e suspirou. Toby e Theo estavam esperando na sala de jantar. Ela olhou além deles para as flores secas no vaso.
– Margot?
Ela olhou para Toby.
– Sim?
– É... – ele olhou para Theo. – Cara, você pode dar um minuto para mim e para sua mãe?
Theo concordou com a cabeça e dirigiu-se para o quarto. Dei uma olhada para Gaia, que estava de pé na porta. Ela andou na minha direção e me deu a mão.
– Você está bem? – perguntou.
Balancei a cabeça positivamente, embora estivesse longe de estar bem.
Vi Toby tirar um monte de papéis do seu grande casaco de pescador e colocá-los na mesa de jantar. Sabia o que eram. Pigarreou e ajeitou os ombros, usando uma das mãos para procurar alguma coisa nos bolsos do casaco. A sua certeza, acho. Por alguns minutos, ele manteve a mão em cima dos papéis, como se soltá-los fosse um ato inteiramente irrevogável, algo que ele nunca mais poderia mudar.
Diga que o ama, Margot, eu disse bem alto, mas ela continuou olhando para as flores.

— Estes são... papéis de divórcio — Toby disse, prendendo a respiração. — Tudo que tem a fazer é assinar embaixo de onde assinei e nós dois poderemos... seguir em frente.

Margot tirou os ramos secos do vaso e seguiu para a cozinha sem fazer contato visual. Toby a seguiu.

— Margot?
— O que foi?
— Você me ouviu?

Ela segurou os ramos secos.

— Elas morreram enquanto estive fora.
— E daí?
— Você não trocou a água?
— Não, não troquei. Eu não moro aqui, lembra? Você lembra que me expulsou... Deixa pra lá, não vamos trazer tudo isso à tona de novo.

Podia ver Theo na porta do seu quarto no final do corredor, ouvindo atentamente, o desejo do seu coração queimando como brasa. *Por favor, por favor...*

Margot olhou para as flores na sua mão.

— Sabe, mesmo que mergulhasse isso em uma banheira, mesmo que eu as molhasse por dias a fio, elas estão mortas. E é isso.
— Olhou para Toby. — Entende?

Ele balançou a cabeça bem devagar e afundou as mãos nos bolsos. Então, sacudiu a cabeça.

— Na verdade, não entendo. Do que você está falando, Margot? Primeiro, você me pede desculpas, e depois... depois estamos todos jogando cartas como se fôssemos uma grande família feliz de novo...

Ela olhou para ele rapidamente e disse:

— Cartas?

Como se não lembrasse, e isso o enfureceu.

Ele aumentou a voz.

— Esperei *seis anos* para que você me perdoasse, para que se abrisse para a hipótese de que talvez, só *talvez*, eu *não* tenha traído

você, que talvez o que tenha visto não fosse a história toda, que talvez eu realmente a *ame*...
Ela olhou para ele.
– Você me ama?
– Amei – ele disse, olhando para baixo. – Quis dizer, amei.
Ele virou os papéis na mesa.
– Sabe de uma coisa? Essas flores estão mortas. Preciso seguir com a minha vida.
Ele foi embora. O silêncio pairou na sala como um suicida.

Na manhã seguinte, uma carta de Hugo Benet, agradecendo Margot por seus serviços editoriais, elogiando-a pelo trabalho realizado nos cadernos de Rose Workman, pelo qual havia um cheque de direito autoral anexo.
O cheque era de 25.000 dólares.
Eu a vi ficar inquieta no apartamento, e me lembrei do vazio que se instalou uma vez que cortei o álcool da minha vida, como uma pedra gigante removida da entrada de uma caverna. Olhou para o cabelo no espelho. *Preciso cortar o cabelo*, pensou. Em seguida, tocou o rosto. Nada além de linhas e tristeza.
Andou lentamente pelo corredor até o quarto de Theo, como um acrobata na corda bamba, colocando os pés cuidadosamente em linha, um na frente do outro, atenta para não cair. Eles a aplaudiram quando completou seu tempo na reabilitação, jogaram um primoroso buquê de lírios e orquídeas em seus braços e, como uma consagração, anunciaram-na como alguém que finalmente estava limpa. Tiraram até uma foto Polaroid dela com os outros internos na entrada de Riverstone, aquela com os Budas e as cegonhas. Ela colocou a foto apoiada no relógio da lareira como um lembrete: *Você está limpa agora. Não se esqueça.* Mas esse é o problema da reabilitação: eles deixam você tão limpa que parece muito artificial, muito difícil de ficar sempre desse jeito, de ficar tão branco, tão descorado de humanidade. Pelo menos, era assim que eu sentira.

Queria alguém que me mostrasse como ter uma vida normal. Como viver sem uma pilha de garrafas vazias me escorando.

Theo estava encolhido na cama, fingindo dormir. Tudo o que ouvira Toby dizer ficara matutando em sua cabeça, e ele fez o melhor que pôde para entender. James sentou-se ao pé da cama, tentando distraí-lo ao incitar a sua imaginação. Mas não estava funcionando. Theo viu Margot parada na sua porta e sentou-se lentamente.

— O que acha de nos mudarmos para outro lugar?

Ela disse aquilo da forma mais delicada possível, como se tivesse pensado bem a respeito, como se soubesse exatamente o que estava fazendo.

— Para onde?

Ela deu de ombros.

— Para New Jersey?

Ela riu.

— Para onde, então? Las Vegas?

Ela andou na direção do mapa-múndi da parede em cima da mesinha de cabeceira dele.

— Sabe, seu pai e eu nos casamos aqui.

— Vamos nos mudar para lá, então.

Ela analisou o mapa, os braços ainda cruzados.

— Que tal Austrália?

Theo ponderou.

— Não fica há milhões de quilômetros?

— Cerca de quinze mil.

— Sem chance.

— Por que não? Lá tem canguru.

Theo suspirou e deixou os pés pendurados para fora da cama.

— Você *realmente* quer se mudar para a Austrália? Ou isso é outra forma de se vingar do papai?

— Você moraria lá comigo?

Theo olhou para os pés e franziu a testa. Mais uma vez, ele estava se sentindo dividido. Olhei para James.

– Diga que ele pode dizer não – eu disse. – Diga que pode ficar com Toby.

James concordou e repetiu o que eu tinha dito.

Depois de um bom tempo, Theo olhou para cima.

– Mãe, posso visitá-la na Austrália?

Era a sua resposta. Margot ficou olhando para ele e sorriu.

– Claro.

– Tipo, todo verão?

– Sim, embora o verão aqui seja inverno lá.

– Posso ter um canguru como bicho de estimação?

– Talvez. Mas você definitivamente pode ir e ficar o tempo que quiser.

É claro que antecipei bastante a mudança. Independentemente do quanto valorizasse os litorais quentes de Sydney pelo meu senso atrasado de bem-estar, me odiava por abandonar Theo. Foi injusto tê-lo colocado na posição de escolher entre mim e Toby. Fui cruel e levianamente egoísta, por me mudar não para outra parte da cidade, para outro estado, mas sim para outro continente.

Mesmo assim, depois de tudo que tinha sofrido, depois da série de eventos que quase acabaram comigo, isso era a minha rede de segurança.

Margot começou a sua autotransformação com um corte de cabelo radical – um cabelo Chanel cor de chocolate que fazia uma volta para fora no pescoço – e um bronzeamento de spray. Depositou o cheque de Hugo, comprou uma pilha de roupas novas da Sacks e marcou uma consulta com um cirurgião plástico. Blefaroplastia, ou remoção da tristeza em volta dos olhos. Pode remover todos os bolsões que quiser, eu disse a ela. A tristeza está incrustada na alma.

Ela decidiu ficar com o apartamento por mais um mês ou dois, só para o caso de as coisas não darem certo. Eu lhe disse que não havia necessidade, mas, desde que voltara de Riverstone, ela não reagira a uma palavra sequer que eu dissera. Quando cantei a Música das Almas – só uma vez, para ver se ainda havia conexão entre nós duas – ela não piscou, não se sentou e ficou olhando em volta, não tremeu com a sensação da minha presença. Se não a conhecesse, teria suposto que ela fosse uma pessoa completamente diferente.

Nan veio na noite anterior à viagem de Margot para Sydney. Sentei-me, pernas cruzadas no telhado do apartamento, sob um raro céu cintilante, sentindo-me desconectada de tudo e de todos – de Deus, da minha família, de mim mesma. Dei um passo para fora, bem na beira do telhado. Pode me chamar de dramática. Dificilmente era uma tentativa de suicídio. Queria ver se eu tinha realmente me desligado, se o meu trato com Grogor tinha mudado as regras. Caí por cerca de meio segundo e... nada. Estava suspensa no ar, como um mergulhador em um lago próprio para nado. Para variar, isso me tranquilizou.

Nan ouviu meus infortúnios com a sua paciência estoica de sempre. Quando terminei, disse que eu olhasse ao redor. O que era uma escuridão enluarada momentos antes, agora era uma paisagem de telhados cintilantes, em cima dos quais se sentavam fileiras de arcanjos, cada um deles como rubis reluzentes de três metros de altura, seus rostos firmes e humanos com expressões de determinação e objetividade. Fios de fogo de várias espessuras e forças orbitavam em torno do corpo deles, brilhantes como cometas. Alguns estavam armados com espadas, escudos, outros com arco e flecha. Todos velavam por mim. Lembrando-me de sua solidariedade. Que eles estavam cuidando de mim.

Nan não disse nada durante todo o tempo em que fiquei desabafando sobre Theo, Toby e Margot. Quando fiz a minha pergunta de sempre – o que devo fazer? –, ela ficou de pé e olhou para uma nuvem deslizando pelo céu de paetês como uma ovelha negra.

– O que é aquilo? – perguntei.
– Olhe atentamente – disse ela.

Fiquei olhando. A nuvem deslizou vagarosamente em direção à lua até que cobriu o ponto branco no céu. E, então, uma visão.

Imagine um trailer de filme: a visão era formada de trechos de um evento, como cenas remendadas de forma esquisita por um editor cinematográfico bêbado. O tempo estava fora de sincronia: Margot dirigindo seu carro, cantando a música que tocava no rádio. Então, mais para frente no tempo, fragmentos de metal voando pelo ar em câmera lenta. A cabeça de Margot lançada para frente com o impacto. Outro carro rodando na estrada como um pião. Um close de uma calota retorcida girando em direção à calçada. O vidro de um para-brisa quebrando. Outro carro desviando e indo na direção de uma mulher que empurrava um carrinho de bebê na calçada. Margot atravessando o para-brisa, seu rosto inchando e sangrando em câmera lenta, batendo no asfalto em uma manhã quente e ensolarada, os braços dobrados nas costas, quebrados, seu corpo todo retorcido, aterrissando no lado esquerdo do quadril, esmagando a pélvis, em seguida deslizando – não mais em câmera lenta – até o pneu deformado de outro carro, soltando fumaça pelo capô.

– O que é isso? – Olhei para Nan.

– É algo que você tem que evitar que aconteça – respondeu.

– Um dos efeitos das mudanças que causou é o que está vendo. A não ser que evite.

Meu coração palpitou.

– E se eu falhar?

– Você não vai falhar.

– Mas, e se...?

– Você quer mesmo saber?

Era a minha vez de lançar um olhar para Nan.

Ela continuou me encarando.

– Margot ficará paralisada do pescoço para baixo, condenada a uma cadeira de rodas e sob cuidados vinte e quatro horas por dia pelo resto da vida. Mas ela terá sorte. Quatro pessoas morrerão no acidente, incluindo um bebê, um homem prestes a se casar e uma mulher que será útil para evitar um grande ataque terrorista no futuro.

Curvei-me sobre os joelhos e respirei fundo.

– Como posso evitar isso?

– Preste atenção – disse Nan, severamente. – Isso é tanto o seu treinamento quanto uma questão de urgência. É tudo que sei.

— *Preste atenção?* – Meio que gritei com ela. – *Essa* é a minha instrução?
Ela se aproximou quando a visão se encerrou.
– Olhe ao seu redor – falou, calmamente. – Você realmente acha que tem algo a temer? Mesmo agora, como um anjo, sabendo que Deus existe, vendo o que está vendo – por que o medo ainda faz parte do seu ser?
Fiquei calada. Não sabia a resposta.
– Você foi instruída a fazer alguma coisa, não a temê-la. Então faça-a.
Deu um passo na direção da beira do telhado.
Virei-me.
– O que você quer dizer com meu *treinamento*?
Mas ela já tinha ido.

Pisando em ovos? Pulando a cada som, cada movimento? Paranoia nem começaria a descrever o meu estado de espírito na manhã seguinte. Assisti ao sol nascer e suspirei. Rezei: *por favor, deixe as mensagens aparecerem novamente. Estou ouvindo, de verdade. Desculpe por ter estragado tudo. Por favor, só me diga o que fazer.*
Minhas asas gotejavam indiferentemente, impotentes como água purificada.
Margot vinha sonhando com Sonya. Ela aparecia na casa de Sonya e a confrontava sobre o caso com Toby. Pegou todas as roupas dela – o vestido de estampa de leopardo e os sapatos vermelhos que pegara emprestado na noite em que ela e Toby se casaram – e as jogou nos pés de Sonya. Então, Sonya se desculpou. Margot se sentiu péssima, porque percebeu que, esse tempo todo, Sonya tinha se desculpado. Ela percebeu que, esse tempo todo, ela própria estava errada.
Quando acordou, se sentiu vazia. Vi, pela primeira vez, vestígio de um sonho sobrevivendo na sua aura como café derramado: a princípio, as imagens do sonho salpicaram pela luz rosa-clara que saía de sua pele como a névoa da manhã, até que, finalmente, quando as duras fronteiras do dia começaram a pressionar o seu senso de

realidade, o sonho não passava de algumas gotas, cada uma delas representando uma imagem do rosto de Sonya, penitente, sincero.

    As últimas tarefas a cumprir antes que Margot arrumasse as coisas e fosse embora para Sydney incluíam armazenar os seus maiores móveis e pegar o visto no passaporte no centro da cidade. Ela vestiu a mesma calça jeans e blusa preta que eu vestira algumas semanas antes, querendo entender por que estavam jogadas na cama, em seguida, pegou as chaves do carro e desceu as escadas.

    O que pensei ser, a princípio, um vazamento de óleo revelou-se como uma pequena mancha de sombra, pairando bem embaixo do carro. Fiquei do lado de fora do veículo, procurando por demônios no estacionamento – meio que queria, meio que esperava dar de cara com Ram, Luciana, Pui ou Grogor, para devolver na mesma moeda a hospitalidade com que me receberam havia pouco tempo –, depois prestei atenção no antigo Buick prateado de Margot. Ela deu ré, quase encostando em uma lata de lixo, e eu vi a sombra vibrar como se a gravidade a estivesse prendendo à parte debaixo. Então, quando ela começou a dirigir rua abaixo, vi o que era: um galho preto, como o arco escurecido de um arco-íris, guiando todo o caminho desde a sombra, passando pelas latas de lixo e subindo, por cima do cume do morro.

    Lembrei-me da visão. Não tinha visto ninguém, pelo menos não mais que alguns segundos. Havia uma mulher na calçada, empurrando um carrinho de bebê. Não vi o rosto dela. Foi a escolha de alguém que decidira dormir até mais tarde naquela manhã e estava prestes a causar um acidente porque estava indo para o trabalho com pressa? Ou alguém que escolhera entornar uma garrafa de Jack Daniels enquanto dirigia pela Lexington Avenue? Havia algo de errado com o carro?

    Então, um detalhe da visão. Pouco antes de Margot ser jogada para frente, lançada através do para-brisa, ela se virou e falou alguma coisa. Acho que pensei que estivesse falando comigo. Mas, então, entendi. Com quem quer que estivesse falando, estava sentado ao lado dela. Bem no assento do passageiro.

Entrei no carro, sentei-me no banco de trás e me inclinei para frente, perto do ouvido dela.

— Margot! — gritei. — Não pare. Não pegue ninguém, você está me ouvindo? *Ninguém*, nem se o mundo estiver acabando. Você está me escutando, Margot?

Ela não ouvia. Minhas asas estavam pulsando. Suspirei aliviada. Sim, pensei. *Dê-me instruções. Dê-me qualquer coisa que me diga o que está acontecendo.* Então, a pulsação cessou. Olhei ao redor, freneticamente.

Bem ali, bem ao meu lado, estava Grogor.

— Gostou da viagem? — ele disse.

Ele estava mais novo agora. Trinta e muitos. Lembrava um bonito advogado jovem, talvez um banqueiro. Barba feita, pele morena. Um novo terno preto. Sempre na moda. Virei-me para encará-lo, pronta para lutar.

— Cai fora — eu disse.

Ele fez som de reprovação.

— Já, já — disse ele. — Só vim aqui para ver como estava. Ouvi dizer que você teve uma espécie de discussão com Ram e companhia. — Franziu a testa. — Isso não me agradou. Garanto a você que a punição foi dada.

Imediatamente, mensagens nas minhas asas: ele *é uma distração*.

Eu o ignorei e fiquei olhando para fora da janela, analisando tudo, tentando exaustivamente encaixar o que tinha visto na visão com o que estava vendo aqui e agora.

— Tenho outra oferta — continuou. — Acho que você tem que escutar essa.

Virei-me, examinando a rua lá fora. Avistei uma mulher empurrando um carrinho de bebê e pulei. Mas, então, o sinal ficou vermelho e paramos. Seria possível que a imagem de Nan fosse um erro?

— Você sabe que vai para o Inferno — disse Grogor cuidadosamente. — E você sabe, não haverá somente três demônios lá que não gostam de você. Haverá milhões.

Estendeu o braço e banhou o dedo na minha asa, só por um segundo. E por aquele segundo longo e terrível, um flash do Inferno surgiu na minha mente. Sem fogo, sem enxofre. Somente amargura torturante e palpável. Uma sala escura sem tapete, portas ou janelas, apenas um interior sem luz. Em seguida, como um holofote, uma centelha de luz vermelha trazendo objetos à tona: um jovem sendo despedaçado por uma multidão de figuras sombrias. Vi quando calmamente o costuraram novamente como se fosse um boneco de pano, ignorando o seu choro. Vi outras salas onde as pessoas acompanhavam projeções em três dimensões de suas próprias vidas, e extensões dessas vidas, berrando enquanto assistiam a si mesmos mergulharem num limbo do qual não tinham mais como sair, homens tentando catar todos os pedaços de uma explosão que varou toda a sala como vidro se quebrando em câmera lenta. Eu sabia, de alguma forma, que as projeções verdadeiras estavam em constante repetição o tempo todo.

Vi coisas que não consigo nem descrever. Parece que me ergui daquele lugar sem saídas, e vi prédios enormes e negros cheios de salas como as que vira antes, repletas de gritos. E me vi, chegando à entrada daquele prédio. Assim como no Lar Santo Antônio, bati na porta. Todas as cabeças viraram. Eles estavam vindo.

– Tire as mãos de mim – briguei com ele.

Lambeu os dedos. Estava em carne viva por causa das minhas asas. Ele me lançou um olhar.

– Isso foi só um relance – disse. – Imagine uma eternidade disso, Ruth. Mas, você está com sorte, há uma alternativa.

Hesitei.

– Qual é?

Ele olhou intrigado.

– Ruth... você não sabe quem sou?

Fiquei olhando para ele apática. Ele sacudiu a cabeça, incrédulo.

– Bem, se você vier comigo agora, assegurarei que você não receba sequer um olhar fuzilante dos milhões de demônios esperando por você. Imunidade, se preferir.

Pensei sobre o assunto, mais tempo do que deveria. E confesso, parte de mim queria dizer sim. Muito do que ele dizia estava certo. Eu fizera um trato que significava que estava lentamente escorrendo para o Inferno. Quando um policial está na prisão, ele não fica cara a cara com muitos criminosos que querem o seu sangue? Eu estava passando por um apuro parecido. A única diferença é que esses criminosos não queriam o meu sangue. Eles queriam a minha alma.

Então, as palavras de Nan: *Você realmente acha que tem algo a temer?*

Eu me mexi no banco e forcei um sorriso. Ele sorriu de volta e se inclinou para frente. Havia, se não me engano, uma certa cobiça em seus olhos.

– Então? – ele disse.

– Você deve me achar uma fracassada, Grogor. Portanto, deixe-me abrir o jogo: preferiria enfrentar todos os residentes do Inferno a passar mais um segundo na sua companhia.

Ele não perdeu tempo.

– Você não quis dizer isso realmente – disse, sorrindo, mas, no reflexo escuro dos seus olhos, pude ver alguém se aproximar da janela atrás de mim.

Naquele momento, a porta do carro se abriu, e Grogor desapareceu. Alguém sentou-se no banco do passageiro e bateu a porta.

– Mas que...? – Margot gritou para a mulher sentando ao seu lado.

– Dirija.

Era Sonya. Uma Sonya mais pesada e pesadamente maquiada, os seios pulando do corpete apertado e gótico, o cabelo vermelho alaranjado e com dreads. Os anos não foram generosos com ela.

Margot olhou para ela. Rapidamente, engatou a primeira e arrancou.

– Para onde estamos indo?

– Cale a boca e dirija.

– Bom ver você, Son.

Uma pausa. *Então é assim que acontece*, pensei. *Sonya faz com que ela bata o carro.* Mas, então, lembrei-me da visão. Não havia sinal de Sonya em lugar nenhum quando o carro bateu. Havia? Ezekiel, o anjo da guarda de Sonya, estava lá fora sobre o capô, excluído pelo vidro. Pensei com força e rezei com mais força ainda. *Diga-me o que fazer...*
— O que houve, Son? Estou meio ocupada agora...

Margot fez uma curva fechada, jogando Sonya contra a janela do passageiro.

Sonya se recompôs. Virou-se para Margot.

— Ei, pensei que faz tempo que não nos vemos. Podíamos nos encontrar e, não sei, conversar sobre como nossas vidas ficaram ruins. Talvez pudéssemos fazer uma competição.

— Você escolheu um ótimo momento para isso, Son. Você sempre foi uma ótima planejadora.

— Sabe, eu costumava pensar que era eu que *lhe* devia desculpas. Mas recentemente tenho achado que é o contrário.

Margot pisou no freio no sinal vermelho, jogando Sonya no painel.

— Pelo que me lembro, você ganhou o ouro nas Olimpíadas de destruição de casamento.

Sonya colocou as mãos contra o vidro e se empurrou de volta para o banco.

— Sabe, é esse tipo de coisa que estou falando. Não destruí o seu casamento. — A voz dela tremeu. — Você sabe o que é ter que conviver com isso desde aquela época?

Margot a interrompeu.

— Ah, será que eu perdi a Festa da Autopiedade?

Engrenou a primeira e pisou no acelerador.

Sonya levantou a cabeça lentamente e olhou para Margot. Lágrimas pesadas e escuras caíram de seus olhos e correram pelo rosto.

— Você ainda não está entendendo, Margie. Desculpei-me com você muitas e muitas vezes. Tentei muito consertar o que fiz

naquela noite. Gastei umas cem horas na terapia. Mas você não vai aceitar. Não é suficiente. Então, agora...
Do seu bolso, uma pequena arma. Ela a pressionou na boca.
– Não!
Margot virou o carro, errando por muito pouco o táxi da frente. Buzinas soaram por todos os lados. Tentou manter o carro reto enquanto tentava alcançar a arma, cuidadosamente puxando-a da boca de Sonya. Houve um momento em que desconfiou de que Sonya não puxaria o gatilho. Inclinei-me para fora do carro e empurrei a porta do táxi do nosso lado, mantendo-nos retas.
Finalmente, a arma baixou.
– Vou estacionar – disse Margot, sua voz tremendo.
– Continue dirigindo – Sonya disse, virando a arma e pressionando-a contra a testa de Margot. Margot visivelmente prendeu a respiração e congelou de pavor. *O que eu faço? O que eu faço?*
Sonya trincou os dentes.
– Agora você me escuta, querida. Eu aguentei todas as suas acusações hipócritas, desligando o telefone na minha cara, ignorando meus e-mails, e agora isso com Toby. Foi *você* quem sabotou o seu casamento, não eu...
– Você levou anos para me dizer *isso*?
Sonya pressionou a arma até que virasse a cabeça de Margot para o lado.
– Você casou com o cara mais legal que conheci. E sim, eu o queria. Concluí, você o tratava tão mal que não o merecia. Quando tentei agarrá-lo, quando você o afastou para muito longe daquele casamento, quando estava pronto para ser conquistado, ele disse não. Ele disse não, Margot. E mesmo assim, você o largou. Agora, estou lhe pedindo desculpas. E estou lhe falando que Toby não fez nada, absolutamente nada. Mas quero ouvi-la dizer. Diga, Margot. Diga que acredita em mim. Diga que me perdoa.
Seus dedos encolheram ao redor da arma.
– Acredito em você – Margot disse em voz baixa. – Acredito em você.

– Acredita mesmo?
Lentamente, Margot se virou, permitindo que o cano da arma roçasse na sua testa. Fixou o olhar em Sonya.
– Acredito.
Uma pausa longa e apavorante. Sonya deu um enorme suspiro de alívio, até que relaxou os ombros e baixou a arma até o colo. Vi quando sua aura pareceu apagar a cor, o seu amarelo ictérico mudando para um azul-turquesa vibrante.
Então, o carro deu um puxão para a esquerda.
– O que foi isso? – berrou Sonya.
Margot tentou manter o carro reto, por pouco não batendo em outro veículo.
Fiquei atenta. Vi a mulher com o bebê no carrinho à minha direita e me lancei para fora. De repente, uma mensagem das minhas asas, alta e clara:
Confie.
Então, a cerca de três metros, um homem em um Lincoln preto, saindo de uma rua ao lado. *Se eu estender a mão*, pensei, *consigo parar isso.*
Confie.
O carro estava tão perto que eu podia ver o meu reflexo no retrovisor.
– O que quer dizer com "confie"? – gritei. – O que devo fazer, recuar e não fazer nada?
Foi como se o barulho dos motores dos carros, a tagarelice que emanava da cafeteria na calçada, a fúria da rua, as sirenes de polícia, o metrô, as calhas escorrendo – tudo isso parasse. E somente um som penetrando o ar, como um sussuro:
Confie.
Então, fechei os olhos e, naquele momento, confiei que tudo seria como devia ser: o carro iria parar em algum lugar, sem atingir a mulher que empurrava o carrinho, sem atingir o carro preto com o homem que estava prestes a se casar. Fiquei no meio do trânsito e fechei os olhos.

Bem naquele momento, um lampejo de luz, saindo de mim e envolvendo tudo ao meu redor. Era como se eu fosse um diamante lapidado refletindo um intenso raio de sol, de forma que, repentinamente, todas as cores imagináveis emanaram de mim para cada canto da rua ao meu redor. E montados naquelas flechas de luzes, estavam os arcanjos, lançando-se na frente da mulher, guiando o carro preto na direção certa, segurando o pneu enquanto Margot parava o carro, bem em frente ao cruzamento que reconheci da visão de Nan.

Fiquei ao lado do carro, vendo os arcanjos confortar a mãe e o bebê que gritava, enquanto sussurravam para o homem no carro preto que continuasse até o seu destino, enquanto guiavam pedestres em seus caminhos, consultando-se com os anjos deles. Em seguida, desapareceram tão rapidamente quanto apareceram, retirando-se em raios de sol e discos brilhantes da chuva remanescente.

Gradualmente, a luz ao meu redor diminuiu. Toquei meus braços e rosto e percebi que estava pingando de suor.

Andei até o carro de Margot e entrei no banco de trás, me perguntando o que tinha acabado de acontecer comigo. Precisava desesperadamente que Nan aparecesse e me explicasse, mas ela não apareceu.

Margot olhou para Sonya.

– Sabe, da próxima vez, você não precisa trazer uma arma.

Sonya olhou para ela.

– Funcionou, não funcionou?

Uma pausa.

– Sinto muito.

– É, sinto muito também.

– Meu cartão – Sonya disse, jogando um cartão de visita preto no painel do carro. – Me liga, Margie.

E saiu, enfiando a arma na bolsa. Parou na janela e se inclinou para dentro.

– Me faz um favor – disse. – Volta com Tobes.

E, com isso, foi embora.

24

Embaralhando as cartas

Na tarde seguinte, sentei-me no meu lugar na classe angelical do voo da Qantas, de Nova York para Sydney, olhando para as luzes lá embaixo, acima da Terra, para os anjos protegendo as estrelas e os planetas acima de mim. Pensei sobre o que Nan havia dito – "esse é o seu treinamento" – e queimei alguns neurônios tentando entender o que ela quis dizer com aquilo. Por que eu estaria sendo treinada agora? Um pouco tarde para isso, não era? Ou era treinamento para outra coisa?

E me lembrei da mensagem que sentira nas minhas asas no momento crucial. *Confie.* Fiquei aliviada por ter optado por escutar, mas confusa com o motivo pelo qual fora instruída a simplesmente confiar. E se eu não tivesse sido enviada àquele carro para fazer algo, para evitar o acidente? Tudo o que fiz foi me forçar a acreditar que, de alguma maneira, tudo daria certo. Não fazia ideia de como tinha funcionado. Mas alguma coisa aconteceu quando o fiz, alguma coisa essencial. Transformei-me, por um breve momento, em algo diferente, em *alguém* diferente. Estava determinada a fazer outra tentativa.

E pratiquei a fina arte da esperança.

Esperança vã, mas esperança, apesar de tudo. Esperança de que talvez ganhasse alguns pontos com Deus, suficiente para espantar a minha traição da Sua cabeça. Esperança, apesar da visão que Nan me mostrou de Theo sendo condenado à prisão perpétua, de que talvez ainda houvesse uma maneira de fazer o suficiente para ajudá-lo a evitar aquele destino. Esperança de que encontraria uma forma de voltar para Toby. Morreria tentando. Mesmo que tivesse que morrer uma segunda vez.

Como Nan previu, havia sinais de que as coisas haviam melhorado, de que as coisas haviam mudado. Quando me mudei para Sydney, levei semanas para encontrar um lugar para morar, portanto, fiquei muito tempo morando em um albergue em Coogee, um subúrbio de East Sydney, onde dividi um dormitório com uns estudantes tailandeses e uma mulher de Moscou que ficava dentro de casa dia e noite, fumando cigarros grandes e largos e bebendo vodka. Minha recaída era realmente inevitável; logo, havia me juntado a ela, e a minha procura por uma casa, um emprego e uma vida desapareceram garrafa atrás de garrafa com dizeres em russo.

Margot aterrissou no aeroporto internacional de Sydney nas primeiras horas de uma manhã de segunda-feira de setembro. Pensei em poupá-la do desagradável dormitório em Coogee e sugeri que fosse direto para Manly e alugasse um apartamento com vista panorâmica para a praia. Havia grande chance de eu estar sendo um pouco precipitada em sugerir o apartamento – havia alugado o apartamento no início de dezembro daquele ano –, mas a ideia de Manly se consolidou, e ela pediu orientação para chegar até lá. Um ônibus seguido de trem, e lá estava ela arrastando a sua mala pelo calçadão, suspirando diante da fila de pinheiros de Norfolk Island que repentinamente surgiram aos seus olhos como árvores de Natal gigantes, o manto de mármore da areia, as ondas cor de anil do oceano derrubando surfistas amadores de suas pranchas.

Enquanto lhe orientava para chegar ao apartamento, uma mensagem nas minhas asas. Mais forte do que eu havia experimentado. Não era apenas uma mensagem, mas uma corrente circulando pelo meu corpo, e, com aquela corrente, uma imagem de Margot, seu cabelo comprido e loiro de novo, andando por campos, por um lago, em direção a uma estrada em uma encosta. Olhei ao redor procurando por tal lugar, depois procurei nas minhas lembranças.

Não havia lugar algum que me lembrasse o lugar que eu tinha visto, não em nenhuma parte de Sydney que eu me lembrasse. Então, me dei conta: a mulher na imagem não era Margot. Era eu. *Observe. Proteja. Grave. Ame.* Levei trinta e poucos anos para perceber a ausência da palavra "mudar" neste conjunto de diretrizes, assim como a omissão das palavras "influenciar" e "controlar". Então, enquanto Margot apreciava as ruas de Manly, perdida no fuso horário e impressionada com a beleza do lugar, a novidade de cada vitrine de loja e esquina de rua, recitei aquelas quatro palavras como um mantra. Resisti à vontade de empurrá-la na direção daquele apartamento maravilhoso – a sala de estar ampla e sem paredes com uma varanda que avançava pela praia, a cama de quatro colunas, a banheira de tanoeiro, a mesinha de centro com peixes tropicais nadando dentro dela – e recuei enquanto ela tateava no lugar, no tempo, como se nunca tivesse acontecido antes. Como se tudo realmente estivesse acontecendo exatamente agora.

E acho que percebi que passei grande parte dos últimos quinze anos comportando-me como pais que esqueceram completamente como é sonhar com o Natal, qual é a sensação de entrar em uma loja de brinquedos quando se tem cinco, seis ou sete anos de idade, ou por que lugares como a Disneylândia requerem loucura a mil decibéis. O privilégio de viver no presente era uma interminável oportunidade de empolgação e surpresa. Nem tanto, no meu caso. Consequentemente, eu tratara Margot com a mesma falta de compreensão com a qual ela havia tratado Theo. Eu a tratara com total falta de perdão.

Portanto, tentei um novo sistema: eu a deixaria tropeçar, a deixaria cair, e se ela se fosse para muito longe, eu a pegaria e a colocaria onde precisava estar. Como quando ela deixou de se sentir empolgada e eufórica naquela primeira noite na Austrália para se sentir perdida e sozinha. Fez check-in no hotel que ficava próximo ao calçadão e ficou vinte minutos olhando para o minibar. *Não*, aconselhei-a. Ela hesitou, então, tirou as duas pernas da cama e se dirigiu para a porta. *Melhor não*, falei. *Você é uma viciada, querida.*

Seu fígado não vai aguentar. Então, providenciou três garrafas de Bailey's e meia dose de gim com tônica antes de olhar para suas mãos trêmulas e pensar, por si mesma, *talvez eu deva parar.* Conforme eu me lembrava, ela decidiu criar um plano. Você pode chamá-lo de um conjunto de metas. Eu nunca fui muito boa em fazer listas. Melhor com imagens. Então, ela se sentou com um punhado de jornais e revistas espalhadas pelo chão do quarto do hotel, cortando fotos que traduziam o que queria da vida, enquanto cortava imagens de uma casa com cerca de madeira, gatinhos, um fogão grande, uma pomba, Harrison Ford... As imagens das minhas metas que inundavam a minha mente eram quase idênticas. Assisti, sorrindo, enquanto ela reduziu a imagem do Harrison Ford a um par de olhos, depois cortou o queixo e o nariz de Ralph Fiennes, em seguida escalpelou um modelo de cabelos ruivos. Juntou os pedaços e fez uma colagem de Toby.

Então, cortou uma imagem de jornal que não fazia referência a nada: uma foto de uma capa de um livro que carregava a imagem de Ayers Rock com uma montagem de uma baleia na frente. O título era *O cárcere de Jonas*, e o autor era K. P. Lanes. Talvez seja bom ler esse livro, eu disse a ela.

Um telefonema para a recepção.

– Boa-noite, senhora Delacroix. Em que posso ajudá-la?

– Há alguma livraria aberta aqui por perto?

– É, não, desculpe senhora, são dez e meia da noite. Nada de livraria até amanhã.

– Ah.

– Posso ajudá-la em mais alguma coisa?

– Sim. Você já ouviu falar de um autor chamado K. P. Lanes?

– Ah, sim, ouvi sim. Ele é meu tio.

– Está brincando? Acabei de ver uma foto do livro dele no *Sydney Morning Herald*.

– É, é uma beleza. A senhora o leu?

– Não, cheguei hoje de manhã...

– Gostaria de ler?

– Bem, sim, claro...
– Está bem. Vou lhe mandar o meu exemplar daqui a pouco.
– Ah, isso seria maravilhoso!
– Tudo bem.

Ela leu o livro de ponta a ponta, antes de apagar e dormir por doze horas. Mais uma vez, não foi assim que eu havia vivenciado Sydney. Era como se a mão de cartas que eu havia distribuído durante a minha vida tivesse sido embaralhada. Enquanto eu conhecera K. P. Lanes no saguão de uma das muitas editoras nas quais fui pedir emprego, Margot o conheceu poucos dias mais tarde no saguão do hotel. Era para ser a primeira das muitas diferenças com relação à minha vida. Comecei a desconfiar da credibilidade da minha memória. Então, entendi: *nós realmente somos duas pessoas diferentes. O que ela faz, o que eu faço – não é mais a mesma coisa.* Como a predileção de Toby em escrever por cima de manuscritos envelhecidos e desbotados, a sua paixão perversa em espiar os fantasmas pálidos das palavras que se escondiam atrás do que ele mesmo escrevia, decidi, bem ali no lobby enquanto Margot apertava a mão grande e aborígene de Kit, *deixe estar. Deixe estar.*

A versão dos acontecimentos em minha memória não era totalmente diferente, no entanto. Kit – ou K. P. Lanes, como é conhecido no mundo literário – era um detetive aposentado que escrevera vários tipos de texto durante a vida. Alto, gentil e muito tímido, levou dez anos para escrever *O cárcere de Jonas*, e vinte anos para publicá-lo. Como ele havia revelado algumas tradições indígenas que eram consideradas sagradas pelo seu clã, a maioria de seus familiares e amigos o ignoravam. Como certa vez havia me explicado e agora explicava para uma Margot chorosa e respeitosa, ele somente revelara com precisão os segredos do seu povo porque este estava se acabando. Queria que as tradições se perpetuassem.

O cárcere de Jonas fora publicado por uma editora independente, e apenas 100 exemplares haviam sido impressos. Não houve

lançamento. Os sonhos de Kit de contar para o mundo sobre as crenças e valores do seu povo foram arruinados. Mas ele não ficou triste. Estava certo de que seus ancestrais podiam-no ajudar. Margot estava certa apenas de duas coisas:
1. O seu livro era incrível em muitos aspectos.
2. Apenas ela poderia ajudá-lo.

Então, o restante do cheque que Hugo Benet gentilmente pagara para tranquilizar a sua consciência pagou mais duas mil impressões do livro, uma modesta campanha promocional e o lançamento do livro de Kit na Surry Hills Library. E foi aí que fui útil: no lançamento, reconheci o jornalista Jimmy Farrell, responsável por juntar a história da jornada de Kit de forma que contasse a história dos sacrifícios culturais que fizera. Isso rendeu a Kit, menos de seis meses depois de o Supremo Tribunal da Austrália declarar *terra nullius*, uma polêmica envolvendo o direito de exigir terra nativa, o status de escritor indígena australiano que escrevia sobre assuntos de território e identidade.

Vá falar com ele, eu disse a Margot, empurrando-a na direção de Jimmy.

Até dezembro, o livro de Kit havia vendido mais de dez mil exemplares, e ele e Margot começaram a ter um caso. Kit saiu em turnê pelas ilhas por quatro meses com o seu livro, enquanto que Margot alugou um escritório pequeno e apertado em Pitt Street, com uma visão parcialmente decente – se você subisse em uma pilha de livros e esticasse o pescoço, podia ver as espinhas dorsais brancas do Opera House – e registrou a sua empresa: a Agência Literária Margot Delacroix.

Então, uma ligação de Toby.

– Oi, Margot. Sou eu, Toby.

Eram seis horas da manhã. Abandonando completamente o costume, ela já estava acordada, andando pelo chão quente da cozinha em seu robe, bebendo o seu novo veneno: água quente com limão e mel.

– Oi, Toby. Como está o Theo?
– Bem, engraçado você ter mencionado o nosso filho. Ele é o motivo da minha ligação.

Ela se lembrou de que não tinha falado com Theo por uma semana. Deu com o dedão do pé na geladeira. Castigo.

– Desculpe, Tobes, aqui está uma loucura...
– ... é que aconteceu uma coisa.

Ele suspirou. Uma pausa longa. Ela percebeu que ele estava chorando.

– Toby? Theo está bem?
– Sim. Bem... Sim, quero dizer, ele não está machucado nem nada. Mas está no hospital. Dormiu na casa de Harry, os dois acharam que seria muito legal fazer uma competição de bebida, e agora Theo está no hospital em coma alcoólico...

Ela segurou o fone contra o peito e fechou os olhos. *Eu fiz isso*, pensou.

– Margot? Você está aí?
– Sim. Estou aqui.
– Veja bem, eu não estou pedindo que você... Só liguei para lhe contar, só isso.
– Você quer que eu volte para casa?
– Não, eu... por que, você está voltando para casa? Como estão as coisas por aí?

Hesitou. Ela estava se coçando para contar a ele sobre Kit, sobre o livro. Mas, então, pensou no seu relacionamento com Kit. Toby não tivera um relacionamento desde que saíra de casa. Ela tivera dezenas de casos. Foram sete anos. Sete anos que voaram como folhas na brisa.

– Está tudo bem, tudo bem. Toby, que tal eu ir para aí no Natal? Talvez possamos jogar cartas juntos.
– Aposto que Theo ia adorar.
– É? – Ela estava sorrindo agora. – E você?
– Sim. Eu também ia adorar.

* * *

Ela voltou uma semana depois com uma mala cheia de shorts e sandálias para uma Nova York gelada, enfeitada para o Natal. Passaram-se apenas alguns meses, mas o ritmo da cidade parecia ultrapassá-la, como se ela estivesse participando de uma corrida, só que caminhando. Já sentia que seu lugar em Nova York fora preenchido. A cidade exigia certas habilidades, e as dela haviam sido embotadas pelo estilo de vida ensolarado e tranquilo de Sydney. Demorou meia hora para parar um táxi. Fiquei inquieta, animada com a ideia de ver Gaia e James de novo.

– Oi, mamãe – disse o indivíduo magro e de cabeça raspada, na porta.

Margot piscou.

– Theo?

Ele mostrou a boca de aparelho prateado, em seguida se inclinou para frente para um abraço relutante.

– Que bom ver você, filho – disse ela, calmamente.

Ele se virou e sumiu dentro de casa, bocejando. Margot foi atrás, arrastando a bagagem atrás de si.

– Pai, mamãe está aqui.

A figura sentada perto da janela se levantou.

– Estava esperando você ligar para eu ir te buscar – disse ele, ansioso. – Não me diga que pagou um táxi do JFK até aqui?

Margot o ignorou e ficou olhando para Theo.

– Você doou seu cabelo para a caridade, querido?

– Eu estou com câncer. Obrigado pela sensibilidade.

Toby sorriu se desculpando e enfiou as mãos no bolso.

– Vejo que temos um empate no Campeonato de Sarcasmo.

Deu um passo à frente e deu um beijinho encabulado na bochecha de Margot.

– É muito bom te ver, Margot.

Ela sorriu e olhou para baixo.

Theo ainda estava ali, visivelmente querendo alguma coisa. Toby olhou para ele.

– O que... Ah! Desculpe, Theo.

Ele enfiou a mão no bolso, sacou a carteira e passou uma nota de vinte para o filho.

— Agora escute aqui, rapaz, não passe das dez, ouviu?

Theo se despediu.

— Falou. Até mais, pai. — Uma batida. — Mãe.

E desapareceu pela porta da frente.

— Amo você, filho — Toby gritou para ele.

— Amo você também.

A porta bateu.

Quando Theo saiu, o constrangimento entre Margot e Toby na sala de estar contrastava dramaticamente com o encontro entre James, Gaia e eu na sala de jantar. Enquanto Margot e Toby se sentaram formalmente em lados opostos da sala, pisando cuidadosamente sobre tópicos de conversa seguros, James, Gaia e eu tropeçávamos nas notícias de cada um. Depois de muito tempo falando, finalmente paramos, olhamos um para o outro, e caímos na gargalhada. Eles haviam se tornado a minha família, e eu sentia a falta deles todos os dias. Eu até me amaldiçoei por ter incentivado Margot a se mudar para tão longe, embora tenha percebido que a distância entre ela e Toby tinha sido boa para os dois. De repente, antigas feridas de guerra pareciam não mais que pequenos cortes na relação de ambos. Eles foram cordiais um com o outro, ficaram contentes por estarem na companhia de alguém familiar, de alguém que um dia amaram.

Era para James que eu tinha mais perguntas. Gaia me atualizou a respeito das atividades de Toby, principalmente — devido às minhas persistentes perguntas de ex-esposa ciumenta — sobre os seus relacionamentos amorosos, e fiquei feliz de ouvir que eram zero. Finalmente, me virei para James.

— Seja sincero comigo. O que eu fiz mudou alguma coisa para Theo? Ele parece pior do que quando Margot foi embora.

James ficou olhando para o chão.

— Acho que temos que pensar a longo prazo quando se trata de coisas desse tipo.

Virei-me para Gaia.

— Toby é um bom pai — ela disse, um pouco consoladora demais.
— Ele está mantendo aquele rapaz sob controle. E James é o melhor anjo que uma criança pode ter. — Ela bateu na perna de James. — Theo algumas vezes responde à presença de James, o que é uma coisa boa. Às vezes, quando James fala com ele no sonho, Theo responde.

Olhei para James, maravilhada.

— Isso é fantástico! O que ele diz?

James encolheu os ombros.

— Letras do *Megadeth*, a tabuada do doze, uma fala aleatória de um episódio de *Batman*...

Gaia e James começaram a rir novamente. Eu ri também, mas, por dentro, estava vazia. Ainda não havia qualquer evidência de que o que eu fizera tinha beneficiado alguém, e eu ainda estava encarando o preço.

As coisas não melhoraram. Theo voltou para casa depois da meia-noite, acordou tarde na manhã de Natal, em seguida deu uma desculpa de que havia deixado o seu jogo do Sega na casa de Harry e ficou fora o resto da tarde. Seis dias depois, quando chegou a hora de Margot voltar para Sydney, ela conseguira ter quatro conversas com Theo que aconteceram mais ou menos como se segue:

Margot: Oi, Theo, fiquei sabendo que tem jogo dos Knicks depois de amanhã, você quer ir?

Theo: Uh.

Margot: Filho, isso é um decalque ou uma tatuagem de verdade?

Theo: É.

Margot: Theo, é uma da manhã. O seu pai falou dez. O que está acontecendo?

Theo: Na.

Margot: Tchau, Theo. Vou mandar uma passagem para você e, é, nos falamos, está bem?

Silêncio.

* * *

Gaia e James me asseguraram de que fariam tudo que pudessem para proteger Theo do destino que eu tinha visto. Mas quando Margot voltou no verão seguinte, Theo visitara o hospital mais cinco vezes por toxicomania. Também tinha sido preso. Estava com apenas treze anos.

Contei a ela a história do centro de detenção repetidas vezes.

— Você se lembra, Margot — eu disse —, se lembra do que falei para você em Riverstone? — Então, contaria as coisas terríveis que Theo sofrera, e frequentemente eu chorava, e James vinha e me abraçava. Uma vez, ele me contou que tivera em suas próprias asas uma mensagem que lhe dizia que tudo que Theo vivera o transformaria, no final das contas, no homem que ele era para ser, que tudo daria certo para o seu próprio bem.

Eu não podia dizer a ele que eu vira exatamente no que Theo se *transformaria*. Grogor se certificou de me mostrar a imagem completa e angustiante de Theo como um adulto.

E, então, uma brecha.

Eu estava me repetindo pela quinquagésima vez quando, de repente, Margot me cortou no meio da frase. Ela e Theo estavam na mesa da cozinha, estalando ovos e passando manteiga na torrada.

— Sabe, Theo — ela disse, pensativa. — Eu já lhe contei que passei oito anos da minha vida em um orfanato?

Ele enrugou a sobrancelha.

— Não.

— Ah.

Ela mordeu a torrada. Ele ficou olhando para ela.

— Por que você foi para um orfanato?

Ela mastigou e pensou.

— Não tenho certeza. Acho que meus pais foram mortos por uma bomba.

— Uma *bomba*?

— Isso. Acho que sim. Eu não me lembro muito bem. Era muito nova. Tinha a sua idade quando finalmente fugi do orfanato.

Theo ficou curioso. Olhou para a mesa e falou rapidamente.

— Por que você fugiu? Eles não a pegaram?

E ela lhe contou, sem hesitar, de como a sua primeira tentativa de fuga resultara em uma surra que quase a matou, como ela foi jogada na Tumba – e aqui, ele a fez contar as dimensões e o horror daquele lugar em detalhes –, como escapou na segunda vez, foi pega e encarou Hilda e O'Hare.

Theo assistia a sua mãe, olhos arregalados.

Pergunte-lhe sobre o centro de detenção, falei para ela.

Ela se virou para ele.

— Sabe, aquela não foi a primeira vez em que apanhei, Theo. Não foi a última.

Uma lembrança de Seth apareceu na sua mente e seus olhos encheram-se de água. Ela pensou no bebê que perdera. James se aproximou de Theo e colocou as mãos sobre seus ombros.

— Agora — ela disse, muito séria, aproximando-se do rosto de Theo. — Sei que coisas ruins aconteceram com você naquele centro de detenção. É preciso que me conte o que foi, porque, por Deus, meu filho, descobrirei quem fez e acabarei com eles, pode gravar minhas palavras.

O rosto de Theo ficou vermelho. Ele olhou para as mãos, esticadas na mesa, uma em cima da outra. Bem devagar, as tirou da mesa e as colocou embaixo das pernas.

Então, levantou-se e saiu da cozinha. As coisas que aconteceram com ele eram de uma espécie que o faziam sentir que havia algo de errado consigo mesmo. Levar um soco na cara ou um chute no estômago era explicável, tinha um nome. Mas a outra coisa? Ele não tinha palavras para explicar.

Outro ano se passou. Theo passou menos tempo no hospital e mais tempo no porão do seu melhor amigo bebendo uísque, depois cheirando cola, depois fumando maconha. Margot andava de um lado para o outro no seu apartamento, em Sydney, sem saber o que fazer. Parecia que tinha sido ontem que ele ainda era um bebê, quando as dimensões das suas necessidades eram tão simples quanto alimentarse e dormir. Mas agora, em tão pouco tempo, as necessidades de Theo eram um nó que ela não podia desatar nem dar.

Kit se aproximou quando ela se sentou à varanda, bebendo o seu primeiro copo de gim-tônica depois de um bom tempo. Acenei para Adoni, o anjo da guarda de Kit e um ancestral distante, que guardava quase tudo para si.

Analisei Kit com atenção. Ele esteve em cena por mais tempo do que o esperado. Sim, eu tinha conseguido mudar as coisas, mas estava feliz com tudo que havia mudado? Não completamente. Na minha versão, Kit e eu havíamos tido um caso por poucos meses, pois concluímos que preferíamos ter um relacionamento de trabalho, e seguimos com nossas vidas, separados. Aquela versão poderia ter facilitado um reencontro entre Margot e Toby. Mas agora, vendo Margot despejar suas queixas em Kit, vendo-o simplesmente ouvindo-a, concordando nos lugares certos, comecei a duvidar. Talvez ela devesse ficar com Kit. Talvez ele fosse bom para ela.

— O que eu posso fazer? — ele disse, finalmente, colocando uma das mãos pálidas e pequenas de Margot entre as suas.

Ela puxou a mão.

— Eu não sei como lidar com isso — falou. — Theo está fazendo exatamente o que eu fiz. Sou hipócrita quando digo para ele não fazer.

— Não, não é — disse Kit. — Você é a mãe dele. O fato de ter feito tudo isso lhe dá ainda mais direito de chutar o traseiro dele por isso.

Ela mastigou uma unha.

— Talvez eu devesse ir até lá...

Kit sentou-se na cadeira. Pensou por alguns momentos, então falou:

— Traga ele aqui. Deixe-me conhecê-lo, finalmente.

Um minuto se passou. Ela considerou. Será que estava pronta para isso?

* * *

Pouco tempo depois, Theo foi pego no aeroporto por um aborígine alto de tranças nagô grisalhas e cicatrizes no rosto que se apresentou como Kit.

Como quem nunca conheceu um aborígine, bem, você pode imaginar a reação de Theo.

Kit levou Theo até o seu jipe reformado no estacionamento e lhe disse para entrar.

– Aonde estamos indo?

Theo bocejou, jogando sua mochila no banco ao seu lado.

Kit gritou sobre o ronco do motor.

– Tire uma soneca, amigo, descanse um pouco. Chegaremos lá em um segundo.

Eles dirigiram por horas. Theo dormiu no banco de trás, abraçado na mochila. Quando acordou, estava no meio do deserto australiano, debaixo de um céu que brilhava com constelações, cercado pelo barulho dos grilos. O jipe de Kit estava estacionado debaixo de uma árvore. Olhou ao redor, esquecendo por alguns momentos que estava na Austrália, se perguntando onde sua mãe estava.

Kit apareceu na janela de trás. Dessa vez ele não estava mais vestindo uma blusa polo nem calça de algodão cáqui. Estava nu da cintura para cima, com um pedaço de pano vermelho ao redor da cintura, seu rosto e tronco largo pintados com círculos brancos espessos. Em sua mão direita, uma vara grande.

Theo deu um pulo.

Kit estendeu a mão.

– Agora, venha – ele disse. – Saia daí. Quando terminarmos, você será um nativo de verdade.

Theo chegou para trás, afastando-se da mão estendida diante de si.

– Quanto tempo levará?

Kit deu de ombros.

– Quantos metros tem um carretel de barbante?

* * *

Três semanas depois, Theo voltou para casa. Com exceção do tempo que ficou na casa de Margot, ele passou as noites sob um amplo céu, acordando de vez em quando para encontrar uma cobra que se arrastava perto do seu travesseiro, depois sendo instruído por uma voz baixa vinda das sombras sobre como lanceá-la e tirar a sua pele. Passou os dias fazendo fogo com dois pedaços de madeira seca, ou fazendo uma pasta com pedra e água, que depois aplicava à própria pele com o dorso de uma folha grande e preta.

– Qual é o seu sonho? – Kit perguntava, repetidamente.

Theo sacudia a cabeça e dizia algo como:

– Quero jogar nos Knicks – ou – Quero ganhar uma moto no Natal. – E Kit sacudia a cabeça e desenhava uma imagem de um tubarão ou de um pelicano.

– Qual é o seu sonho? – ele tornava a perguntar, até que um dia Theo pegou o galho e a pasta da mão dele e desenhou um crocodilo.

– *Este* é meu Sonho – disse ele.

Kit balançou a cabeça e apontou para a figura.

– O crocodilo mata a sua presa arrastando-a para dentro d'água e agarrando-a até que se afogue. Acaba com a unidade básica de sobrevivência da criatura. – Apontou a vara para Theo. – Não desista da sua sobrevivência tão facilmente. Agora – ele disse, indo embora – acabamos.

Theo olhou para o seu desenho, para as marcas brancas na sua pele queimada de sol, para a terra vermelha teimosamente arraigada debaixo de suas unhas. Pensou no crocodilo. Indestrutível. Arma pura. Era o que ele gostaria de se tornar.

E se transformou, até certo ponto. Quando voltou para Nova York, entorpeceu os tremores do seu passado com qualquer substância que lhe chegava às mãos, qualquer briga da qual pudesse participar. E quando Margot vinha para o Natal, contava a Theo um pouco mais sobre o orfanato, e todo ano ela pedia a ele que lhe contasse mais sobre o centro de detenção, e toda vez que ela pedia, ele ia embora.

Mas, então, uma diferença na vida de Margot com a qual fiquei empolgada: ela pediu a Toby que se tornasse um de seus clientes. Ele aceitou. *Ótima ideia!*, gritei. *Por que não pensei nisso antes? Faz todo sentido!* E comecei a sonhar com os dois voltando a ficar juntos, como a segunda vez poderia ser bem melhor, bem mais sobre *amor* e menos sobre seus egos frágeis, como Theo ficaria feliz, como todos nós seríamos felizes, talvez, no Céu...

Então, assim que Margot colocou o fone no gancho, passos no corredor.

Uma figura na porta.

— Kit?

Ele deu um passo para frente, seu sorriso largo e branco, as mãos enfiadas no bolso.

— Você não devia estar na Malásia?

Ele deu de ombros.

— Odeio dar entrevistas.

Ela jogou os braços ao redor de seu pescoço, beijando-lhe o rosto. Ele a segurou no colo e a carregou, berrando e rindo, para a varanda e disse:

— Margot, meu amor. Case comigo.

Assisti, meu coração batendo forte, enquanto Margot olhava para longe dele em direção ao mar lá embaixo. As ondas lançavam seus rostos nas mãos abertas da praia.

Então, eu vi.

Ela olhou para Kit e sorriu, mas estava com o mesmo matiz dourado que a aura de Toby, e agora fluía como um rio perene, rico e repleto de correntes que arrastavam seu coração até o outro lado do Pacífico para Toby.

Mas ela começou a concordar com a cabeça.

Não, não!, gritei, ignorando a voz na minha cabeça que me lembrava da promessa de me ater às quatro diretrizes de *Observar. Proteger. Guardar. Amar*, de como não devia interferir – disse para a voz ir para o Inferno, e disse a Margot: *Não se case com ele, Margot!*, e ela olhou para ele e disse, sem a menor hesitação:

— Kit, eu sou toda sua.

25

A linha não assinada

Havia um pequeno problema com esse plano, para minha grande satisfação.

Margot nunca assinara os papéis do divórcio. Na verdade, nem ela nem Toby faziam a menor ideia de onde esses papéis estavam. Fazia tanto tempo que haviam se separado que eles se acomodaram no conforto de uma relação que nunca carregou o estigma horroroso de "divórcio", mas que, ao mesmo tempo, lembrava um casamento tanto quanto um rato lembra uma manga.

Ela voou até Nova York para discutir o assunto. Coincidiu com o aniversário de dezoito anos do Theo; portanto, ela disse a Theo e a Toby que esta era a razão de sua visita improvisada. Mas Toby já desconfiava. Ele conhecia a sua futura ex-mulher como as ruas de Manhattan. E, claro, Margot também não disfarçou. A pedra no seu dedo anelar era tão grande quanto uma castanha-da-índia.

– Lindo anel. – As primeiras palavras de Toby no aeroporto.

– O voo foi bom, obrigada. Consegui ficar em uma classe melhor.

Foram em silêncio até o estacionamento. Toby destrancou a porta do seu Chevy antigo. Entraram. Depois de quatro tentativas, o motor roncou vivo.

– Deus do Céu, Tobes, você não acha que devia trocar essa coisa velha depois... de quantos anos mesmo?

– Nunca vou trocar de carro. Vou ser enterrado nele, não sabia?

— Fomos para Vegas nesse carro, não fomos?
— Para nos casarmos.
— Isso. Para nos casarmos.

De volta ao apartamento, Toby se ocupou com a urgência de um café. De repente, tornou-se imperativo que todos na sala tivessem uma xícara de algo quente nas mãos, e que a xícara devia ser lavada, cuidadosamente, e ele se ocupou disso para distrair tanto a si próprio quanto Margot da enormidade do assunto que se colocava entre eles. Divórcio.

Margot sabia o que ele estava fazendo. Isso a entristeceu. Ela esperava que ele fosse mais corajoso. Mas posso lhe dizer que, naquele lugar, naquele momento, se ele a tratasse com indiferença, ela choraria como um bebê. O fato era que eles vinham atacando um ao outro durante anos. Agora era hora de todos ficarem calmos e neutros. Daria muito trabalho.

— Vou me casar — ela disse, finalmente.
— Estou vendo — Toby disse olhando para o café. — Quando?
— Quando você e eu... sabe?
— O quê?
— Fizermos a coisa que começa com um "D" maiúsculo.
— Você não assinou os papéis?
— Não.
— Ah. Por que não?
— Toby...
— Não, eu estou realmente curioso para saber.
— Não sei. Está bem?
Silêncio.
— Quem é ele?
— Quem?
Toby deu uma risada. Novamente, olhando para o café.
— O cara, o senhor Delacroix.
— Kit. Também conhecido como K. P. Lanes.

– Ah. O cliente. Isso não é ilegal?
– Não, Toby. Senão nós dois teríamos sido presos.
– Ah, sim. Porque ainda estamos casados.
– Sim. Ainda estamos casados.

Fazia oito meses que ela não via Theo. Mas, é claro, oito meses durante a adolescência equivale aos saltos de desenvolvimento que ocorrem quando se é um bebê, pois Theo havia explodido da figura baixa e rija para um jogador de futebol americano gigante e com ombros em forma de "T". A semelhança de Toby com o filho de repente pareceu tão improvável que um pedido de confirmação de paternidade não teria sido tão absurdo. Imagine os dois, se quiser, lado a lado: Toby, de ossatura fina e queixo pouco marcado, cabelo ralo e dourado, as mãos magras e femininas, os óculos quadrados de metal encarrapitado no nariz fino e romano. Do outro lado, estava Theo, parando para não bater no portal de entrada, nariz grosso e arredondado. Sua voz era duplamente grave – cortesia da sua ávida inclinação por maconha –, o queixo a ângulos retos do seu osso maxilar, que aparecia de outro ângulo onde uma covinha se formava bem embaixo da boca. Seu cabelo era comprido e levantado em um moicano de galo desleixado. Suas roupas – todas pretas – caindo, arrastando e sujando em volta dele. Até seus sapatos.

– Oi, mãe – ele disse quando Margot bateu na porta do seu quarto e o encontrou, às três horas da tarde, dormindo na cama. Ela levou um minuto ou dois para absorver como ele estava diferente, como ficou alto de repente, como sua forma seminua virou de repente uma paisagem de bíceps e tríceps. Ela avistou um banco de pesos no canto. Ele sentou-se e tirou uma garrafa de vodka debaixo do colchão, então, parou antes de beber para colocar um dedo sobre os lábios.

– Sssssshhh – ele disse. – Não conte ao papai.

Vi quando ela ia dar uma bronca nele, mas, então, parou. O que podia dizer?

E ela disse:
— Oi, Theo — e nada mais.

O advogado de Toby levou uma semana para refazer os papéis do divórcio. Eu o vi da janela do apartamento, carregando o envelope embaixo do braço, sua aura baixa e cinza, seus frágeis ossos de sempre ficando cada vez mais fracos. A distância, parecia consideravelmente mais velho do que seus quarenta e quatro anos. De perto, no entanto, seus olhos continuavam os mesmos.

Puxou uma cadeira em frente a Margot e leu os papéis. Margot girava o anel de noivado.

— Agora, deixe-me ver — disse Toby, procurando onde assinar, apesar do X enorme que o advogado colocara ao lado da linha onde a assinatura de Toby era exigida. — Ah, achei.

Margot o observava. Ela não disse nada, com medo de tornar a coisa mais difícil para ele do que precisava ser. Grande parte dela atribuiu a hesitação de Toby à sua incapacidade de deixar o passado de lado. O Chevy, os sapatos velhos, até mesmo o tipo de livros que escrevia... tudo isso o ancorava nos anos mais felizes de sua vida. Enquanto refletia sobre isso, eu a lembrei: *Margot, querida, você é exatamente assim. Você também não conseguiu superar o passado. Ainda não.*

Toby pressionou sua caneta contra a linha. Produziu um som seco nos dentes com a língua.

— Você quer fazer isso outra hora? — Margot perguntou.

Ele fitou a parede.

— Só preciso ser claro com relação a uma coisa — falou.

Então, uma pausa longa. Todos nós sabíamos que ele estava falando de Sonya, mas trazer isso à tona valia menos do que o perdão que queria.

Finalmente, Margot o ajudou.

— Sei que não dormiu com Son.

A caneta caiu na mesa.

— O quê?

– Ela veio me procurar – Margot explicou gentilmente.
– Então, por quê...?
– Não sei, Toby. Portanto, não me pergunte isso.
Ele ficou de pé, enfiou as mãos nos bolsos e ficou andando pela sala. Finalmente, sussurrou o óbvio.
– Devíamos ter feito isso há anos, não devíamos?
– Sim. Devíamos.
Ele olhou para os papéis.
– Você assina primeiro. Em seguida, eu os assinarei e os levarei para o advogado. Então, estará terminado.
– Está bem.
Agora era a vez de Margot. Ela pegou a caneta e ficou olhando para a linha, esperando a assinatura. *O que você esperava, que fosse fácil?* Falei.
Ela largou a caneta.
– Isso pode esperar – disse. – Vamos almoçar.

Eles foram ao lugar de sempre em East Village e pegaram uma mesa ao lado de uma outra cheia de turistas barulhentos. Uma boa distração. Uma oportunidade para falar de como estava quente, como as estações estavam todas trocadas, de como ela não tinha visto aquele documentário sobre aquecimento global, sobre como o mundo estaria debaixo d'água no século XXII. De um lado para o outro da mesa, o cartão de libertação de remorso da conversa fiada. Eles conversaram sobre o próximo livro de Toby. Sobre o tratamento de canal dela. Assuntos em comum.

Os papéis do divórcio foram esquecidos.

James veio me buscar. Já estava escuro. Já tinha ouvido sirenes de polícia passando. James estava ofegante, os olhos inchados.
– O que houve? – perguntei, e ele começou a chorar.
Theo tinha matado alguém.
A criança tinha sido esfaqueada atrás do pescoço, depois, espancada com tanta força que se afogou no próprio sangue. Em

algum momento da briga, Theo tinha atirado duas vezes na perna dela.

– Por que ele fez isso? – gritei.

Antes que James pudesse responder, Theo rompeu pela porta da frente. O barulho fez com que Toby e Margot saíssem correndo de seus quartos. Quando viram Theo, os dois pensaram imediatamente que o sangue que pingava de suas mãos, cabelo e roupas era dele mesmo. Parte do sangue de fato era dele. Estava com o nariz quebrado e com um corte profundo na coxa. O resto era sangue de um rapaz morto.

Margot correu para pegar toalhas e ataduras para as suas feridas.

– Chame uma ambulância!

Toby procurou por toda parte o telefone sem fio, até que pegou o celular e ligou para 911.

Então, na mesma hora em que Toby conseguiu falar com um operador e deu o seu endereço, uma voz atrás da porta:

– Polícia! Abra a porta!

E Toby abriu a porta e rapidamente ficou imprensado contra a parede – algemas fechando ao redor dos seus pulsos – assim como Theo e Margot, enquanto Theo só gritava:

– Ele estava estuprando a menina! Ele estava estuprando a menina!

26

Confiança cega

Na minha versão, eu estava em Sydney no momento. Eu me dei conta do aniversário de dezoito anos de Theo cumprindo o meu dever de dar um telefonema e transferir um dinheiro para o banco; então, passaria o dia todo lendo o novo manuscrito de Kit. Eu estava no meio de uma reunião com uma cliente quando Toby me ligou com a notícia da prisão de Theo. Por alguma razão, subestimei o acontecido em minha mente. Quando cheguei à Nova York dias depois, fiquei surpresa por encontrar notícias do assassinato com a foto do rosto de Theo embaixo. E, como sempre, acreditei que a culpa era toda de Toby.

Gaia e eu pressionamos James a nos contar logo o que havia acontecido. Em vez de nos contar, ele levantou as asas sobre a cabeça até que um pequeno gongo de água ficou suspenso no ar e, nesse gongo, um reflexo:

Theo, indo para casa depois das comemorações do seu aniversário em um bar no centro da cidade, drogado e bêbado. Está vestindo jeans sujos, uma camiseta manchada de sangue e tem um olho roxo de uma briga no bar por causa de uma garota. Ele para na entrada de um beco para acender um cigarro. Há vozes. Uma discussão. Uma garota, chorando. Um cara, brigando e xingando. Em seguida, um tapa. Um grito. Outro tapa, outra ameaça. Theo se ajeita, visivelmente bêbado. Vai até o beco. Vê, claramente, um atleta debruçando-se sobre uma garota, as calças arriadas até os joelhos, cravando o quadril no dela. Por alguns segundos, Theo pensa em cair fora. Ele não quer se meter onde não é chamado. Então, um choro. Quando Theo olha de novo, ele vê o cara levantando o punho cerrado e socando o rosto da menina.

— Ei! — Theo berra.

O cara olha para cima. Ele dá um passo para trás. A garota cai no chão e choraminga, puxando as pernas contra o peito.

— O que está fazendo, cara? — Theo berra, andando a passos largos na direção do cara.

O cara — loiro, um pouco mais velho que Theo, usando um jeans lavado e uma jaqueta branca da Universidade de Nova York — fecha o zíper da calça e espera Theo chegar bem perto antes de sacar uma arma do bolso. Theo levanta as mãos e dá um passo para trás.

— Opa, opa, o que está fazendo, cara?

O cara aponta a arma para o rosto de Theo.

— Se manda ou vou fazer um buraco na sua cara.

Theo olha para a garota no chão. O rosto dela está inchado e sangrando. Uma pequena poça de sangue está se formando aos pés dela.

— Por que fez isso com a sua garota, hein?

— Não é da sua conta — disse o cara. — Agora dê o fora como um bom menino ou vou dar um tiro no meio dos seus olhos.

Theo coça as bochechas e fica olhando para a garota.

— Não, cara. Desculpe.

— Como assim, desculpe?

Theo olha para ele. Na sua cabeça, imagens do centro de detenção. Lembranças de estupro.

— Isso não está certo — ele diz, suavemente. Olha para a menina, sangrando e tremendo. — Isso não está certo — ele repete.

Antes que o cara se desse conta, Theo dá um golpe com a mão e puxa a arma da mão dele. Mira no cara.

— Contra a parede! — ele grita. — Vire-se e coloque o nariz no tijolo ou vou matar você.

O cara dá uma risada.

— Contra a parede!

O cara vai para frente, o rosto ameaçador. Tira uma faca do bolso de trás e investe contra Theo.

Theo abaixa a arma e dá dois tiros na coxa do cara. O cara grita e cai de joelhos. Theo olha para a garota.

— Vá, dê o fora daqui — ele diz.

Ela se levanta e sai correndo.

Theo deixa a arma cair no chão. Ele está tremendo. Inclina-se sobre o cara, que está gemendo aos seus pés.

— Ei, desculpe, cara, mas você não me deu outra opção...

Antes que pudesse dizer outra coisa, o cara finca a faca na coxa de Theo. Ele grita e, por instinto, retira a faca da sua pele, mas não antes de o cara lhe dar um soco no rosto. Theo recua e enfia a faca no pescoço do cara. Depois, bate nele. E não para até que alguém chama a polícia.

Theo contou tudo isso à polícia. Eles fizeram um exame de urina. Maconha, álcool, cocaína. O outro cara estava limpo. Que garota? Ninguém tinha visto nenhuma garota. O cara morto era um aluno exemplar em Columbia. Theo tinha uma ficha criminal mais grossa que a Bíblia.

Como me senti com tudo isso? A raiva que tomou conta de mim quando soube o que Theo tinha passado no centro de detenção não existia mais. Eu me sentia totalmente desesperançada. Sentia falta de James. Sentia falta de Theo. Vi Margot se lamentar e chorar e ficar andando pelo apartamento a noite toda, e vi Toby tentando consolá-la e responder suas perguntas:

— Fomos nós que fizemos isso? É tudo culpa nossa?

Toby disse:

— Espere. Espere o julgamento. A justiça será feita. Você verá. Você verá.

Kit chegou algumas semanas depois. Ficou uma situação esquisita entre ele e Toby. Silenciosamente, foi decidido que seria melhor para todos se Margot e Kit ficassem em um hotel. Eles fizeram check-in no Ritz-Carlton, depois se encontraram no jantar para discutir os planos.

Toby, sabendo perfeitamente que Kit era vegetariano, reservou uma mesa para três na taverna Gourmet Burger em NoHo.

– Desculpe – Margot sussurrou para Kit atrás do cardápio.

Ele fez um leve movimento com a mão que significava: tudo bem.

Fiquei tensa como um pequeno rato silvestre atravessando uma autoestrada ao observar os três. Isso era a consequência das mudanças que eu tinha feito, e me sentia completamente impotente, como se assistisse a um trem descarrilar montanha abaixo com todas as pessoas importantes para mim dentro dele.

Margot também estava apreensiva. Ficou quieta como uma capela durante a missa, incapaz de comer de tão nervosa. Kit sentiu o seu nervosismo e manteve a maré calma do lado deles da mesa, sorrindo para o seu prato cheio de pão sem hambúrguer e alface e sendo exagerada e ridiculamente legal com Toby. Ele até o cumprimentou pelo seu novo romance, o que fez com que Margot se contorcesse. Ela não tinha reparado que Kit sentia pena de Toby. Um pai na situação de Toby contava, no mínimo, com a profunda simpatia de Kit.

– Está bem, Kit, deixe-me ir logo ao ponto – disse Toby, quando o vinho tinha acalmado o seu ciúme. Ele alcançou a mala entre seus pés e puxou um monte de papéis.

Kit entrelaçou os dedos e olhou pensativamente para Toby.

– Margot me disse que você foi detetive.

Colocou os papéis sobre a mesa e neles tamborilou os dedos.

– Não acredito que meu... *nosso* filho tenha matado aquela criança a sangue frio. Acredito que aconteceu um estupro e que em algum lugar haja uma menina que possa salvar o meu filho da guilhotina.

Kit concordou com a cabeça e sorriu, mas não disse nada. Os olhos de Toby incharam um pouco. O dilema de Theo tomou conta de cada pensamento que lhe ocorria. Ele não dormia havia dias. Margot interveio.

– Acho que o que Toby está tentando dizer, Kit, é que seus serviços são necessários aqui. O Departamento de Polícia de Nova York não está do nosso lado. Precisamos fazer algumas investigações por conta própria para ajudar Theo.

Em silêncio, Kit encheu sua taça de vinho. Sem olhar especificamente para ninguém, disse:

– Quero que vocês dois vão para casa, tirem um cochilo e me deixem dar uma olhada nesses arquivos. Está bem?

Ele chegou para frente e tentou pegar os papéis debaixo das mãos de Toby. Mas, por algum motivo, Toby os segurou e ficou encarando Kit.

– Toby? – Margot implorando a Toby, tanto no tom quanto na cutucada debaixo da mesa, para que não deixasse que a raiva com a aflitiva situação de Theo respingasse na sua relação com Kit.

Kit, sentido o clima, sorriu e levantou as mãos.

– Mais tarde, quem sabe?

Mais tamboriladas. Toby parecia mais agitado. Finalmente, olhou para Kit.

– Quero que saiba – disse, apontando para ele. – Muito tempo atrás, prometi que não faria isso. Agora, você está forçando a minha mão. Queria que soubesse disso.

Ele secou os óculos, bateu-os contra a mesa e empurrou os papéis para o outro lado da mesa.

Inclinei-me e coloquei os braços em volta dele. Ele pensou que a sensação de ser abraçado fosse uma projeção do seu desejo mais profundo, e, audivelmente, chorou. Eu o soltei.

Como se nada tivesse acontecido, Kit pegou seus óculos de leitura dentro do bolso e analisou os papéis cuidadosamente. Depois de alguns momentos levantou a cabeça, surpreso.

– O que foi? Vocês ainda estão aqui?

Os dois se levantaram e foram embora. Depois de um segundo, Margot voltou e beijou Kit na cabeça, antes de sair do jantar e enfrentar a amplidão da noite.

Um aborígine com cicatrizes tribais de quase dois metros batendo nas portas dos apartamentos em cima do beco estimulou muitos moradores, outrora reticentes, a confessarem alguns detalhes.

– Consegui um nome – ele informou Margot e Toby muitas noites depois.

Bateu o notebook na mesa de jantar e se sentou. Margot e Toby rapidamente puxaram uma cadeira. Gaia, Adoni e eu nos amontoamos ao redor.

– Que nome? – perguntou Margot rapidamente.

– Valita. É tudo que tenho. Não temos notícia de nenhum familiar ou parente. Adolescente. Imigrante ilegal. Prostituta. Alguém a viu no local na madrugada em que o assassinato aconteceu.

– Temos algum endereço? Um sobrenome? – Toby, tremendo com a adrenalina.

Kit sacudiu a cabeça.

– Ainda não, mas estou correndo atrás disso.

Adoni olhou para Gaia e para mim com a cara feia de sempre.

– A garota ainda não está pronta para aparecer – ele disse. – Eu vi o seu anjo.

– Você viu?

Quase me arremessei contra ele na mesa. Na mesma hora, Margot se levantou e começou a andar de um lado para o outro na sala.

– Como conseguimos esse endereço? Quero dizer, não há nenhum banco de dados no qual possamos procurar? Não devemos levar esse nome para a polícia?

Kit sacudiu negativamente a cabeça.

– Por que não? – perguntei a Adoni, e – mais uma vez – minha voz confundiu-se com a de Margot enquanto ela perguntava a mesma coisa.

Kit falou primeiro.

– Isso fica entre nós até termos mais detalhes. Se eles souberem que estamos investigando por conta própria, colocarão tantos empecilhos que tornará impossível qualquer tipo de investigação particular. Confie em mim.

Finalmente, Toby falou.

– Concordo com Margot – disse. – Prefiro conduzir isso por intermédio da polícia.

Kit olhou para Margot. Ela cruzou os braços e olhou de cara feia.

– Ele está certo – Adoni disse para James, Gaia e eu. – Há um demônio muito poderoso trabalhando bem de perto com a equipe envolvida no caso de Theo. Temos que manter isso entre nós até que chegue a hora certa.

Aproximei-me de Margot. Com grande hesitação, disse-lhe que confiasse em Kit. Quando consegui alcançá-la, ela caiu no choro. Toby se jogou para o lado dela, prestes a abraçá-la por instinto, mas se conteve. Kit se levantou, lançou um olhar para Toby, e andou na direção de Margot. Ela olhou para Toby de relance. Ele enfiou as mãos no bolso e olhou para o sol que se punha lá fora.

Então, *deus ex machina*.

Toby, Kit e Margot estavam sentados a uma mesa do lado de fora de uma cafeteria perto do Washington Park. De repente, Adoni correu para o outro lado da rua na direção de um anjo em um vestido vermelho, depois acenou rapidamente para que Gaia e eu nos juntássemos a ele. O anjo – uma mulher equatoriana mais velha – estava agitado, embora aliviado em nos ver.

– Essa é Tygren – disse Adoni.

Tygren virou-se para nós.

– Eu estava lá quando tudo aconteceu. Acreditem em mim, estou fazendo de tudo para tentar persuadir Valita a ir à polícia, mas pode ser que demore um pouco. Não sei se será tarde demais.

– Onde ela está? – perguntei.

— Olhe para lá — ela disse, apontando para uma figura encapuzada sentada no banco do parque atrás de uma pequena cerca. — Aquela é Valita.

Apertei os olhos para ver a garota. Ela estava fumando. Sua mão tremendo a cada tragada.

— Por que ela não foi à polícia? — perguntou Gaia rapidamente.

— Você não pode persuadi-la? — perguntei, interrompendo Gaia. — Não temos muito tempo.

Tygren levantou as duas mãos.

— Estou tentando — falou. — Mas há uma história entre ela e o garoto que foi morto que ela precisa resolver antes. Sua família está prestes a ser deportada. E ela está grávida.

Olhei para Valita novamente. Quando olhei com mais atenção, pude ver sombras orbitando em volta dela, às vezes colidindo, às vezes penetrando nela. Então, dentro do seu útero, a pequena luz da criança. Ela terminou o cigarro e esmagou a ponta com o sapato, então, cruzou os braços, mergulhando fundo na própria jaqueta. Parecia querer simplesmente desaparecer.

Adoni pegou as mãos de Tygren e disse algo em quíchua. Tygren sorriu e concordou.

Valita se levantou de repente e começou a andar na direção oposta.

— Tenho que ir! — disse Tygren. — Encontrarei vocês de novo, prometo.

— Como encontraremos você? — berrei.

Um segundo depois, ela se fora.

A partir dali, enquanto Toby, Kit e Margot passavam os dias chegando a becos sem saída, Gaia, Adoni e eu estávamos aguardando Tygren.

O Natal chegou e passou sem comemoração. No fim das contas, e apesar da nossa persuasão, Margot e Toby finalmente convenceram Kit a passar o nome "Valita" para os investigadores à frente do caso. Como Kit previra, os investigadores não estavam interessados. Nenhuma evidência, nenhuma declaração de testemunha. As audiências anteriores ao julgamento giraram em torno da declaração murmurante de Theo, na qual alegava não saber a quem pertencia a faca. Podia ser dele. A acusação caiu em cima disso. Eles encontraram facas parecidas embaixo da cama de Theo. Os investigadores descartaram a possibilidade da existência da garota quando a perícia relatou apenas dois tipos de sangue na cena – graças a Grogor, as acusações feitas durante as audiências serviram apenas para enfurecer Theo, ao ponto de ele ser visto muito menos como uma vítima inocente do que como um desordeiro agressivo.

Gaia, Adoni e eu ficamos atentos a Tygren, mas nenhum sinal dela. Concluímos que Valita devia ter se mudado para outro estado, ou deixado o país. Parte de mim não a culpava. Outra parte sentia saudades de ver Theo e James, nem que fosse pelo menos mais uma única vez, mesmo que fosse apenas para dizer que amava os dois.

Uma noite, fui até Rikers Island, flutuando num mar de demônios para encontrar Theo encolhido em uma cela pequena e suja, que ficava repentinamente menor e mais retraída pela gravidade ao redor. Um presidiário a várias celas abaixo estava gritando o nome de uma mulher e ameaçando cortar os pulsos. Vi os crimes cometidos pelos homens em todo o prédio aparecendo dentro de suas celas como mundos paralelos, crachás espirituais de seus pecados, e vi seus demônios, todos parecendo exatamente com Grogor quando o encontrei pela primeira vez: monstruosos, bestiais, empenhados em me destruir. Mas havia anjos lá também. A maioria homens, algumas mulheres plácidas e maternais, supervisionando homens cujos crimes me enojavam. Apesar do horror dos seus crimes, seus anjos ainda os amavam. Continuavam sendo afetuosos.

De repente, me dei conta de que não fazia ideia de quem ou o que James havia sido enquanto mortal, mas quando o encontrei com Theo, tive certeza de uma coisa: esse garoto, aquele que quis dispensar quando nos conhecemos, era feito de valentia. Theo tinha quatro demônios em sua cela, todos fazendo lembrar jogadores de futebol americano de Tonga, pesando sobre a forma magra de James. Mas eles estavam encolhidos no canto, ousando apenas insultar ocasionalmente Theo. Parecia que James tinha o controle.

— O que está fazendo aqui? — perguntou James quando apareci.

Imediatamente, os demônios de Theo se levantaram para me insultar. Ele lançou-lhes um olhar.

Dei-lhe um abraço bem apertado e analisei Theo, que olhava ao seu redor.

— Tem alguém aí?

Olhei para James.

— Ele pode sentir a minha presença?

James balançou a cabeça.

— É provável. Não vou mentir para você, está sendo muito difícil para ele ficar aqui. Mas, até agora, acho que o poupei do pior. A coisa boa é que está apreciando tudo de bom que tinha antes. Achava que era uma criança valente até trancarem as portas desse lugar. Agora, ele está fazendo uma longa lista de planos para quando sair daqui.

— Então, quer dizer que ele não perdeu as esperanças?

James sacudiu a cabeça negativamente.

— Ele não pode se permitir isso. Ver os outros caras que estão aqui... bem, isso o fez ficar determinado a sair daqui, é isso que tenho a dizer.

E, então, deixei os meninos, unidos em um dos lugares mais escuros da Terra, duas velas na tempestade, e ousei confiar que, de alguma forma, eles conseguiriam sair dali.

Não muito tempo depois, Kit foi embora por insistência de Margot. Ele precisava reiniciar a turnê do seu livro, e o dinheiro estava acabando. As conversas sobre os planos para o casamento tinham, eu fiquei satisfeita em ver isso, cessado. Ele estava vendo Margot se readaptar a Nova York, a uma vida a que Kit não pertencia. Em sua suíte no Ritz-Carlton, ele começou a dormir no sofá. Teimosamente, Margot fingia não perceber.

Ele estava esperando por ela quando Margot voltou do apartamento de Toby certa noite. Eu sabia que eles estavam simplesmente discutindo o que aconteceria com Toby, caso se declarasse culpado, que a noite fora tão romântica quanto um jantar em um necrotério, mas Kit imaginou o contrário. Ele estava com ciúmes. Isso feria a sua dignidade.

— Parece que você está ficando bem íntima de Toby. — A voz de Kit vinha de um canto do quarto quando ela entrou. Ela deu um pulo.

— Dá um tempo, Kit. Toby é o pai de Theo, o que posso fazer? Isolá-lo enquanto nosso filho está preso por assassinato?

Kit deu de ombros.

— Quem sabe não seria melhor você dormir com ele.

Ela olhou para ele e ficou com raiva.

Kit tomou o silêncio dela como uma confissão de culpa. Eu sussurrei.

— Diga a ele que não aconteceu nada — falei para Adoni.

Ele concordou e sussurrou no ouvido de Kit.

Kit ficou de pé e andou lentamente na direção dela.

— Você não me ama mais? — perguntou.

A dor na sua voz me fez estremecer.

— Veja — ela disse, depois de uma pausa. — É realmente uma péssima época para todos nós. Volte para Sydney, faça a sua turnê, e encontro você em algumas semanas.

Ele estava perto dela agora, seus braços ao lado do corpo.

— Você não me ama mais? — repetiu.

Observei enquanto perguntas e respostas circulavam pela cabeça dela. *Amo? Não. Sim. Não sei mais. Quero Toby. Não, não quero. Sim, eu quero. Não quero ficar sozinha. Estou com tanto medo.*

Ela rompeu em lágrimas. Lágrimas enormes e atrasadas que explodiam na palma da sua mão, depois no peito de Kit quando ele a puxou para lhe dar um abraço.

Finalmente, ela deu um passo para trás e secou os olhos.

– Prometa para mim que vai voltar para casa – Kit disse suavemente.

Ela olhou para ele.

– Prometo que voltarei para casa.

Ele se inclinou e beijou-lhe a testa. Em minutos, ele tinha ido embora.

Eu devia ter ficado feliz. Mas, pelo contrário, enquanto assistia a Margot assaltar o armário de bebida, passando a noite sem dormir e ensopada de lágrimas e vinho, duvidei de tudo. Não sabia mais o que era melhor para ela. Então, rezei.

No dia seguinte, eu a segui quando foi para o apartamento de Toby, ficando atenta a qualquer sinal de Tygren. Ela bateu na porta de Toby, que já estava aberta. Ele estava esperando por ela.

Ela o encontrou de pé ao lado da janela olhando para a rua, pronto para abordar qualquer mulher que se parecesse com a descrição que Theo fizera de Valita. Passou muitos dias assim, aconchegado no seu velho suéter Arran, esquecendo-se de comer ou beber, olhando, os olhos aos poucos isolando-se em si mesmos. E, enquanto ela o observava, uma lembrança daquela noite no Hudson, daqueles poucos segundos em que ela ficara sozinha no barco, esperando que Toby viesse à tona. Ela estava fazendo aquilo agora. E se sentiu tão ansiosa e, para a sua surpresa, tão apaixonada quanto naquele dia.

– Vou voltar para Sydney – declarou.

Ele se virou e olhou para ela, seus olhos doendo pela falta de sono. Vasculhou mentalmente, experimentando uma variedade de respostas confusas. Finalmente, chegou à palavra:

– Por quê?

Ela suspirou.

– Preciso dar continuidade às coisas, Toby. Voltarei em breve. Mas eu preciso... não tem nada aqui para mim, sabe?

Ele balançou a cabeça.

Ela deu um sorriso discreto e virou-se para ir embora.

– Você não vai assinar os papéis?
Ela parou no meio do caminho.
– Esqueci. Vou fazer isso agora.
Margot caminhou em direção à mesa e sentou. Toby tirou os papéis de uma gaveta da cozinha e os posicionou em frente a ela.
– Você tem uma caneta?
Entregou-lhe uma.
– Obrigada.
Ela ficou olhando para a página.
Lentamente, muito lentamente, Toby colocou as mãos em cima das dela. Ela olhou para ele.
– Toby?
Ele não largou. Em vez disso, puxou-a gentilmente para perto e colocou o braço ao redor da sua cintura. Ela olhou nos olhos dele, aquelas folhas invernais. Fazia muito, muito tempo desde que estiveram tão perto assim. Então, ele se inclinou e a beijou. O beijo mais suave e sincero da vida de Margot.
Ela o empurrou. Ele se inclinou de novo.
Desta vez, ela não o empurrou.

27

A joia azul

Agora, tenho que dizer que o meu grande esquema para fazer com que Margot voltasse com Toby desintegrara em meio à confusão e culpa que eu sentia quando via o seu relacionamento com Kit brilhar com tanto futuro, para depois cair por terra. Juro, não fui eu. Não o destruí. Na verdade, prometi ficar de fora e deixá-la tomar sua própria decisão.

Agora mesmo, no momento decisivo, fiz um esforço enorme para não entrar e virar o jogo a meu favor.

Ela colocou as mãos contra o peito de Toby e o empurrou.

– O que você está fazendo, Toby?

Ele a olhou de perto e sorriu.

– Estou me despedindo.

Ele deu um passo para trás, pegou a caneta da mesa e entregou a ela.

– Você estava assinando.

Ela olhou para a caneta. Piscou os olhos para Toby. E quando olhou de novo, não viu mais o Toby que passou pela fogueira do seu casamento e pela condenação do seu filho. Ela viu o Toby que emergiu no Hudson há vinte anos. O Toby que ela achou que estivesse afogado, o Toby que nunca, nunca quisera perder.

– Preciso pensar – ela disse, antes de baixar a caneta.

– Não faça isso, Margot – ele disse atrás dela. – Não me deixe com essa dúvida enquanto você foge para o outro lado do planeta.

Ela se virou no corredor.

– Meu voo é amanhã. Vou voltar para o hotel.
– Então, é isso? – Toby disse com raiva. – Você não vai nem assinar os papéis do divórcio?
Uma pausa. Então, ela andou na direção dele, pegou os papéis e a caneta de sua mão e escreveu o seu nome na linha.
Devolveu os papéis para ele sem falar nada.

De volta ao hotel, tomou um banho demorado. Repassou o beijo mentalmente, e, a princípio, apareceu como um filme de terror, então, uma comédia, até que finalmente ela mergulhou na água e deixou que se repetisse como aconteceu. Como ela o *sentiu*. No íntimo. Em paz.
Um telefonema da recepção a fez pular da banheira. Tinha uma visita, disse o recepcionista. Um senhor Toby Poslusny. Ele podia subir? Ela hesitou. *Sim*, falei, meu coração palpitando. Está bem, ela disse.
Era como assistir a cenas cortadas de um filme. Pensei nesse ponto da minha vida, quando fiquei no hotel sozinha durante as audiências pré-julgamento, ocasionalmente prolongando reuniões tristes com Toby para discutir visitas a Theo, ou a data da próxima audiência. Tudo era tão novo agora, e eu não fazia ideia do que ia acontecer.
E me lembrei da minha morte. Sempre fora nebulosa na minha lembrança, um evento muito repentino. Coloque uma arma na minha cabeça, pergunte-me como foi minha morte, e terei que dizer para puxar o gatilho. Não fazia ideia. Fui retirada desse mundo tão rapidamente quanto um batedor de carteira em Manhattan. Uma hora eu estava num quarto de hotel, na outra, estava de pé ao lado do meu corpo e, meio segundo depois, do outro lado da vida encontrando Nan.
Margot se embrulhou em um roupão de banho branco e abriu a porta. Toby ficou ali por alguns segundos, com a cara fechada, até que ela o convidou para entrar.
– Por que está aqui, Toby?

— Porque você esqueceu uma coisa.
— Esqueci?
— Áhá.
Ela ficou olhando para ele, e jogou a mão no ar, exasperada.
— O que esqueci?
Ele a encarou.
— Você esqueceu que tem um marido. E uma casa. Ah, e um filho.
— Toby... — Ela caiu sentada na cama. Ele se ajoelhou na frente dela e segurou seu rosto entre as mãos.
— Se você me pedir para parar, eu paro. Prometo.
Ele a beijou. Ela não pediu que parasse.
Não foi o fato de ele dizer "Eu te amo" que me fez pular de alegria, nem o "Eu te amo" dela, tampouco o fato de eles terem feito amor. Foi o fato de que, depois de muitas horas de conversa de travesseiro sobre o passado e, depois, sobre o futuro, eles decidiram, sobrepujando o barulho do parque, contra as luzes brilhantes das comemorações do Ano-Novo chinês, tentar de novo.
E enquanto a música e tiros se espalhavam pela cidade, e enquanto a aura de Margot flamejava um dourado e a luz em torno do seu coração palpitava, Gaia e eu nos abraçamos, e eu chorei e pedi que ela me dissesse que aquilo não era um sonho. Que realmente estava acontecendo.

Por muito tempo, eles ficaram abraçados na cama, silenciosamente entrelaçando e desentrelaçando os dedos como fizeram tantos anos atrás no péssimo apartamento sem paredes de Toby, em West Village.
— Que horas são? — Toby se apoiou em Margot para ver o relógio.
— São onze horas. Por quê?
Ele pulou e vestiu a camisa.
— Aonde está indo? — ela perguntou, sentando-se. — Você não está indo para casa, está?

– Estou indo para casa. – Ele se lançou para frente e deu-lhe um beijo na testa. – Mas volto já.

– Por que está indo para casa?

– Meu celular. E se algum dos investigadores ligar para falar do caso de Theo? Eles não têm como entrar em contato comigo aqui.

Toby olhou para ela na cama, abraçada no travesseiro.

– Não vou demorar.

Em seguida, hesitou e olhou para ela, sério. E vi, pela primeira vez em muitos, muitos anos, o gelo formando-se ao redor dele. Era o medo.

– Você vai esperar por mim, não vai?

Margot riu.

– Tobes, para onde é que eu iria?

Ele a fitou.

– Sim – ela disse. – Eu vou esperar.

Com isso, ele foi embora.

E pensei, é por isso que não tenho lembrança de como morri. Porque, em algum lugar do fim da minha vida, a estrada se bifurcou. Apesar de eu ter escolhido um caminho, Margot agora escolheu outro. Esses dois caminhos se relacionavam de alguma forma que eu não conseguia ver. Eles se cruzavam de alguma forma para me levar ao fim. E agora que podia ver aonde aquele caminho podia levar, a uma vida nova com Toby, um casamento que podia dar certo de verdade dessa vez, eu não queria que o caminho acabasse.

Então, quando as mensagens de *deixe estar, deixe estar* chegaram a mim pelas minhas asas, eu não deixei.

Uma batida na porta. Pulei.

– Serviço de quarto, senhora – disse a voz atrás da porta.

Quando Margot abriu a porta, fiquei alerta. O jovem na frente dela segurando a bandeja de comida a examinou, então colocou a bandeja sobre a cama e saiu sem esperar pela gorjeta.

Fiquei observando Margot entrar no banho, depois procurei no corredor do hotel por demônios. Grogor estava escondido em algum lugar. Podia sentir.

Toby voltou ao apartamento e encontrou um bilhete embaixo da porta. Quase não o viu. Depois de desenterrar o celular e o carregador da gaveta da cozinha, então jogar loção após-barba nas bochechas e verificar os dentes, catou algumas roupas limpas e pegou o caminho de volta para encontrar Margot. Mas, então, viu o bilhete.

Um envelope branco. Nenhum nome ou endereço na frente. Ele o rasgou. Uma página branca e amassada com letra de criança. Dizia:

Senhor
Estou escrevendo para dizer que sinto muito pelo seu filho. Sou a garota de que ele fala nos jornais. Por motivo que não posso explicar aqui não quero ser identificada. Entrarei em contato novamente e podemos conversar sobre isso, não quero que um homem inocente vá para a prisão.
    O que o seu filho está dizendo é verdade.
V

Toby correu pelo corredor. A velha senhora O'Connor do apartamento da frente estava voltando do seu passeio noturno. Toby a agarrou como um homem possuído.

— Senhora O'Connor, a senhora viu alguém na minha porta essa noite?

Ela o fitou.

— É, não querido, acho que não...

Ele se lançou à outra porta e bateu. Depois de alguns minutos, a abriram. Música explodindo lá dentro. Um jovem chinês bêbado na porta.

— Feliz Ano-Novo, cara!

Não tinha como perguntar. Toby correu para dentro do seu apartamento. Pegou a carta, suas mãos tremendo, e a leu várias vezes. Então, ligou para 911 e rezou para que Margot cumprisse a sua palavra. Que esperaria por ele.

E ela o fez. Comeu o pato com damasco e arroz de gengibre e bebeu metade do Especial da Casa. Pensou no que ia fazer em seguida. Pensou no que *queria* que acontecesse em seguida. E retornou àquele sonho de muitos anos atrás: a casa com cerca de madeira. Toby, escrevendo. Theo, um homem livre.

Talvez estivesse ao alcance.

Mas eu estava desesperada, porque a estava vendo sonhar e se apaixonar de novo, estava vendo seu corpo acender com o brilho da esperança, a luz em torno do seu coração que ficara dormente por anos, agora pulsando e se expandindo ao redor dela como um eclipse branco e ofuscante, e as mensagens que vinham para mim diziam: *Deixe estar. Deixe estar.* Eu estava nervosa, porque me lembrei do que vira imediatamente após a minha morte: meu próprio corpo, estendido nessa cama, nesses lençóis, de bruços no meu próprio sangue.

Não deixe ninguém entrar, disse a ela. Será que Toby me matou?, pensei. Foi Toby? Foi Kit? Valita? Sonya? Cantei a Música das Almas. *Saia daqui! Saia daqui!*, disse a ela. Quem quer que entrasse por aquela porta ia matá-la, eu tinha certeza disso. Finalmente, disse-lhe que fosse olhar as comemorações pela janela. É Ano-Novo chinês. Ano da Serpente. Olhe, eles têm até carros alegóricos em formato de serpente. E fogos de artifício. Pensando bem, vá lá embaixo e veja. Dê uma conferida.

Ela pegou o que sobrou do vinho e foi para a janela, olhando para o parque lá embaixo. Bem embaixo, havia uma multidão de pessoas. Um desfile se dirigia ao parque. Fogos farfalhavam no céu, disfarçando tiros comemorativos aleatórios. Ela abriu a janela com um empurrão e virou-se para olhar o relógio ao lado da cama. Quase meia-noite. *Ah, Toby*, pensou. *Por que você não está aqui para ver isso?* E eu disse a ela, *tranque a porta*. Mas ela riu e apagou o pensamento da cabeça.

Então, deu meia-noite.

O som de um relógio ressoa em um conjunto de alto-falantes lá embaixo. *Um...* Margot pressiona as palmas das mãos contra o peitoril da janela, olhando para baixo. *Dois...* Do outro lado da cidade, Toby desistiu de esperar um táxi e foi correndo até o hotel. *Três...* Olhei para a pedra azul no meu pescoço. O que eles falaram que eu estava usando quando meu corpo foi encontrado? Uma safira azul Kashmira? *Quatro...* Margot pega a jaqueta de Toby e a coloca nos ombros, protegendo-se do frio. *Cinco...* No parque, alguém brinda e dá um tiro para o céu. *Seis...* Eu a vejo. Vejo a bala vagar pela escuridão. Vejo como você pode ver uma moeda sendo jogada na sua frente, ou uma bola batendo em uma raquete. Vejo para onde está indo, bem para a janela. E sei, sei naquele instante: *Posso alcançá-la. Posso pará-la.* E então, a mensagem nas minhas asas: *Deixe estar. Sete... Por quê?* Perguntei alto. *Oito... Deixe estar. Nove...* Toby chega ao saguão do hotel. Aperta o botão do elevador. *Dez...* Fecho os olhos. *Onze...* A bala atinge o seu destino, perto do coração de Margot. *Doze...* Ela cai para trás, ofegando por alguns segundos, olhando para mim bem nos meus olhos enquanto me curvo sobre ela, abraçando-a, chorando e dizendo a ela que está tudo bem, tudo bem, agora acabou. Acabou. Então, ela olha para mim e estende o braço para frente. Eu aperto a sua mão.

Somos uma só.

28

A estrada entre as colinas

Há uma particularidade no papel do anjo que é unicamente sagrada. Quando eu era humana, não veria além dos requisitos das minhas responsabilidades angelicais sem me sentir estranha sobre como isso tudo parecia voyeurístico, sobre as invasões de privacidade. Somente como anjo podia compreender como esse tipo de proteção era realmente misericordioso, como era afetuosa essa companhia. Somente como anjo eu pude compreender a morte pelo que de fato ela é.

Fiquei de pé e olhei para o corpo de Margot, revivendo tudo que senti da primeira vez, imediatamente após a minha morte. O choque de me ver diante de mim sem pulso. O horror do que isso significava. Só que, dessa vez, eu aceitei. Não estendi os braços para tocar o rosto dela porque ela era eu; estendi para confirmar o pensamento que me dominava: que eu tinha chegado ao fim da estrada da mortalidade. Estava deixando Margot para trás.

Nan veio antes que Toby chegasse. Misericordiosamente, acho. Não aguentaria vê-lo chegar no quarto do hotel, o rosto vermelho, o coração batendo forte, só para encontrar o corpo. Já foi ruim o bastante imaginar isso. Nan me disse para segui-la, e rápido.

Em meio a uma nuvem de lágrimas, me abaixei sobre a jaqueta de Toby na cadeira e inspirei o cheiro dele. Tinha uma enorme necessidade de deixar algo para trás, um bilhete, talvez, alguma indicação de que, mesmo que fosse improvável vê-lo novamente, sempre o amaria. Mas não podia fazer nada além de seguir Nan lentamente noite adentro.

Encontrei-me de volta ao silêncio escuro e úmido da cela de Theo, bem ao lado dele enquanto estava sentado com as pernas cruzadas no chão, desenhando. Ele estava cantarolando baixinho, uma melodia que parecia muito com a Música das Almas. James estava de pé ao lado da janela, refletido na luz da lua. Caminhou na minha direção e jogou os braços à minha volta.

– Tenho novidades – ele disse, apertando minhas mãos. – Tygren veio me ver. Ela está confiante de que consegue persuadir Valita a falar agora.

Fechei os olhos e dei um suspiro de alívio.

– Isso é maravilhoso – falei. Então, comecei a chorar.

– O que houve? – quis saber James.

Olhei para Theo. Não sabia quando o veria de novo, ou *se* o veria de novo. Tentei explicar a James, mas tudo soou como uma série de relatos fragmentados, até que ele pediu explicação a Nan. Ela simplesmente sacudiu a cabeça como se dissesse: não é minha função explicar. Agachei-me, estendi as mãos na direção de Theo e o abracei. Ele olhou para cima por um segundo, notando que havia algo estranho no ar ao seu redor. Em seguida, voltou a desenhar. Estava cobrindo o chão de ardósia com crocodilos de giz.

– Temos que ir – Nan me interrompeu. James olhou de Nan para mim.

– Para onde está indo?

– Margot morreu – falei, secando os olhos e respirando fundo. – Vim para me despedir de você e de Theo. – Queria dizer muito mais coisas. – Quero que saiba que não há ninguém na Terra em quem confie mais do que você para cuidar dele. – Sorri e me virei para ir embora.

– Espere. – James deu um passo para frente, a expressão, séria. – Espere, Ruth. – Deu uma olhada em Nan. – Isso é importante. Vai levar só um segundo. – Segurou as minhas mãos nas dele e

ficou me olhando atentamente. – Sabe, você nunca me perguntou quem eu era antes, por que sou o anjo de Theo.
Pisquei.
– Quem é você?
Ele me fitou por alguns minutos.
– Fui o diamante que não conseguiu salvar. Sou o seu filho.
Dei um passo para trás e olhei dele para Theo. E, então, vi as semelhanças entre os dois imprimindo-se na minha frente como verdades reveladas: o maxilar desafiante, as palmas quadradas e robustas. E lembrei-me de ter observado o bebê dentro de Margot, o bebê de Seth, a sensação de perdê-lo, a confusão, o não saber o que tinha perdido. Perguntando-me a cada possível aniversário como a minha vida teria sido se a criança tivesse sobrevivido.
E, agora, eu estava conhecendo-o.
– Não temos muito tempo – Nan avisou atrás de mim.
Voltei para James e dei-lhe um abraço apertado.
– Por que não contou isso antes?
– Teria feito alguma diferença? Somos da mesma família, de qualquer forma.
Ele se virou para Theo.
– Algum dia, nos encontraremos como irmãos.
Olhei para os dois, o homem e seu anjo. Meus filhos.
Beijei o rosto de James, e, antes que eu pudesse dizer qualquer coisa, ele tinha desaparecido.

Nan e eu chegamos ao vale com o lago, aquele onde nos encontramos pela primeira vez. Sentia uma estranha sensação de simetria. Eu como que esperava que ela me empurrasse para o lago novamente, enviando-me para a Terra pela terceira vez. Fechei os olhos e senti a grama comprida roçando entre meus dedos, a terra molhada sob meus pés. Eu me preparei para o que estava por vir. À frente, podia ver a estrada de novo, curvando-se pelas colinas verdejantes, e meu coração parou. Reconhecia agora aonde levava.

– Vou para o Inferno agora? – perguntei, minha voz tremendo.
Ela parou e olhou para mim.
Alguns minutos se passaram.
– Nan?
Finalmente, Nan falou.
– Você deve entregar o seu diário para Deus agora, Ruth.
Pegou a minha mão e me levou na direção do lago.
– Não – falei quando chegamos à beira da água. – Não vou voltar de novo. Não, senhora.
Ela me ignorou.
– Ponha o seu diário na água. Entregue-o a Deus. É dEle, agora.
– Como faço isso?
– Bem, sei que não vai gostar disso, mas realmente precisa mergulhar. Prometo, não vai se afogar.
Entrei na água, segurando as mãos dela com força. Imediatamente, a água que fluía nas minhas costas se dissolveu em duas faixas, soltando da minha pele, penetrando nas ondas verdes. E dentro dessas ondas, imagens de Margot, imagens de Toby e Theo, imagens de tudo que vi, ouvi, toquei e senti. Tudo que temia e amava, tudo em que confiava. Tudo isso, levado pela água. Um livro, por assim dizer, viajando até o trono de Deus.
– E agora? – perguntei. – O Inferno está no final daquela estrada ali?
Ainda estávamos no lago.
– Você se lembra do que aconteceu no dia em que evitou o acidente de carro? – ela indagou.
– Impedi que acontecesse.
– E como fez isso?
– Acho que teve algo a ver com confiança.
– E o que aconteceu, então?
– Meu corpo mudou.
Ela se aproximou, seu vestido flutuando na água.

– Você se tornou um *serafim*. A categoria mais elevada de anjo, o exército da luz, que fica entre o Céu e o Inferno, como uma espada nas mãos de Deus.

– Uma o quê?

– Uma espada nas mãos de Deus – ela disse bem lentamente. – Uma espada viva. Separando a luz da escuridão. E foi por isso que você passou por aquela experiência angustiante. Você só pode se tornar um serafim quando passa pelo fogo purificador. Sofrendo, apenas como alguém que se tornou seu próprio anjo da guarda pode sofrer.

Senti nós de confusão desatando-se de tão dentro de mim que, por alguns momentos, me curvei para frente, sentindo o desatar como uma pipa puxada para cima por ventos fortes. Nan esperou até eu ficar ereta novamente, depois continuou.

– Quando voltou como um anjo, o seu presente também era o seu passado, e como tal, você teve a capacidade de fazer escolhas que afetariam tanto o seu caminho mortal quanto o imortal. Foram essas escolhas que determinaram aonde o seu destino espiritual a levaria. Tudo pelo que passou, foi por isso.

– Mas, e Grogor? – perguntei baixinho. – E o trato que fiz? Pensei que fosse para o Inferno.

– Seria esse o caso se os seus motivos fossem puramente egoístas. Mas você escolheu sacrificar a sua própria felicidade para tentar conseguir a de Theo. Deus soube, então, que você era um dos Seus principais anjos. Mas, primeiro, você precisava aprender a confiar.

Segurei-me nela, depois me virei como fiz anos atrás, ofegando. Dessa vez, emergi com alívio, não em choque. Olhei para a estrada entre as colinas.

– Quer dizer... que não é a estrada para o Inferno, então?

– Muito pelo contrário.

Quando me recompus, olhei-a nos olhos e pensei na pergunta que ficou martelando na minha cabeça todos esses anos, a pergunta que sublinhou cada uma das minhas experiências, cada dimensão do meu arrependimento.

— Por que tive que passar por tudo isso? — disse, calmamente. — Por que não voltei como anjo da guarda de alguma bondosa viúva idosa, ou de uma celebridade, ou de alguém que tenha tido uma vida boa... Por que voltei como anjo da guarda de Margot? Foi um equívoco?

— Claro que não — respondeu Nan cuidadosamente. — Você foi escolhida para ser o seu próprio anjo da guarda porque esta era a única maneira de completar a sua jornada espiritual. Era a única maneira de se tornar o que é agora. — Ela se curvou e sorriu. — Uma espada não é feita na água, Ruth. É feita no fogo.

Olhei para a estrada à frente, para a paisagem ao meu redor. Pensei em Toby. Quando o veria novamente?

Nan apertou meus ombros.

— Confie — ela disse. — Confie.

Concordei.

— Está bem. Vamos lá.

E ela me deixou ali, bem na estrada, bem no fim.

Uma espada nas mãos de Deus.

Uma espada celestial

Passaram-se muitos anos desde que coloquei o meu diário na água e o deixei ser levado para... onde quer que fosse. Espero que tenha sido uma leitura boa. Espero que tenha tido alguma utilidade.
 Desde então, tenho ficado muito ocupada. Minhas atividades têm sido, na maioria, mais internacionais, digamos assim, do que a minha primeira saída como anjo da guarda. Evitei um monte de guerras mundiais. Estive entre aqueles serafins que se ergueram nas profundezas cor de safira e bolhosas da Antártica e contiveram a água glacial, transformando-a em nuvem, carregando-a para longe da estratosfera, até mesmo abrindo a Terra e deixando os oceanos entornarem em direção ao seu coração vermelho. Caminhei dentro do silêncio de tornados – sim, igual a Dorothy – e os desviei de casas cheias de crianças, levantei rebanhos que tinham sido arrastados para dentro do seu vácuo e os mantive seguros até que o tornado cessasse, e os coloquei de volta em seus caminhos. Afastei tsunamis – como paredes ruindo – de terras repletas de hotéis, casas, crianças inocentes fazendo castelos de areia na praia.
 Às vezes, me dizem para deixar as coisas acontecerem. Dizem-me para observar o tornado levar essa casa, aquela vida; me dizem para deixar o terremoto acontecer e simplesmente recolher os pedaços; me dizem para deixar o tsunami acontecer. Não tenho ideia de por quê.
 Mas eu deixo.

Ainda vejo Toby. Eu o vi vagar pelo apartamento usando seu cardigã surrado e sapatos tão esburacados como queijo suíço. Eu o vi substituir os óculos com lentes mais espessas e colocar nos dentes mais e mais pedaços de porcelana. Observei-o quando falou de mim no casamento de Theo, esperando que ele não comentasse sobre as drogas, e o vi carregar nossas netas gêmeas e insistir para que uma delas recebesse o nome de "Margot".

Falo com ele. Conto-lhe como as coisas são por aqui. Falo para ele ir ao médico, e depois, para ver aquela mão, aquela tosse. Ou a dor no estômago. Dou uma olhada nos seus manuscritos e digo-lhe onde está faltando uma vírgula, onde pode melhorar. Digo que o amo.

E digo-lhe que estou aqui, sempre.

Que estou esperando.

Agradecimentos

Esta parte do livro deveria ter um novo título "Gratidão com cobertura de chocolate", porque é exatamente isto que desejo transmitir às seguintes pessoas:
Primeiro e antes de tudo, meu marido, Jared Jess-Cooke. Não há outra pessoa na face da Terra que tenha encorajado, elogiado, ponderado com, amado e defendido um outro ser humano tanto quanto você tem feito comigo ao longo do processo de preparação deste livro. Eu não teria como descrever minha gratidão diante de sua insistente capacidade de positividade e fé em relação a mim; por evitar que a casa ficasse abandonada enquanto eu escrevia; por ler meus rascunhos e me dar o mais honesto e confiável tipo de *feedback*.

Sou extremamente feliz por ter merecido uma agente tão astuta, pró-ativa e genuinamente encantadora como Madeleine Buston. Obrigada um milhão de vezes pela paixão e confiança depositadas neste livro.

Também me sinto imensamente agradecida por ter contado com Emma Beswetherick, tanto como minha editora como minha parceira de gravidez. Obrigada, Emma, por todos os comentários e sugestões que, indubitavelmente, conduziram este livro rumo às suas potencialidades, e por tornar o processo de edição tão prazeroso.

Desejo agradecer à equipe da New Writing North, particularmente à Claire Malcolm, por seu incentivo ao longo dos últimos anos – caminhar conosco por Londres para nos mostrar nossas coisas foi um momento de virada na minha carreira, assim como a tarde em que lhe sussurrei minha ideia para este livro, e a resposta dela – *Fabulosa!* – me levou a pensar que, de fato, fosse.

Como sempre, agradeço a minha sogra, Evita Cooke, por ter sido a mais dedicada e animada acompanhante de crianças enquanto eu escrevia; a minha mãe, Carol Stweart Moffett, pela cuidadosa leitura dos primeiros manuscritos e por ter despertado e alimentado em mim, desde a minha juventude, a paixão pelas histórias.

Eu gostaria também de agradecer a Lorna Byrne por seu livro *Angels in my Hair*. De todas as pesquisas que eu fiz enquanto escrevia esse romance, nenhuma foi tão inspiradora quanto o seu relato autobiográfico de anjos.

Finalmente, quero agradecer aos meus filhos, Melody, Phoenix e Summer, por nada ter feito para participar do processo propriamente dito de escrever este livro, mas tudo para ajudar sua inspiração. Minhas três joias preciosas, vocês me trazem alegria todos os dias.

Este livro foi impresso na Editora JPA Ltda.,
Av. Brasil, 10.600 – Rio de Janeiro – RJ,
para a Editora Rocco Ltda.